Romancier, scénariste, auteur de science-fiction et de nouvelles, guitariste, **Roger Faindt** *s'est lancé avec passion dans l'aventure de l'écriture. Touché par l'universalité des sentiments humains qu'il explore dans ses romans, il a reçu le prix Louis Pergaud 2001 pour* La Lettre de Charlotte *et le prix André Besson 2018 pour* Le Chant du loup.

La Femme
de l'autre rive

DU MÊME AUTEUR

Aux éditions De Borée

Bleuvent
La Lettre de Charlotte, prix Pergaud 2001
Le Chant du loup, prix André Besson 2018
Le Dernier Soldat
Le Silence des roses
Les Âmes simples
Les Larmes des femmes

Autres éditeurs

Trente et un jours seulement, nouvelles de guerre

45, rue du Clos-Four – 63056 Clermont-Ferrand Cedex 2

Roger Faindt

LA FEMME DE L'AUTRE RIVE

de Borée

Ô Nino, je ne peux plus chanter.
Si je chante encore, mon cœur sortira de ma bouche
Avec les larmes de mon chagrin...
Et je mourrai ;
Fais maintenant chanter ta guitare pour moi,
Elle qui ne dit jamais le nom des femmes.
Fais-la rire et danser de toutes ses cordes.
Peut-être que mon cœur dans le sonore oubli,
Dénouant sa peine amoureuse,
Saura de nouveau rire et danser.

« Copla d'une peine fatiguée », *Flamenco*,
Esteban DE SANLÚCAR

Pauvres poètes que la vie et que la mort
ont poursuivis tenacement de la même ombre
les voici recouverts par l'impassible pompe
et dévolus au rite, à la dent funéraire.

Maintenant – obscurs comme de petits cailloux –
allongés derrière les chevaux arrogants,
ils vont, finalement conduits par les intrus,
dormir sans silence, entre les aides de camp.

Ces derniers, sûrs déjà que le mort est bien mort,
ont fait de ses obsèques un festin misérable
avec dindons et porcs, et autres orateurs.

Ils ont épié sa mort, l'ont alors offensé :
n'ayant pour tout motif que sa bouche fermée,
et son chant désormais qui ne peut plus répondre.

La Centaine d'amour, Pablo Neruda

I

1986

CELA FAISAIT DES ANNÉES qu'Alexandre n'était pas revenu à Besançon, dans ce quartier de la Butte où il avait passé les moments les plus importants de sa vie, mais aussi les plus mouvementés. Quand il avait reçu la lettre du notaire lui apprenant la mort de Lucien et qu'il héritait de la petite maison jaune, il s'était mis à trembler par tout le corps. Alexandre avait dû s'asseoir puis boire un verre d'eau.

Il s'était couché ce soir-là avec l'envie de faire un voyage, mais aussi avec une sourde amertume, un sentiment étrange et persistant qui ravivait les souvenirs dans la confusion. Lucien, cet ami d'une époque troublée, il avait maintes fois pensé à le retrouver, à le revoir pour lui dire combien il l'admirait, et combien il l'aimait. Un désir qu'il avait souvent laissé mourir, car Alexandre était de ceux qui laissaient passer beaucoup de jours avant de se décider. Cette notion de durée l'avait fait sourire, car Lucien vivait hors du temps. Alexandre n'avait jamais su si la manière d'être et d'agir de son ami avait commencé à battre dans le ventre de sa mère ou si elle était née en Espagne au moment de son engagement dans les Brigades internationales[1].

1. *Unités combattantes constituées de volontaires antifascistes, venant de cinquante-trois pays, durant la guerre d'Espagne.*

— Je serai aussi doué pour saigner ces cochons de fascistes que je le suis pour jouer de la guitare, répondait-il à ceux qui tentaient de le dissuader de partir.

Lucien n'était pas un bon garçon. Lucien était un homme indiscipliné qui ne respectait pas les lois, qui se moquait des honneurs. Combien de fois Alexandre l'avait-il vu foutre la merde, tenir des propos insupportables dans des manifestations où il était de bon ton de pratiquer des signes extérieurs d'application ou d'allégresse ? Le sage conformisme des gens irréprochables, il l'exécrait. Il en était de même pour le mensonge voilant les abus, la honte et le malaise qui s'étendaient sur le monde telle une pandémie. Lucien avait toujours gêné ses plus proches amis, et même la seule femme qui l'eût vraiment aimé.

Le temps n'avait pas été propice aux apôtres de la vérité, aux ennemis jurés de l'hypocrisie. Lucien avait vécu la guerre d'Espagne de près et de loin. Elle avait pourri sa vie et celles de ceux qui le côtoyaient. Lors de ses retours clandestins, de ses pauses forcées qu'il acceptait afin de nourrir et renforcer son idéologie, de se convaincre encore plus fortement du bien-fondé de son action, personne ne l'avait jamais entendu se plaindre, ni même vu pleurer. Les larmes aux yeux, oui, lors de son dernier retour, la guerre en passe d'être gagnée par les franquistes. Lucien était revenu blessé, cassé, mortifié. Jamais il n'avait joué aussi bien de la guitare. C'était en elle qu'il avait transmis sa colère froide, l'objectivité de son expérience, les humiliations, les souffrances, toute l'émotion de l'histoire sanglante d'un peuple.

Alexandre avait rencontré Lucien lors d'un récital de guitare qu'il avait donné dans le quartier au profit des Petites Sœurs des pauvres. Alexandre s'était présenté à la fin du spectacle et ils avaient discuté avec quelques amis avant de prolonger la soirée en duo dans un bar bisontin. Une soirée bien arrosée – Lucien buvait beaucoup – au cours de laquelle ils avaient parlé de musique, de lutherie, de guitare et de politique au tempo de la guerre d'Espagne. L'alcool aidant, Alexandre avait évoqué sa situation, les difficultés qu'il avait à vivre de son métier. Pour des raisons financières, il était en quête d'un nouveau logement, si possible attenant d'un réduit, d'un caboulot pour pouvoir travailler. Lucien avait aussitôt proposé de l'héberger. Il possédait une maison, avenue Villarceau, suffisamment grande pour loger deux personnes et dotée de dépendances permettant l'exercice d'une activité professionnelle.

Alexandre avait beaucoup hésité avant d'accepter de déménager dans la maison de Lucien. Ce dernier avait insisté et Alexandre n'avait pas eu le luxe de refuser. Il avait été expulsé par son bailleur en raison de plusieurs mois de loyers impayés. On l'avait mis dehors, il était sans logement, n'avait nul autre endroit où aller, et c'était compter sans la fierté que Lucien éprouvait à rendre service, à se montrer généreux. Pour ce dernier, l'argent et le temps ne comptaient pas. Lucien avait hérité de la petite maison jaune et d'une somme d'argent au décès de sa mère. Une femme morte de maladie et de chagrin alors qu'il n'avait pas encore dix-sept ans. Son père avait été tué en 1918, un mois avant l'armistice, et sa mère avait été dans l'obligation de vendre l'hôtel-restaurant que le couple possédait à Bar-sur-Aube, face à l'église Saint-Pierre. Un capital qui avait permis à sa mère d'acquérir la petite maison jaune de Besançon, avenue Villarceau, quartier où résidait une vieille tante, côté paternel. C'était donc dans cette ville que Mme Lanoir et son fils, Lucien, alors âgé de trois ans, étaient venus s'installer. Lucien y avait passé sa jeunesse. Une ville où il disait qu'il faisait bon vivre, qu'il aimait. Et pourtant, il y avait traversé l'enfer. Aider une mère dépressive à retrouver le sourire, à cesser de s'éreinter à l'usine, à faire des heures de ménage afin de ne pas dilapider l'argent placé avait été une lutte quotidienne. « C'est pour toi, pour ton avenir, afin que tu puisses étudier et jouer de la musique », lui répétait-elle lorsqu'ils se disputaient sur le sujet. Lucien avait perdu le combat à la mort de sa mère. Une femme encore belle malgré la cinquantaine passée et qui avait toujours refusé de se remarier.

Lucien ne s'était jamais remis de cette disparition. L'injustice en était la cause et plus rien ne pouvait être supérieur à l'idée de la combattre. Un combat dont il avait fait le fil rouge de son existence.

C'était dans cette maison, que Lucien et sa mère nommaient la petite maison jaune alors qu'elle était spacieuse, qu'Alexandre avait démarré une nouvelle vie, l'esprit libre pour exercer le métier de luthier. Aussitôt installé, Lucien lui avait prêté de l'argent pour acheter des bois de résonance dans le Jura afin de fabriquer de nouvelles guitares, puisque celles qu'il avait en stock avaient été vendues par le syndic chargé de la liquidation judiciaire de sa petite entreprise. C'était encore Lucien qui l'avait aidé financièrement pour faire face aux charges, aux dépenses imprévues. Un ami de cette trempe ne s'oubliait pas. Un ami qui avait disparu en entraînant dans son sillage la femme qu'il aimait et une petite fille. Aucun d'eux n'avait donné de nouvelles, mais ils l'avaient laissé habiter la maison sans rien lui réclamer. Lucien en avait même payé les charges sans qu'Alexandre ne pût savoir comment il faisait et d'où il agissait. Et aujourd'hui, le fait d'apprendre que Lucien lui donnait cette maison, qui avait été son refuge, l'écrin de ses souvenirs, le touchait profondément.

Alexandre était resté une dizaine d'années dans la petite maison jaune avant de la quitter. Avec Suzanne, la voisine, ils s'étaient fréquentés puis mariés pour le plus grand bonheur de Paul, le fils de celle-ci, qui avait reporté sur Alexandre toute l'affection qu'il portait à Lucien. Suzanne, native des Vosges, avait hérité de la maison de ses parents à Mirecourt et ils avaient décidé de s'y installer. Un nouveau départ, et notamment pour Alexandre, qui avait trouvé un emploi d'ouvrier qualifié chez un maître luthier mirecurtien. Une rupture avec Besançon qu'il avait crue définitive...

Le lendemain de la réception de la lettre du notaire, Alexandre avait téléphoné pour prendre rendez-vous. Il quitterait Mirecourt la veille pour être sûr d'être à l'heure. Il partirait avec la clé de la petite maison jaune dans la poche de sa veste. Une clé rouillée qu'il avait conservée comme un talisman. C'était à l'hôtel qu'il avait prévu de passer la nuit. Il lui semblait inconvenant d'investir la maison de Lucien avant l'heure, de faire comme s'il était déjà chez lui. Cinquante ans étaient passés depuis sa rencontre avec Lucien...

II

Besançon, 1936

LUCIEN ÉTAIT SATISFAIT. Il se félicitait d'organiser un peu la vie d'Alexandre. Ce n'était pas dans ses habitudes d'agir ainsi, mais, ayant perdu jeune ses parents, il avait appris à prévoir, à anticiper et pérenniser certaines choses pour faire ensuite ce qu'il voulait. Pourtant, depuis son retour de Bujaraloz[1], à la suite de sa blessure lors des combats à Caspe[2], l'orage grondait en lui. Si intensément qu'il n'était plus lui-même et qu'il était incapable de toute action raisonnée. Federico García Lorca[3] avait été fusillé le 18 août dans les environs de Grenade par des miliciens franquistes. La triste nouvelle l'avait rendu fou de rage. Il avait quitté la petite maison jaune en claquant la porte, puis il avait déambulé dans Besançon durant des heures pour se calmer. Il avait marché comme un automate, indifférent à la beauté de cette ville qu'il ne cessait pourtant de vanter, ignorant ceux qu'il croisait et connaissait pour ne pas avoir à les saluer ou à converser. Lucien n'avait plus d'amis. Lucien souffrait. Pourquoi se serait-il arrêté pour discuter avec des gens qui ne comprenaient rien au conflit espagnol et qui, au pire, auraient souri

1. *Ville située entre Saragosse et Lérida. Quartier général de la colonne Durruti en juillet 1936.*
2. *Commune d'Espagne située dans la province de Saragosse.*
3. *Federico García Lorca : 1898-1936. Poète et dramaturge espagnol, prosateur, peintre, pianiste, guitariste et compositeur.*

comme on portait le masque de l'indifférence ? Des sourires qui auraient été encore plus tristes que toutes les larmes qu'il avait dans le corps. « Il me faudrait une innocence d'enfant pour parler… et tout ce que je dirais, je le perdrais », avait-il pensé en apercevant une amie musicienne lui faire un petit signe de la main comme un appel à venir à elle. Il n'avait pas pu. Il avait feint de ne pas la voir, d'être pressé. Son âme était tant habitée par la peine que même la lumière du jour lui faisait mal.

Alexandre l'avait entendu rentrer tard dans la nuit et il savait que ce dernier achevait toujours ainsi une journée commencée dans la tourmente. À la manière dont il avait monté l'escalier, Alexandre avait deviné qu'il était ivre. Il fallait beaucoup de temps et de courage, et un peu d'alcool, pour vaincre la peur. Peur d'entendre et de dire, peur de regarder le sang d'Espagne couler par tous les pores de la peau. Lui l'artiste, le musicien, le poète, ne pouvait qu'échouer à tenter de créer une harmonie entre la politique et la musique. Quant à faire la guerre pour y parvenir, c'était une utopie. La guerre prenait tout. La guerre naissait non pas sous le signe de la mort, mais sous celui du meurtre. Lucien y avait adhéré en s'engageant, en hurlant la devise des Brigades internationales, « Pour votre liberté et la nôtre », et Alexandre était impuissant à l'empêcher de se détruire.

Ce fut le lendemain, au soleil de midi, que Lucien le rejoignit dans l'atelier. Alexandre était en train de faire résonner des tables en épicéa pour écouter leurs réponses. Il le faisait en différents points afin d'en mesurer la fréquence, la durée, et en révéler les harmoniques. Des bois qu'il avait stockés avec soin depuis six ans et qu'il envisageait de travailler. Des bois rares, issus d'arbres à maturité, abattus entre décembre et février, lorsque la sève et les nutriments étaient redescendus dans les racines. Des arbres qui avaient poussé entre plaine et haute montagne, à environ mille mètres d'altitude, et qu'il avait sélectionnés avec une attention toute particulière en fonction des cernes annuels.

Lucien s'arrêta net face à la porte de l'atelier pour écouter le bruit répété que faisait le doigt d'Alexandre frappant le morceau de bois. Il l'ouvrit brusquement et, sans saluer son ami, lança :

— Celui-là chante déjà ! Je veux que tu m'en fasses une guitare... pour remplacer ma vieille Fleta[1] qui est fatiguée...

— Tu veux une nouvelle guitare ? s'étonna Alexandre.

— Une guitare puissante... pour projeter toute la colère que j'ai en moi, mais aussi pour offrir la divine douceur de l'amour. Une guitare avec des basses impressionnantes, des aigus beaux et limpides, des médiums boisés... Tu peux me fabriquer une telle guitare.

Alexandre ne répondit pas. Lucien sentait encore l'alcool et Alexandre se demandait s'il était ou non sérieux. Par ailleurs, que pouvait-il répondre ? Lui-même ne savait pas toujours quelle guitare allait naître de ses choix, de son travail de façonnage et d'assemblage. Il aurait fallu qu'il construise une dizaine d'instruments pour que Lucien trouvât celui qu'il cherchait parmi eux.

— Je vais essayer de te fabriquer cette guitare.

— Essayer, Alex ? Tu te dois de concevoir une guitare révolutionnaire, à l'image de notre époque.

Alexandre esquissa un sourire. Face à l'enthousiasme de son ami, il ne pouvait qu'accepter, réussir.

— Une guitare révoltée, alors ! Qui ne se donne pas facilement, avec laquelle il faut dialoguer pour la convaincre, et même parfois lutter pour obtenir les sons que l'on veut.

— C'est cela, répondit Lucien, pensif, le regard tourné vers la fenêtre qui donnait sur le jardin.

Un jardin qui avait une présence et dont la lumière tremblait lorsqu'elle se sentait observée.

— Une guitare avec toutes les fleurs et la lumière de ce jardin en elle. Tel un rempart afin d'empêcher les fascistes de la franchir pour tuer la liberté, ajouta Lucien.

— Arrête, Lucien ! Arrête avec ça !

— Je sais que je me fais du mal, mais je ne peux lutter contre les forces inconscientes qui me poussent à dire ma révolte et à lui donner un sens en agissant.

1. *Ignacio Fleta : 1897-1977. Luthier espagnol.*

Alexandre se tut. Il savait combien il était difficile de dialoguer sur le sujet avec son ami. Lucien n'était pas dans la négociation, le compromis, et il était toujours vain de tenter l'apaisement, même avec des arguments légitimes. Ce qui se passait en Espagne l'envahissait d'une manière permanente, au point qu'il vivait parfois la situation comme un état d'aliénation.

Comme s'il avait deviné les pensées d'Alexandre, Lucien ajouta, sans attendre de réponse :

— Les expériences vraies sont dangereuses, mais elles sont les seules qui méritent d'être vécues.

— Ne crois-tu pas qu'il faut parfois s'arranger avec la vérité et la liberté pour vivre ? osa Alexandre, provocant.

— Ce sont de telles pensées qui font que le monde se pourrit. Ce sont des gens comme toi, peureux, avec leur silence, qui laissent le mal avancer… Ce qui se passe en Espagne n'est que le miroir de ce qui nous attend en France et dans bien d'autres pays lorsque les nazis épouseront la mort.

— Ne l'ont-ils pas déjà fait ?

Lucien ricana.

— Fiançailles dans la tradition, tout d'abord, puis mariage. Toute cette cruauté en Allemagne avant le voyage de noces à l'étranger.

— Je ne peux pas croire que l'amour abandonnera les hommes…

— Ouvre les yeux, Alex ! Ouvre les yeux, nom de Dieu !

Alexandre eut un léger tressaillement. Un sursaut imperceptible dont l'onde de choc, si infime fût-elle, se lut sur son visage. Alexandre n'était ni aveugle ni sourd, mais, comme beaucoup, la menace de voir le fascisme ou le bolchevisme prendre le pouvoir l'angoissait, le déprimait. Une seule fois Lucien avait été indulgent face à son attentisme, qu'il considérait comme une lâcheté, à son retrait face aux événements qui enflammaient le monde, et il lui avait dit : « Tu peux me parler. S'il y a des choses que tu ne préfères pas dire, je ne t'en voudrai pas. Mais parle-moi ! » Les mots d'Alexandre n'avaient été d'aucun secours pour l'un comme pour l'autre. Alexandre avait regretté d'avoir parlé, car Lucien ne l'avait écouté que d'une oreille, celle du révolutionnaire, et il s'était rapidement emporté.

Alexandre était dans ses pensées lorsqu'on frappa à la porte de la remise où il stockait ses bois de résonance et par laquelle le public était autorisé à entrer pour rejoindre l'atelier de lutherie.

— Tu attends quelqu'un ? demanda Lucien.

Alexandre regarda sa montre. Lui aussi était surpris. Il ne notait rien et il n'était pas rare qu'il oubliât ses rendez-vous. Il était 13 h 30 et il ne se souvenait plus qu'une jeune femme était passée la semaine dernière pour savoir s'il faisait des réparations. Dans l'affirmative, elle souhaitait lui confier une guitare dont la table d'harmonie s'était légèrement fendue dans sa partie inférieure. Alexandre avait demandé à voir l'instrument avant de se prononcer, et rendez-vous avait été pris ce jour. La mémoire lui revint et il lança tout de go, tout en priant la personne d'entrer :

— Une guitare à réparer !

Lucien s'éloigna d'Alexandre et rejoignit la fenêtre, le regard de nouveau happé par les couleurs du jardin. Il entendit la porte s'ouvrir, des pas résonner sur le parquet – c'était une femme et elle portait des chaussures à talon –, puis une voix cristalline, un bonjour enjoué qui incitait à se retourner pour voir la personne qui s'exprimait ainsi. Une femme qui parlait aisément en français, mais avec l'accent espagnol. Pourtant, Lucien restait immobile, silencieux. Il attendait, car il désirait encore écouter, profiter de ce mystère qui l'habitait en s'animant avec beauté des mots que prononçait cette inconnue.

— Comme promis, je vous ai apporté ma guitare. J'espère que vous pourrez colmater cette fissure afin d'empêcher que cela ne s'aggrave.

Alexandre, un peu gêné par l'attitude de Lucien qui, comme souvent, ne répondait pas immédiatement au salut des gens, interpella son camarade :

— Lucien ! Viens voir ! Qu'en penses-tu ? J'aimerais avoir ton avis.

Lucien n'était pas dupe. Il connaissait Alexandre comme un frère. Il traduisit les paroles de son ami par : « Si tu disais bonjour et que tu acceptais de venir essayer cette guitare pour savoir si elle mérite d'être réparée, je serais vraiment content. »

Lucien se retourna et ne fut pas déçu. La jeune femme était telle qu'il l'avait imaginée. Une fille d'une beauté sauvage, avec un visage intrigant. Lucien lui trouvait un air romantique, mais aussi quelque chose d'inéluctable lié au charme, à la grâce, à ce grain d'insolence qui la différenciaient des jeunes filles qu'il avait rencontrées jusqu'à présent. Il fit deux pas dans sa direction pour lui tendre la main et fut happé par l'éclat de son regard. Des yeux bleu vert aux grandes paupières frémissantes comme des ailes de papillon blanc. Elle s'était poudré le visage pour éclaircir sa peau et elle paraissait blême, comme si elle était malade, mais l'irritante beauté de ses cheveux noirs et luisants la rendait fascinante.

— Lucien, un ami guitariste, annonça Alexandre.

— Estrella Havel, se présenta la jeune femme en serrant chaleureusement la main de Lucien.

Ce dernier ne put s'empêcher de contempler la main qu'il tenait dans la sienne, les doigts de fée, longilignes, aux ongles légèrement rosés, vernis. Des mains de guitariste, mais manucurées, trop parfaites pour être celles d'une femme de ménage ou d'une ouvrière d'usine.

Estrella aussi était troublée. Tout en elle refusait ce regard qui se montrait trop insistant, inquisiteur. Pourtant, quelque chose était passé entre eux. Un message qu'ils avaient échangé et qui les attachait l'un à l'autre inconsciemment. Estrella baissa les yeux et, comme si elle eût deviné la pensée première d'Alexandre et afin de rompre une situation qui la mettait mal à l'aise, lança :

— Peut-être pourriez-vous essayer ma guitare et nous donner votre avis ?

Alexandre ouvrit l'étui en souriant et prit l'instrument. Une guitare de Julian Gomez Ramirez[1] achetée à Madrid dans l'atelier de son frère José. Un instrument magnifique en palissandre brun

1. *Julian Gomez Ramirez : 1879-1943. Luthier né à Madrid. Il travailla dans les ateliers de José Ramirez avant de s'installer à son compte à Paris en 1920. Alexandre Lagoya et Ida Presti jouaient sur des instruments fabriqués par ce luthier.*

de Rio, d'une longueur vibrante de soixante-cinq centimètres, et Lucien n'était pas surpris que ce fût une bourgeoise qui le possédât. Cette jeune femme en avait la tenue, l'allure, les gestes. Pourtant, quelque chose en elle sonnait faux. Un son de l'enfance, d'une histoire secrète dont les harmoniques frappaient la sensibilité de Lucien en lui donnant envie d'en savoir davantage. Une fille de bourgeois, lui qui les critiquait sans retenue, qui les exécrait, ne pouvait que le décevoir. Un cerveau formaté pour la recherche d'un maximum d'approbation pour un minimum de risques... et des gènes préparés à ne rien faire d'autre que de gagner de l'argent. Lorsqu'il partageait avec Alexandre sur ce sujet, ils se disputaient souvent. Pourquoi aurait-il dû être indulgent avec ces gens-là ? Pourquoi aurait-il dû faire des efforts pour les comprendre, puisque la réciprocité n'existait pas ? Lucien les avait méprisés avant de les haïr, et désormais il agissait de façon à contrebalancer l'avis de ceux qui s'échinaient à rendre intéressante une classe qui, selon lui, ne valait pas grand-chose.

— Je préférerais vous entendre jouer avant de l'essayer, répondit Lucien, une pointe de condescendance dans la voix, en s'emparant de l'instrument que lui tendait Alexandre pour le remettre à sa propriétaire.

Alexandre détourna son tabouret de travail et un cale-pied, et la jeune femme s'installa face aux deux garçons.

Estrella était toujours morte de trac quand elle devait jouer devant quelqu'un. Elle appréhendait le silence qui préludait aux premières notes, cet instant si particulier où il fallait faire le vide en soi, respirer. Quant à jouer devant un guitariste dont les oreilles allaient l'écouter note à note, le regard la suivre main à main, doigt à doigt, traquant la fausseté, l'erreur, l'imprécision technique, le mauvais doigté, cela l'angoissait. Elle sentit ses nerfs se tendre, son estomac se nouer et poindre un léger mal de tête. Les deux garçons s'en rendaient compte, mais aucun d'eux ne bougeait. Estrella tenta de se concentrer, de contrôler sa respiration, mais ses pensées la submergèrent. « Peut-être attendent-ils que j'avoue que je ne sais pas jouer ou très mal... ou que je leur demande de sortir pour m'écouter à travers la porte. Peut-être jubilent-ils déjà de me voir vaciller, chuter dans un trou de mémoire. Je sens que celui qui ne cesse de me regarder me condamne parce qu'il me juge sans savoir. Je dois lui prouver qu'il se trompe. Je dois jouer et interpréter du mieux que je peux pour l'impressionner. Je dois me concentrer, je le dois. »

Ce fut Alexandre qui fit le premier pas. Il s'approcha et posa une main sur l'épaule de la jeune femme comme le faisait son maître de musique lorsqu'il le sentait tendu. Estrella, à son tour, posa la sienne par-dessus. Une main glacée dont le froid habita celle d'Alexandre et une partie de son bras jusqu'à ce qu'elle la retirât.

Estrella accorda son instrument, joua quelques notes pour en vérifier la justesse, puis essuya ses paumes moites de sueur dans un mouchoir tiré de la poche de son tailleur. Lucien eut une moue de compassion. Aucun musicien n'ignorait le danger de la sueur, des tours qu'elle pouvait jouer en rendant les cordes glissantes.

— Je vous écoute, prononça Lucien d'une voix monocorde qui n'encourageait en rien et marquait l'impatience.

Estrella vérifia une dernière fois la *scordatura* de sa guitare et se mit à jouer. Dès les premières notes, les deux garçons reconnurent la *Sérénade espagnole* de Joaquim Malats[1]. Une pièce très jolie, mais demandant une grande maîtrise technique. Rapidement, Lucien comprit qu'Estrella savait très bien jouer de la guitare. Son toucher était à la fois précis et délicat. Il y avait une forme dans son jeu et en son sein un rythme, une dynamique, un phrasé qui faisait chanter la musique. Elle jouait avec sensibilité et beaucoup de liberté quant à l'interprétation, et cela éveillait la curiosité de Lucien. Cette jeune bourgeoise lui parlait de liberté, et ce mot résonnait dans son cœur comme les battements lancinants d'un tambour de combat. Sous ses doigts, la musique de Malats devenait un hymne à la liberté, au peuple espagnol, mais aussi à l'amour. Et Estrella était amour et sa guitare l'instrument de son érotisme. C'était la première fois que Lucien remarquait avec un étrange désir que les lignes d'une

1. *Joaquim Malats : 1872-1912. Pianiste et compositeur espagnol.*

guitare évoquaient celles d'une femme. Une silhouette avec une fente circulaire, telle une bouche, avec les lèvres en rosace, à l'intérieur de laquelle s'épousaient les sons, leur sensualité, leur plaisir, et au-delà la vie. Quant aux différentes parties qui la composaient, les noms féminins l'emportaient. La guitare était femme, s'accordait au féminin.

Lucien se retenait d'exprimer son bonheur, mais il était sous le charme. Le soleil avait tourné et ses rayons avaient glissé des arbres pour éclairer l'atelier d'une lumière irréelle, évanescente. Une lumière qui dansait sur le bas de la table d'harmonie de l'instrument en réchauffant l'ombre de sa couleur. C'était tout simplement magnifique. Quand Estrella plaqua les deux derniers accords et que le silence se fit dans l'écho des sons, le temps s'arrêta. Une attente nécessaire avant que quelqu'un ne parlât.

Le message qu'Estrella venait de transmettre avait apporté à chacun. Et particulièrement à Lucien, qui se sentait apaisé dans le conflit qu'il entretenait avec ceux qui ne partageaient pas ses idées, qui les combattaient. Intuitivement, Estrella devinait qu'elle avait impressionné ce garçon, mais elle ignorait sur quel chemin elle le faisait se retourner. Elle, la fille d'un riche commerçant de tissus qui avait fui sa Tchécoslovaquie natale en 1920, après l'instauration de la république démocratique, alors qu'elle était à peine âgée de quatre ans, et d'une mère espagnole, cousine éloignée du général Mola[1], gouverneur militaire de Pampelune et farouche opposant des républicains. Quant à dire que c'était en raison de la situation espagnole actuelle qu'une partie de sa famille, par précaution, s'était exilée en France, dans cette froide région de Franche-Comté où un demi-frère de sa mère vivait, elle n'y tenait pas.

— Il faut absolument réparer cette guitare, lança Lucien, qui ne voulait pas féliciter directement la jeune femme sur son interprétation.

1. *Emilio Mola y Vidal, premier duc de Mola. Né à Cuba en 1887 et mort en Espagne en 1937. Général de brigade et principal inspirateur du coup d'État du 17 juillet 1936.*

Estrella remit son instrument à Alexandre, qui examina attentivement la fissure présente sur la table d'harmonie en hochant la tête. Afin de l'ausculter, il glissa, à travers les cordes et par la bouche de la guitare, une tige de fer recourbée à l'extrémité de laquelle avaient été fixés une ampoule de lampe électrique et ses fils d'alimentation. L'opération effectuée avec précaution, il brancha le système sur une pile extérieure et l'instrument s'illumina. Estrella poussa un cri d'étonnement en apercevant le squelette de sa guitare, la trame de son barrage, en constatant que la lumière passait au travers de la fissure.

— Après avoir inséré un très fin copeau de bois dans la fente, à l'aide d'un outil spécial, je collerai un petit pansement de bois pour empêcher qu'elle ne s'agrandisse, expliqua Alexandre.

— Et pour le vernis ? s'inquiéta la jeune femme.

— Je ferai une retouche au pinceau tout en essuyant les débords, et cela passera inaperçu. Je vous le garantis.

— Quand pourrez-vous vous en occuper ?

— Demain, et en fin de semaine, le temps du séchage, vous pourrez venir la chercher.

Estrella fit la moue.

— Je peux vous prêter une guitare que j'ai reprise à un client et réparée, proposa Alexandre, qui devinait la déception de la jeune femme. Lucien la joue et dit que son équilibre est remarquable, que les notes sont précises, pleines et expressives...

— Je vais vous prêter ma Fleta, coupa Lucien, qui quitta aussitôt l'atelier.

Une attitude qui surprit son ami et laissa sans voix Estrella, qui n'osa s'opposer. Lorsque Lucien réapparut, son instrument en main, et le remit à la jeune femme en esquissant un sourire, Alexandre sut que celle-ci ne le laissait pas indifférent et qu'il ne tarderait pas à essayer de la mettre dans son lit.

Estrella s'empara de la guitare avec délicatesse et la contempla longuement avant de plonger son regard par la bouche afin d'en lire la signature.

— Ignacio Fleta, murmura-t-elle avec admiration.

— Du temps où il travaillait encore avec ses frères à Barcelone. C'est un ami républicain, un Barcelonais, qui me l'a cédée. Depuis qu'il fait de la politique et s'est engagé dans la colonne Durruti[1], il ne joue plus.

— Vous connaissez Barcelone ?

— Barcelone, Séville, Madrid ! J'ai bataillé avec la milice en Aragon... et je dois bientôt repartir, puisque ces salopards de nationalistes menacent d'assiéger Madrid.

Alexandre, qui n'avait pas envie de laisser son camarade glisser sur le terrain de la politique, l'interrompit.

— Mlle Havel est née à Prague, mais sa mère est de Grenade, précisa-t-il, dévoilant qu'il avait échangé sur le sujet avec la jeune femme.

— Avec du sang ibérique dans les veines, je comprends pourquoi vous avez choisi une guitare espagnole... de caractère. Et avec ma Fleta, vous allez être servie, enchaîna Lucien, le ton légèrement enjoué.

Estrella prit de nouveau place sur le tabouret et se mit à caresser la guitare de Lucien. Elle agissait d'une manière très sensuelle, des doigts sur les éclisses, sur la table d'harmonie, comme si elle eût voulu la défroisser. Elle le faisait comme un musicien avec une partition rebelle aux notes fugaces. De la paume de sa main gauche, elle effleura le revers du manche jusqu'à la tête, puis fit demi-tour avec ses doigts sur les cordes en produisant un glissando au son mat, telle une plainte d'impatience.

Lucien était ému de la voir toucher ainsi son instrument. Il avait la sensation que c'était lui que cette jeune femme caressait. Et lorsqu'elle enroula son corps autour de la guitare et joua les premières notes, il sentit sa respiration s'interrompre, son cœur battre plus fort. La *Habanera* d'Eduardo Sáinz de la Maza[2], qu'il avait

1. *La plus célèbre colonne de combattants anarchistes. Fondée dès les premiers jours de la guerre, elle combattra dans les rangs républicains contre les militaires nationalistes. Elle doit son nom au délégué général Buenaventura Durruti, qui la dirigea.*
2. *Eduardo Sáinz de la Maza : 1903-1982. Compositeur et guitariste espagnol.*

rencontré en compagnie de ses amis Manuel et Esteban, et de feu Federico García Lorca, dans une *tertulia*[1] à Grenade. À ces pensées, il éprouva une grande peine, un chagrin intérieur qui monta jusqu'aux yeux. Durant un instant, il les ferma et eut l'impression que c'était Eduardo lui-même qui jouait sa musique, tellement elle était habitée par son esprit, servie par le talent de l'interprète. Estrella la jouait merveilleusement.

Alexandre assistait, spectateur, au miracle de l'amour. La musique en était le fil rouge. À l'inverse des mots qui s'effritaient en simples lettres dès qu'ils habitaient la mémoire de l'analyse, la musique ne perdait pas sa lumière, une fois l'instant écoulé. Et dans l'immédiat, elle plaisait à Lucien. De toute évidence, le chaos œuvrait dans sa tête. Il était ailleurs, vivait un autre jour, une autre heure. Certainement quelque part en Espagne, et Alexandre n'était pas surpris que ce fût ce type de femme qui le troublât à ce point.

— Merci, lança-t-il d'une voix éteinte avant de reprendre sa guitare pour jouer avec fougue une transcription personnelle d'*Asturias*, d'Isaac Albéniz[2], qui fascina Estrella.

---

1. *Réunion entre amis, souvent entre artistes, écrivains, musiciens, le plus souvent au café.*
2. *Isaac Albéniz : 1860-1909. Compositeur et pianiste espagnol.*

III

UNE SEMAINE S'ÉTAIT ÉCOULÉE. Alexandre avait téléphoné à Estrella pour lui dire que sa guitare était prête et que, devant s'absenter, ce serait Lucien qui la lui rapporterait en échange de la sienne. Rendez-vous avait été pris au centre-ville de Besançon, au *Café de la Bourse*, place Labourey, un lieu qu'Estrella appréciait et dans lequel elle se rendait fréquemment en compagnie de sa mère, Rosalba. « Une chance », avait-elle pensé. Et pourtant, durant des heures, son envie de venir et celle de se dédire s'étaient combattues.

Sur les quais, elle avait croisé une compatriote, elle aussi en exil, et elles avaient fait un bout de chemin ensemble. Celle-ci avait beaucoup parlé, mais Estrella était restée silencieuse, absente. Elle ne se souvenait plus des paroles de son amie. Elle avait simplement regardé la lumière du jour s'écarter devant elles et l'ombre de la silhouette de la jeune femme accrocher la sienne pour passer le parapet du pont Battant[1].

Estrella se sentit nerveuse quand elle atteignit la place Labourey. L'air était électrique, chargé de tout ce qui l'interrogeait. Estrella s'en voulait d'avoir accordé l'attente de son cœur au silence en refusant de dialoguer avec son amie. Celle-ci n'avait pas insisté, comme si elle eût deviné qu'une histoire ciselait le temps et qu'aucun mot n'aurait pu la décrire.

1. *Quartier de Besançon.*

Estrella eut un léger tremblement quand elle aperçut Lucien tenant sa guitare. Il ne regardait pas de son côté et, ainsi de profil, elle le trouvait encore plus beau. Il était un peu à l'écart, en retrait de la chaussée, et elle éprouva comme un malaise de ne pas le voir regarder vers elle. Il fumait et les cordages de fumée qui s'échappaient de sa cigarette le rattachaient à cette continuité de la vie qu'il paraissait fuir. Un homme au visage fermé, un peu triste, habillé d'un pantalon de velours, d'une chemise de flanelle qui cherchait l'accord de ses yeux. Elle ne sut pourquoi, mais elle s'arrêta de marcher pour le contempler encore. Elle désirait le voir s'inquiéter, s'agiter, peut-être même regarder sa montre avant de s'approcher davantage de lui, comme on rejoint quelqu'un d'endormi.

Elle l'observait avec douceur. Ses yeux le caressaient de pied en cap, comme elle lissait une page de musique du bout des doigts pour en apprivoiser les sons avant de les jouer. Elle avait un regard tendre pour un homme qu'elle connaissait à peine. Dès les premières minutes de leur rencontre, il l'avait fascinée, attirée, avec l'envie de le revoir. Le coup de fil d'Alexandre avait été la résultante de la force de ses pensées et une opportunité. La vie passe et ne revient pas, lui disait souvent sa mère, et Estrella n'avait pas l'intention de l'arrêter sans ce garçon.

Lucien respirait au fil de la révolution espagnole. Il était ici et là-bas. Depuis plusieurs jours, il se dissolvait au souvenir des camarades de Barcelone, de Séville. Ceux-ci étaient voyage et, comme tous les voyages, ils étaient rupture. Lucien n'avait pourtant pas hésité à fuir pour sauver sa vie. Il avait vécu ce départ comme une trahison avant d'analyser son engagement et ce que pouvait devenir son existence dans ce monde qui explosait. Il avait ressenti comme une cruauté à le penser. Une cruauté lasse que la voix d'une jeune femme avait réveillée au murmure de sa guitare. Estrella le vit allumer une autre cigarette, la chercher dans la perspective de la rue, au milieu des inconnus qui déambulaient au gré de leurs occupations. Elle marcha vers lui et il la vit. Il vint à sa rencontre et lui tendit la main.

— Bonjour, Estrella.

La jeune femme esquissa un sourire en le saluant, puis elle lui tendit l'instrument emprunté.

— Alors ? demanda Lucien en procédant à l'échange.

— Avec une telle guitare, le temps épouse le bonheur.

— Que travaillez-vous en ce moment ?

— *Arroyos de la Alhambra*, d'Ángel Barrios[1].

Lucien sentit subitement comme une douleur sur le cœur. Il avait rencontré Ángel au café *Alameda*, à Grenade, en présence de Federico García Lorca, Manuel et bien d'autres artistes. Qu'était-il devenu ?

— Où souhaitez-vous aller ? demanda Lucien.

— Où vous voulez... mais n'avions-nous pas prévu de partager un café ici ? répondit Estrella, qui se laissait prendre au mirage de la contemplation, premier langage du désir.

— Je n'aime pas trop cet endroit, mais s'il vous plaît je peux faire un effort.

Lucien regardait Estrella en pleine lumière pour la première fois. Elle était belle. Elle était paysages et il la contemplait sans se lasser, sans peur de dépasser la frontière où elle se réfugiait en rougissant.

— Où vous voulez, répéta-t-elle, un peu agacée.

Lucien s'immobilisa et toisa Estrella. La lumière était sur son visage, claire, fluide, prête à s'échapper dans l'incandescence de ses yeux bleu vert. Elle avait perdu sa peur, son effarouchement intérieur qui avait transpercé sa peau de faisceaux dès les premières minutes. Estrella n'était pas à l'aise. Ce garçon la perturbait, la contrariait.

— Nous boirons un café ici et un autre à l'*Hôtel des Bains*. Connaissez-vous la promenade Micaud[2], les berges du Doubs et le jardin d'hiver de l'établissement thermal ?

Flâner à Besançon, découvrir des quartiers où elle n'était pas encore allée enthousiasmait Estrella. Quant à Lucien, il se demandait

---

1. *Ángel Barrios : 1882-1964. Compositeur et guitariste espagnol.*

2. *Parc Micaud : jardin public de Besançon situé au bord du Doubs. Du nom de Jean-Agathe Micaud, ancien maire de la ville et initiateur du parc en 1843.*

pourquoi il proposait à cette jeune femme d'aller prolonger la discussion à l'*Hôtel des Bains*, un lieu chic et bourgeois, parce qu'il n'avait pas envie de s'installer au *Café de la Bourse*. Il mit cela sur le compte de sa bonne humeur et sa volonté à faire plaisir. Celle fille l'avait séduit par sa présence, sa sensibilité et l'intelligence dans l'analyse des œuvres qu'elle avait jouées.

— Nous laisserons nos guitares ici. Le patron a sympathisé avec maman et il acceptera de les garder le temps de notre absence.

Lucien n'envisageait pas de confier sa guitare à cet homme connu pour ses opinions politiques de droite, voire extrêmes. Le bois était une matière vivante qui, comme tout ce qui respirait, s'imprégnait d'une ambiance. Combien de notes allait-il devoir jouer faux pour purifier son instrument après l'avoir récupéré ? Un certain nombre, durant un certain temps ! Et, comme dans beaucoup de domaines, le temps œuvrait en bien ou en mal. Les endroits malsains ne devaient être que traversés, et uniquement pour les connaître afin de pouvoir les combattre.

— Non ! Je connais un petit troquet non loin d'ici où elles seront mieux gardées et d'où elles ressortiront remplies de santé et de liberté.

Estrella regarda Lucien, l'air perdu. Ce rendez-vous à Besançon avec ce garçon était-il une bonne idée et n'aurait-il pas mieux valu qu'elle attendît le retour d'Alexandre pour cet échange d'instruments, quitte à mentir ? Pourtant, Estrella ne regrettait pas d'être venue, car elle inclinait à découvrir ce jeune homme davantage. Elle sentait une force en lui, quelque chose d'indestructible mais dangereux. Quelque chose qui relevait de l'amour ou du combat et qui déferait ou offrirait ce garçon à l'emprise de la mort. Estrella n'était donc pas surprise que ce fût lui qu'elle rencontrât au regard de son histoire personnelle, de cet exil forcé dans l'attente d'une victoire sur les forces anarchistes et révolutionnaires en Espagne.

— Allons-y tout de suite, ajouta Lucien qui, comme à son habitude, ne se pliait pas longtemps aux contraintes, même pour faire plaisir.

— Entendu, répondit Estrella, qui ne cherchait plus à analyser le comportement de Lucien.

Estrella fit ses premiers pas à ses côtés, en les calquant au rythme des siens. Il la regardait souvent et elle trouvait cela agréable. Sa présence attisait un sentiment rassurant. Ce jeune homme lui plaisait, et elle ne doutait pas de l'attrait qu'elle avait sur lui.

Au *Café de l'Espérance*, l'ambiance ressemblait à celle des débits de boissons ou des auberges où s'organisaient les *tertulias* en Espagne. Des lieux qu'Estrella avait fréquentés entre quinze et seize ans en compagnie d'un vieil oncle, décédé depuis, qui venait y retrouver des amis musiciens et particulièrement des guitaristes qui avaient fortement influencé la jeune fille déjà fort douée. Un lieu de perdition, lui avait dit sa mère quand elle l'avait su, tout en sommant l'oncle de s'abstenir d'y inviter sa nièce. Ce dernier avait opiné du chef tout en continuant de dévergonder Estrella en cachette. Depuis, de l'eau mauvaise avait coulé sous les ponts et les gens ne se mélangeaient plus.

Lucien entraîna la jeune femme dans le fond de la salle, où des hommes jouaient aux cartes en fumant la cigarette ou la pipe. Une fumée suffocante abaissait le plafond, créant une atmosphère opaque malgré la fenêtre ouverte. Ce café était un espace hors du temps, hors de l'époque, et il tirait Estrella au cœur du peuple. Ce peuple que beaucoup de membres de sa famille dénigraient, insultaient, cause de leurs soucis, de leur exil pour elle et sa mère.

— Bonjour, mademoiselle. Salut, Lucien. Ça fait un moment qu'on ne t'a pas vu ! cria Pierrot, le patron, avec un air jovial.

— La semaine en quinze avec les Somnambules rouges.

Le patron hocha la tête. Estrella s'interrogeait. Qui étaient ces Somnambules rouges que citait Lucien ? Ce dernier avait remarqué l'étonnement de la jeune femme à l'évocation de l'organisation secrète qu'il présidait. Parler de ce groupe de femmes et d'hommes qui soutenait la révolution espagnole, mais qui depuis peu se déchirait face au choix de la CNT[1] et

1. *Confédération nationale du travail : organisation anarchiste syndicaliste fondée en 1910 à Barcelone.*

de la FAI[1] de collaborer avec le gouvernement pour étrangler la révolution anarchiste était impossible.

— Que désirez-vous boire ?

— Deux cafés, s'il te plaît.

— Henri ! Deux noirs pour le Lulu et sa princesse ! hurla le patron à un serveur.

— Si on te laisse nos guitares le temps d'une balade, ça dérange ? demanda Lucien.

— Point ! Je vais vous les mettre au frais dans ma réserve. Au milieu du pinard, elles seront bien gardées...

Le patron s'interrompit, pensif, avant d'ajouter :

— Et quand c'est que tu viens dîner et nous jouer la sérénade ?

— J'attends que tu m'invites...

— Quel salaud ! Si vous saviez, mademoiselle.

Lucien se mit à rire.

— Allez, je vous laisse.

Le patron rejoignit le long comptoir en bois massif sur lequel des hommes buvaient, discutaient avec des mots lourds, tout chauds de révolte.

Les cafés servis, Lucien interrogea Estrella. Il la contemplait de près et il la trouvait accorte. Trop parfaite peut-être dans cette beauté qui assurait que du sang espagnol coulait dans ses veines. Il la regardait. Il respirait son odeur de femme et son parfum qui ensemble créaient un mélange troublant.

Estrella baissa les yeux pour ne pas croiser le regard de Lucien et prit sa tasse de café pour la porter à ses lèvres. Elle devinait qu'il continuait de la détailler, curieux de savoir qui elle était vraiment et pourquoi elle était en France. Elle pressentait qu'il attendait qu'elle parlât pour que ce ne fût pas lui qui cassât le mirage de leur rencontre. Son impatience le dévoila.

— Où viviez-vous en Espagne ?

— À Grenade, la ville natale de maman.

1. *Fédération anarchiste ibérique : organisation internationaliste et antiétatique.*

— Un fief phalangiste[1] désormais, rappela Lucien d'une voix neutre.

— Il l'a toujours été, répliqua Estrella, qui ne savait plus de quel bord était ce garçon.

— Vous savez ce que disait Federico García Lorca des bourgeois de cette ville ? provoqua Lucien, qui brûlait d'évoquer l'assassinat du poète.

Estrella hocha négativement la tête.

— Qu'ils étaient les pires d'Espagne.

Estrella accusa le coup. Lucien perçut son malaise et, tel un picador, l'aiguillonna une nouvelle fois :

— Depuis le 23 juillet[2], la ville est aux mains de vos amis, et vous pouvez y retourner.

— Qui vous dit que ce sont mes amis ?

— Je le devine, répondit Lucien, un sourire narquois aux lèvres.

— N'y étiez-vous pas vous-même il y a peu ?...

— Avant le soulèvement des troupes rebelles et de ces fumiers de franquistes.

Les vilains mots étaient lâchés. Lucien n'avait pu se retenir. Il était conscient du mal qu'il faisait, qu'il détruisait quelque chose en devenir, mais cela était plus fort que lui. Toute son attitude disait son refus à l'indulgence, à la négociation, au compromis. Dès son adolescence, il avait fait de sa vie un parcours militant où seule la noblesse de l'engagement politique avait de crédit à ses yeux. L'engagement politique pour améliorer les conditions de vie et de travail du peuple, du monde ouvrier et agricole, ainsi que son émancipation qui passait par la liberté, l'action de sa propre histoire.

---

1. *Membre de la Phalange. La Phalange espagnole était une organisation politique nationaliste d'obédience fascisante fondée le 29 octobre 1933 par José Antonio Primo de Rivera.*

2. *Les nationalistes s'emparent des villes de Cordoue, Grenade et Cadix, en Andalousie, en juillet 1936, avec l'aide de bataillons maures (*tabors*) et d'unités (*banderas*) de la légion commandés par le général Franco.*

— Ma mère souhaiterait repartir. Elle est inquiète pour certains membres de notre famille, des amis, mais mon père refuse tant que les événements ne se seront pas stabilisés…

— Tant que le fascisme ne sera pas installé, c'est cela ? coupa Lucien, dont le regard était en feu.

— Je ne fais pas de politique et je ne veux pas connaître les raisons qui animent les uns et les autres pour justifier leurs crimes.

— Ne rien dire, ne rien faire, c'est accepter. Je trouve cela intolérable, lâche.

— Alors je suis lâche, répondit Estrella, qui avait envie de partir.

— L'attente et l'engagement sont des expériences par où la vie doit passer.

— C'est pourquoi j'attends, reprit Estrella.

— Attendre ici pour ne pas combattre là-bas, quel que soit son camp, je ne peux le comprendre.

Lucien avait parlé si fort que plusieurs clients se retournèrent dans sa direction, l'air réprobateur ou inquiet.

— Arrête de parler politique ! Tu ne vois pas que cette demoiselle a envie de discuter d'autre chose ? cria le cafetier, qui craignait que la discussion ne s'envenime et se propage aux tables voisines, à la salle entière, comme cela était déjà arrivé.

Chez lui, toutes et tous, quelle que fût leur opinion politique, avaient droit de cité et de passer un agréable moment. La politique, les réunions des Somnambules rouges, c'était le soir, après la fermeture.

— Tout Espagnol qui se respecte ne peut rester indifférent à ce discours.

— Si mademoiselle est espagnole, je lui adresse mes condoléances pour ce qui se passe dans son pays.

— De moitié seulement, répondit Estrella en affichant un timide sourire.

La jeune femme n'était pas mécontente de rappeler à son interlocuteur les origines de sa naissance. Lucien avait d'ailleurs paru contrarié. Elle avait eu sa petite victoire, mais elle fut de courte durée. Lucien n'avait pu s'empêcher de questionner Alexandre sur la jeune femme et il en savait plus qu'elle ne le pensait.

— Pour me faire une idée de l'autre partie de vous-même, il me faudrait savoir pourquoi votre père a quitté sa patrie pour adopter celle de votre mère.

— Je ne vous dirai rien… et il vous faudra apprendre l'histoire de la Tchécoslovaquie pour comprendre…

— Comprendre les raisons d'un mariage accepté par deux familles, et donc ce que vous êtes au plus profond de vos gènes.

Estrella émit un petit rire cristallin. Elle vivait une situation absurde et ce garçon devenait insupportable. Pourtant, elle le respectait, car il n'était pas dans le mensonge et la dissimulation. Elle trépignait de se lever, de partir sans saluer personne, mais son éducation le lui interdisait. La faiblesse, l'abandon n'avaient jamais effleuré son esprit. C'était par amour et par respect pour son père qu'elle avait accepté de quitter sa ville, son quartier, sa maison, pour se perdre dans cette région française où il faisait si froid l'hiver.

— Saviez-vous que ces merdes de franquistes ont assassiné le poète et guitariste Federico García Lorca ? Le 19 août, non loin de Grenade, dans un ravin près de Viznar. Fusillé avec Dióscoro Galindo, un maître d'école républicain, Francisco Galadí et Joaquín Arcollas, deux banderilleros anarchistes.

Estrella sentit une boule d'émotion gonfler dans son ventre, en sortir, couper sa respiration. Elle ignorait la triste nouvelle et des larmes perlèrent à ses yeux. Elle connaissait l'histoire de Federico García Lorca. Son vieil oncle avait connu son maître de musique, Antonio Segura[1], et le jeune Federico au cours de son apprentissage. Un garçon dont il admirait l'œuvre riche de métaphores et de symboles et qu'il avait fait découvrir à Estrella, ainsi que son auteur. La jeune femme qu'elle était avait été fascinée par le musicien, par ses paroles sur le sujet, par sa perception de la guitare. C'était lui qui avait cité la guitare comme l'instrument le plus chargé de contenu émotionnel. Un instrument qu'il avait rapproché du chant

1. *Antonio Segura : disciple de Verdi. Professeur de piano et d'harmonie.*

profond. « On chante dans des moments dramatiques, pour voler, s'évader, pour souffrir, pour apporter au quotidien une atmosphère esthétique suprême[1]. »

— Près d'une fontaine. Un lieu que les Arabes appelaient « Aynadamar », la source des larmes.

Estrella se retourna pour pleurer, sortir son mouchoir et s'essuyer les joues. Le sang de ces quatre hommes était mêlé à sa peine, et elle était immense.

— Excusez-moi. Je l'ignorais, je ne savais pas. Au revoir.

Estrella se leva, prit sa guitare et sortit sous le regard interrogateur du cafetier.

— Balade, il faut un ou deux *l*. Mais je sais que tu ne peux pas me répondre, lança le cafetier en faisant allusion aux deux possibilités orthographiques que ce mot offrait à Lucien pour retenir la jeune femme, et visiblement mécontent de l'attitude de ce dernier.

Le lendemain, Lucien et Alexandre eurent une discussion animée sur la révolution espagnole. Estrella en était la cause. Lucien, souhaitant obtenir l'adresse de la jeune fille pour s'excuser, avait dû s'expliquer et relater à son ami l'incident de la veille.

— Je ne te donnerai pas son adresse.

— Pourquoi ?

— Parce que je ne veux plus que tu l'importunes avec des histoires de politique. Tu ne sais pas rencontrer les gens et discuter avec eux sans en parler. Tu gâches toutes tes relations avec cette merde... C'est une cliente, et je tiens à la conserver.

— Je veux lui parler musique, répondit Lucien, volontairement provocateur.

— Et mon œil ! mima Alexandre en tirant d'un doigt la paupière inférieure de son œil droit.

— Elle m'a dit qu'elle étudiait *Arroyos de la Alhambra*, d'Ángel Barrios, et j'aimerais l'entendre la jouer.

— Tu ne crois pas que c'est un peu tard ?

1. *Federico García Lorca : conférence « Architecture du chant profond ».*

— Non, si tu me donnes son adresse.

— Je doute qu'elle accepte de te voir.

— Nous verrons bien.

Alexandre extirpa d'un tiroir la facture de la réparation de la guitare d'Estrella et énonça :

— 6 rue Persil, pas loin d'ici... Et essaie d'être plus courtois.

Lucien ne répondit pas.

— Ne devais-tu pas retourner en Espagne cette semaine ?

— Je n'ai pas eu de nouvelles de Manuel. Il était à Bujaraloz, entre Saragosse et Lérida, mais mes contacts me signalent qu'il serait à Albacete[1], le nouveau quartier général des Brigades internationales.

— Es-tu si pressé d'aller combattre ?

— Pour défendre les idées révolutionnaires, oui ! Et, entends-tu, je culpabilise d'être ici alors que les camarades sont restés, et tout cela à cause de cette putain de blessure à la cuisse qui cicatrise mal.

Il était peu fréquent que Lucien évoque sa blessure, les circonstances au cours desquelles il avait failli être tué. Une sanglante escarmouche à Caspe, sur la route de Saragosse. Les miliciens avaient en vain essayé de reprendre Saragosse aux nationalistes. Touché à la cuisse, Lucien avait été évacué à Bujaraloz, puis à Barcelone pour y être soigné correctement. Ne pouvant reprendre le combat et dans l'incertitude de l'avancée des troupes ennemies, il avait passé la frontière française à Camprodón avant de prendre la direction de la Franche-Comté.

— Et ta guitare ?... Et ta vie ?

— Ma guitare attendra. Quant à ma vie, je m'en remets au destin.

— À Dieu ! provoqua Alexandre, qui savait que les républicains cultivaient un anticléricalisme virulent.

1. *Ville située dans la région historique de la Manche. Albacete fut la base des Brigades internationales.*

— Pour une autre vie ! Avec la montée du fascisme en Europe et du mal qui en découlera, le temps qui me sera accordé me suffira amplement.

— La mort pour ne rien avoir à concéder, à négocier ?

— Dans les deux camps, oui !

— Je ne peux concevoir qu'un musicien, qu'une personne aussi sensible que toi puisse l'accepter.

— Les idées, Alexandre ! Les idées ! Peut-on être heureux, en harmonie avec la vie, si ce que l'on dit ou fait n'est pas en résonance avec ce que l'on est ? Peux-tu faire de la bonne musique avec un instrument désaccordé ?

— Poussé à l'extrême, tout cela est mortifère.

— Alors, je ferai un enfant à la mort.

Alexandre était mal à l'aise. Il n'arrivait pas à comprendre l'état d'esprit de son camarade et la violence de son engagement.

— Peut-être vaudrait-il mieux faire un enfant à Estrella.

— Tu as raison. J'agirai dès ce soir.

Alexandre esquissa un sourire.

— Et sa mère lui expliquera que son père est mort en combattant ces merdes de franquistes… et ses grands-parents le consoleront en lui disant que celui-là s'était trompé de camp…

— Et s'il les croit, alors je ne perdrai rien à ne pas le connaître.

— Arrête, Lucien ! Arrête ! cria Alexandre, qui sentait que la pression montait, que le visage de son camarade se tournait du côté du mal.

IV

LUCIEN SE RENDIT À L'ADRESSE d'Estrella aussitôt le dîner achevé. Ce n'était pas une heure raisonnable pour visiter une jeune fille qu'il connaissait à peine, mais il n'avait pas envie d'attendre et se fichait de ce que chacun pouvait en penser. Lucien vivait la vie au présent et se refusait à lui donner un rythme routinier. Pour lui, elle n'avait de sens que dans l'immédiateté de la pensée pour l'action. Même lorsqu'il combattait, la vision des cadavres des camarades tués et baignant dans leur sang ne l'arrêtait pas. C'était seulement la nuit que les visages de ses frères d'armes réapparaissaient empreints d'une grande sérénité, d'un troublant mutisme. Il se sentait alors désemparé, habité d'un profond désarroi qui lui laissait le sentiment qu'il serait incapable le lendemain de parler à quiconque, que seul le désir de fuir ses semblables prédominerait. La mort des autres le laissait seul. Elle, qui lui semblait être une alliée, l'abandonnait nuitamment sans secours. C'était peut-être pour cela qu'il désirait revoir Estrella sans attendre, pour chasser ce sentiment qui existait déjà en lui à l'état latent avant qu'il ne vécût l'horreur en Espagne. Peut-être aussi pour que cette jeune femme lui offrît de la chaleur humaine, de l'affection et cet amour qu'elle avait si bien exprimé en jouant de la musique.

La maison où logeaient Estrella et sa mère était une grande habitation de rendement sans cachet, dotée de trois étages. L'appartement du rez-de-chaussée donnait sur un jardin joliment fleuri, dont une partie avait été aménagée en potager. Au deuxième étage, lui avait rappelé Alexandre. Lucien vérifia que le nom et les prénoms des deux femmes figuraient sur l'une des boîtes aux lettres et ouvrit la porte des communs qui desservait un couloir et un escalier sur la gauche. Il fit quelques pas à l'intérieur, puis ressortit comme s'il eût voulu qu'on le vît, le reconnût, l'interpellât.

Lucien resta quelques secondes immobile à regarder les fenêtres du deuxième étage, à respirer le vent d'ouest qui chantait la pluie prochaine en donnant envie de partir loin d'ici, puis il se précipita de nouveau à l'intérieur. L'escalier gravi, légèrement essoufflé, il frappa la porte des Havel de trois petits coups secs. Ce ne fut ni Estrella ni sa mère qui lui ouvrit, mais une jeune fille d'une vingtaine d'années, un peu ronde, mais jolie.

— Bonjour ! Estrella est là ? J'aimerais lui parler, lança tout de go Lucien, surpris et déçu.

— Bonjour. Estrella et sa mère sont allées prendre l'apéritif chez des amis, rue de Dole. Elles ne devraient pas tarder à rentrer. Si vous voulez les attendre, entrez, invita la jeune fille en s'écartant, en tendant la main en direction du canapé adossé au mur face à la fenêtre.

Lucien remercia et prit place côté droit, non loin de l'angle au centre duquel Estrella avait rangé sa guitare.

— Vous désirez boire quelque chose ? Un thé, un café ?

— Un café, s'il vous plaît.

Un café après 17 heures l'empêcherait de dormir, mais Lucien n'avait nullement l'intention de se coucher avant les premières lueurs du jour.

La jeune fille quitta la grande pièce aménagée en salon pour se rendre à la cuisine.

— Nous devions répéter à 20 h 30, elle ne sera pas longue, dévoila à haute voix la jeune fille depuis la cuisine.

— Vous êtes musicienne ? demanda Lucien qui avait repéré une flûte traversière posée sur le rebord de la vieille cheminée.

— Flûtiste !

— Un merveilleux instrument, mais qui n'offre pas la palette harmonique de la guitare, qui est un véritable petit orchestre.

La jeune fille montra son visage jovial au chambranle de la porte séparant les deux pièces où chacun se tenait et, avant de disparaître de nouveau, répliqua d'une voix un peu moqueuse :

— Vous n'exagérez pas un petit peu ?

— Ce n'est pas moi qui le dis, mais Hector Berlioz.

— La guitare est à l'orchestre ce que le dessin est à la peinture, aime dire Estrella... et vous lui donnez raison.

La jeune fille conversait depuis la cuisine et sa voix parvenait à Lucien d'une manière assourdie, habitée par les sons des objets qu'elle manipulait, rythmée par le tic-tac du carillon. L'instant jouait lui aussi son petit orchestre sous la direction de l'eau qui chauffait dans la bouilloire. Parfois, entre deux phrases, deux répliques, le silence se soulignait pour rompre l'intensité des bruits les plus distincts, facilement reconnaissables. Lucien entendait alors la goutte d'eau qui tombait du robinet sur l'évier, l'eau qui suintait du bec de la bouilloire et les vibrations du couvercle de cette dernière sous la pression de la vapeur en transe. Mais les bruits qu'il trouvait les plus agréables naissaient des petits pas que faisait la jeune fille en embrassant le linoléum de ses escarpins... et tout cela pour s'empresser de le servir. Des trottinements qui l'apaisaient. Tant qu'il en était presque à oublier Estrella.

— Le dessin sait aller à l'essentiel dans la clarté et la précision. Il faut savoir le regarder pour en percevoir les couleurs et l'émotion.

— La profondeur de la guitare est cachée à sa surface, enchaîna la jeune fille, un plateau chargé d'une cafetière, de deux tasses et de petits gâteaux secs dans les mains.

Ce fut à cet instant que Lucien contempla son interlocutrice avec l'envie de la séduire, de lui faire l'amour. Ce n'était pas la première fois qu'il perdait l'équilibre en présence de jeunes femmes charmantes. Faire l'amour comme il faisait la guerre pour la révolution était une évidence pour lui. Agir, aimer. Agir et se battre, même dans la confusion la plus totale, sans stratégie, sans certitude des résultats et de leurs conséquences, lui convenait. La guerre d'Espagne, avec ses paradoxes, agissait sur lui comme un catalyseur, comme le levain sur le pain du boulanger. L'espoir, voilà quelle était la plus grande force pour l'amour comme pour la révolution.

— C'est dans le choix du registre des notes et de leurs couleurs qu'elle affirme son identité, compléta Lucien.

— Dans la manière de jouer aussi, de la noblesse de l'attaque, de l'éloquence des articulations.

— Si vous ne m'aviez pas dit que vous étiez flûtiste, je vous aurais crue guitariste tellement vous parlez bien de notre instrument.

— C'est en regardant et en entendant jouer Estrella que j'ai compris.

— Avec justesse, répondit Lucien, qui éprouvait de la gêne à penser au corps de cette jeune fille, à le caresser, alors qu'il était venu pour Estrella et que son prénom chantait avec bonheur dans la bouche de son amie.

Le café servi, la jeune fille regarda sa montre et parut inquiète. Le temps était passé de vingt minutes et Estrella et sa mère n'étaient toujours pas rentrées.

— Si cela ne vous dérange pas, je vais attendre encore un peu, finir tranquillement mon café, proposa Lucien.

— Avec plaisir. D'autant que je n'aime pas être seule, répondit la jeune fille en souriant.

Durant plus d'une heure, oubliant les raisons de leur présence au domicile d'Estrella, Lucien et Anita – ces derniers s'étant enfin présentés – parlèrent musique. Lucien avait été prolixe sur le sujet. Il avait évoqué la partition orchestrale, pianistique qui ne « tenait pas », comme il disait, dans la guitare. Il fallait réduire, transcrire en donnant l'impression qu'il y avait tout. Anita avait rebondi en parlant d'augmentation au sujet de la musique pour violon, violoncelle et pour la flûte, si l'on voulait utiliser et mettre en valeur toutes les possibilités polyphoniques de la guitare. Des paroles qui avaient impressionné Lucien, en lui faisant réaliser qu'Anita était tout d'abord une musicienne avant d'être une flûtiste. Un propos qu'il n'avait pas eu avec Estrella. Obsédé le jour de leur rencontre par ses idées, sa révolution sous le diktat de l'identité espagnole en la personne de la jeune femme, il ne lui avait pas laissé le temps de s'exprimer. Anita était française, banalement française, et ne pouvait exciter chez Lucien que ses hormones masculines.

Ce fut la sonnerie du téléphone qui interrompit leur conversation. Anita décrocha le combiné et, à ses mots, Lucien comprit que c'était Estrella qui appelait. Elle était désolée, elle s'excusait. Leurs amis les gardaient pour le dîner.

— Estrella ne viendra pas...

— J'ai entendu, coupa Lucien, qui ne fut pas vraiment déçu.

La vie n'était que surprises et opportunités et bien trop courte pour s'en étonner et ne pas en profiter. Il était venu écouter Estrella jouer de la guitare et le destin lui offrait Anita et sa flûte.

— Elle ne sait pas dire non à sa mère, enchaîna Anita pour dédouaner son amie.

Un discours que Lucien ne comprenait pas. La relation qu'entretenait Estrella avec sa mère et le degré d'autorité qui s'y attachait ne le souciaient pas. Estrella avait une mère, cela lui suffisait. Quant au père, il semblait être de ceux qui refusaient de partager la liberté. Des pensées que rien ne justifiait, mais qui, pour Lucien, étaient une réalité et plus que significations au peu qu'il savait de cette fille. Pourquoi donc aurait-il dû s'émouvoir ou se contrarier pour une personne qui ne respectait pas la parole donnée ? Avec l'acceptation de ce dîner, ce refus d'affronter l'autorité parentale, Lucien était certain de deviner une partie de la vérité de ce qu'était cette jeune femme.

— Alors, elle est déjà morte, susurra-t-il comme si des milliers d'oreilles eussent pu l'entendre.

— Que dites-vous ?

— Que je ne lui sourirai plus.

Anita eut un petit rire aigrelet avant de demander :

— Et pourquoi ?

— Parce qu'elle vous a abandonnée.

— Pourquoi lui en voudrais-je ? Elle et sa mère sont seules ici et ne sont pas si souvent invitées. Je comprends qu'elles aient accepté de partager avec ces gens qui ont eu la gentillesse de les accueillir et de les aider dès leur arrivée.

Lucien se taisait. Il luttait contre une force à laquelle il avait plusieurs fois succombé en Espagne : le magnétisme de l'amour. Anita avait submergé Estrella d'une vague magique, instinctive, et Lucien s'y noyait. Il était aspiré par le regard sombre de la jeune fille, par ses cheveux noirs et bouclés, par sa bouche sensuelle qui s'animait telle celle d'un poisson en manque d'oxygène. Elle avait effleuré sa main lorsqu'elle lui avait servi son café. Une caresse fugitive qui avait autorisé Lucien à porter son regard sur son pantalon moulant qui laissait deviner ses jambes, ses fesses, sur son corsage blanc à manches courtes, très décolleté, qu'une ceinture de cuir vert cintrait. Anita était jolie, mais elle était empreinte d'un soupçon de tristesse, comme si elle cachait une douleur.

— Et à part jouer de la flûte, que faites-vous dans la vie ? interrogea Lucien, qui tentait d'éloigner le désir.

— Du ménage ! Et Proust disait que le ménage est l'art du néant...

Lucien éclata de rire.

— J'ignorais que Proust avait dit cela.

— Voyez, je reste dans le domaine des arts.

— Pas d'études ?

— Mon père est mort il y a cinq ans, nous laissant ma mère et moi sans revenu. J'avais quinze ans. J'ai dû travailler.

— Pour continuer le conservatoire ?

— Pour l'essentiel, non !

— Une femme de ménage jouant de la flûte, ce n'est pas courant.

— Et je devine que vous aimeriez l'entendre jouer.

Lucien se leva, s'empara de la flûte posée sur la tablette de la cheminée et la tendit à la jeune fille. Anita prit son instrument en adressant à Lucien un regard polaire. Elle lui en voulait de la prendre au mot, de la déstabiliser en la mettant subitement en situation de jugement. Elle était responsable, mais il l'était tout autant de savoir qu'un musicien, en l'absence d'échauffement, avait des difficultés à jouer bien. Anita déposa délicatement le bec de sa flûte à ses lèvres avant que sa bouche ne l'aspire, puis elle joua la gamme de *do* aux tonalités majeure et mineure afin d'apprivoiser son souffle.

— Vous êtes prêt ? lança-t-elle, enfin souriante.

— Prêt à entendre les oiseaux chanter et les canards s'ébattre aux rives des portées.

— Vous êtes sans pitié.

— Sans pitié pour certains volatiles, mais indulgent avec celles et ceux qui tentent de les apprivoiser pour faire de la belle musique...

— De la belle musique ! répéta Anita comme si elle eût douté qu'elle pût en faire.

— Vous me verrez alors sourire...

— Un sourire que je prendrai dans mes bras.

— Avec celui qui vous l'offre, répondit Lucien, le désir au corps.

Anita joua avec talent le menuet de la *Suite en si mineur* de Jean-Sébastien Bach, laissant Lucien sans voix.

— Venez vers moi, que je vous offre mon sourire.

Anita reposa sa flûte sur la tablette de la cheminée et prit place au côté de Lucien, qui l'enlaça aussitôt pour la respirer. Respirer son odeur de fille qui parlait de sexualité jusque dans les cheveux. « Savoure le miel, mais attention à l'abeille ! » lui avait dit un brigadiste italien, un soir d'orgie où un groupe de femmes débridées était venu les rejoindre au campement.

Anita n'était pas farouche. Lucien lui plaisait et, comme elle savait Estrella sans amoureux, aucun sentiment de culpabilité ne la retenait.

Lucien s'apprêtait à parler lorsque Anita le tira à elle, captura ses lèvres, le mordilla, puis lui offrit un baiser langoureux. Elle se lova ensuite contre lui comme une chatte, échauffa sa peau à la sienne, parcourut son visage de sa bouche fougueuse. Lucien voulut l'imiter, la caresser, mais elle lui prit la tête pour la porter à ses seins. Des mains vives pour bien lui faire comprendre que c'était là qu'elle voulait qu'il l'embrassât. Lucien souleva son chemisier, son soutien-gorge et, délicatement puis avec rage, s'acharna sur sa poitrine, sur le sein gauche en enroulant sa langue autour du mamelon, en le serrant entre ses lèvres pour en tirer ce jus sucré auquel il avait goûté avec une turbulente Andalouse. Satisfait, il glissa lentement sa main sur le corps d'Anita, retroussa sa robe, écarta sa petite culotte et l'approcha des cuisses, du sexe offert pour les caresser. Anita soupira de longues minutes avant de fermer les yeux lorsque la bouche de Lucien remplaça sa main. Son plaisir doubla, son corps entra en plénitude avec le désir que s'éternisât l'instant. Anita tomba rapidement dans l'abandon, puis la jouissance l'emporta en retenant un cri.

— Un *mi*. Une ronde avec un point d'orgue. Note finale d'un passage *rubato* et qu'un léger *glissando* a précédé, s'amusa Lucien en libérant la jeune femme.

Anita se mit à rire. Elle était bien, heureuse. Ce garçon reviendrait. Elle jouerait en duo avec lui. Flûte et guitare : un mariage heureux avec de longues pauses...

V

ALEXANDRE AVAIT ÉTÉ FURIEUX d'apprendre que Lucien n'avait pas rencontré Estrella, mais son amie Anita, et qu'il n'avait rien trouvé de mieux à faire que de la baiser sur le canapé de la première. Les deux hommes ne s'étaient pas parlé durant trois jours, puis Lucien était revenu et Alexandre avait pardonné.

— Quand repars-tu ?

— Je ne sais pas. Je trépigne, mais mon contact me conseille d'attendre, qu'un homme blessé ne sert à rien.

— Comment va ta cuisse ?

— Aujourd'hui je ne la sens pas, mais hier elle me faisait mal.

— Tu devrais laisser tomber et te consacrer à l'étude de ton instrument pour préparer l'avenir…

— L'avenir, Alex, tu le vois où et de quelle couleur ? coupa Lucien en haussant le ton.

— Ici, en France, dans des organisations ouvrières, dans la fraternité du Front populaire.

— L'espoir pour empêcher ce qui adviendra ici et en Espagne. Si nous perdons la lutte, et vu que je n'ai aucune confiance dans notre gouvernement, alors le mal viendra jusqu'à nous.

— Le démon ! soupira Alexandre.

— Les démons, comme Dieu, n'existent pas, mais certains hommes portent leurs visages. Et l'un d'eux a la gueule de ce fumier de Franco.

— La France n'est pas l'Espagne.

— Et c'est bien ce qui m'inquiète. Tu vois les ouvriers, les paysans, les bourgeois, les socialistes et les anarchistes s'unir pour faire la révolution ?

Alexandre se taisait. Il était fatigué d'écouter Lucien. Il ne se passait plus une journée sans que leurs échanges dévient sur la politique et s'enveniment. Voir Lucien le matin, c'était parfois gâcher la journée. La faculté qu'avait son ami de passer de l'optimisme au pessimisme et inversement le déstabilisait. Et quand Alexandre le lui faisait remarquer, ce dernier arguait que seul le pessimisme permettait d'avancer, d'obtenir l'optimisme. Et qu'aujourd'hui, dans un monde sans espoir, seule l'anarchie permettrait la révolution. Et qu'il ne fallait pas compter sur les muets, les couards, et encore moins sur les lâches pour le changer, mais sur les gens ayant du caractère et de l'audace.

Pour Alexandre, les révolutions n'étaient que des jacqueries[1] qui ne pouvaient que malheureusement mal finir. Il s'empêchait de le dire à Lucien, même quand celui-ci allait trop loin et que l'envie de hurler pour le faire taire le prenait. Parler de l'échec de l'insurrection du Beauvaisis[2], de celui de la Commune de Paris aurait tué l'espoir de Lucien. Il y avait certes l'héritage de la Révolution française, mais les pouvoirs qui lui avaient succédé l'avaient endormie, diminuée, blessée, affaiblie. Tant que les oiseaux noirs des fascistes endeuillaient les arbres de la liberté.

— Soyons optimistes et trinquons à la révolution ! s'exclama Alexandre qui sortit d'un buffet deux verres et une bouteille de manzanilla[3] que Lucien lui avait ramenée d'Espagne.

— Tu as commencé ma guitare ? interrogea Lucien tout en humant le parfum du vin que son camarade venait de lui servir.

Alexandre ouvrit un tiroir et en extirpa la bûchette de mosaïque qui allait, une fois découpée, constituer les éléments de la rosace.

— Tu vois, je prépare le maquillage et la bouche de ta guitare.

1. *Jacquerie : révolte des paysans contre les nobles en 1358.*
2. *Pays de France, en Île-de-France (Oise).*
3. *Vin de Jerez (province de Cadix). Vin pâle, parfumé, tirant de quinze à vingt degrés.*

— C'est magnifique, Alex ! C'est magnifique !

Lucien était admiratif du travail d'Alexandre. Il écouta ce dernier lui expliquer la découpe de la bûchette en plus de deux cents petits morceaux de bois d'une épaisseur de trois dixièmes de millimètre. Alexandre lui montra ensuite les plaquages dans lesquels il délignerait les fins filets qu'il collerait ensuite sur la tranche de part et d'autre de la mosaïque. Un travail d'orfèvre qui donnerait esthétisme et élégance au futur instrument.

— Et sur la structure, tu as avancé ?

— Pas au-delà de ce que je t'ai montré la semaine dernière. Des réparations m'ont mobilisé, et tu sais que je ne peux pas me permettre de les refuser.

— Pas de souci, Alex. Je ne suis pas pressé...

— Tu as ta Fleta et je reste sceptique quant à ton empressement à lui être infidèle.

Lucien esquissa un sourire. Alexandre avait raison. Il n'était pas près d'abandonner sa Fleta pour une autre guitare. Cette commande était une folie comme il s'en accordait parfois. Un cadeau à Alexandre pour lui donner du travail, une rémunération. Lucien éprouvait davantage de plaisir à donner qu'à recevoir. Et ce plaisir s'était accru depuis la disparition des derniers membres de sa famille. Lucien n'avait plus personne à chérir, aimer, gâter, si ce n'était cet ami qu'il accueillait chez lui.

— Tu as déjà une idée sur le nom de baptême de ce modèle de guitare ? demanda Lucien tout de go.

Alexandre leva le nez, surpris. Il n'avait nullement pensé à cela.

— Avec cette rosace, n'est-ce pas le cœur de ma guitare que tu modèles ? Un cœur pour des sons, des notes qui tournoieront à l'infini en lui en attendant que mes doigts aspirent l'harmonie en caressant la touche. Quand un guitariste joue de la guitare, c'est aux lèvres d'une femme qu'il parle. De musique, bien sûr, et donc de vie et d'amour. Et c'est dans la sensualité de la rosace que cette femme cherche ses mots pour lui répondre. Il y a une femme dans chaque guitare et aucun guitariste ne peut espérer devenir bon musicien sans la découvrir. La guitare est femme, Alex !

— *Une amoureuse à la voix féminine.*
Boîte à musique de douleur et de plaisir :
Elle a l'accent d'une âme divine,
Une taille et des hanches comme une femme[1].

Lucien cessa de respirer en écoutant Alexandre parler, puis il papillonna des yeux un bref instant, l'air béat, avant de s'exclamer :

— Rubén Darío, le grand poète nicaraguayen !

Alexandre jubilait de son petit effet et de la surprise causée à son ami sur un sujet qu'il aimait. Lucien avait étudié la poésie, en lisait. Ce dernier se souvenait avoir entendu son ami Esteban, un frère de combat capturé et assassiné par les fascistes peu de temps après, lui traduire ces quelques vers de Darío en présence de Federico García Lorca, au café *Alameda* de Grenade. Des pensées qui lui mirent le vague à l'âme. Lorca était accompagné de la pianiste polonaise Wanda Landowska[2], qui envisageait de quitter la France pour les États-Unis en raison de la situation politique en Europe. Lorca avait beaucoup parlé de la guerre à venir avant que n'apparaisse un jeune guitariste talentueux habitué du *rinconcillo*, ce coin du café *Alameda* où aimait se rencontrer tout ce que Grenade comptait de musiciens, d'écrivains ou de peintres. L'élite grenadine, certes, mais majoritairement d'obédience socialiste et favorable à la République espagnole. La brève prestation du jeune guitariste achevée, Lorca avait parlé musique, guitare et de l'héritage de son père sur le sujet, puis de son choix pour la littérature après sa rencontre avec Andrés Segovia[3]. Paroles qu'Esteban lui avait traduites en français, Lucien n'ayant pas tout compris.

Un instant sans voix, mais ne voulant pas être en reste, Lucien déclama :

— *À la ronde*
croisée des chemins,
six jeunes filles

1. *Rubén Darío, « Portiques », dans* Proses profanes.
2. *Wanda Landowska : 1879-1959. Pianiste et claveciniste polonaise.*
3. *Andrés Segovia : 1893-1987. Guitariste classique espagnol.*

dansent.
Trois de chair
et trois d'argent.
Les rêves d'hier les cherchent,
mais un Polyphème d'or
les tient embrassées.
La guitare !

— Lorca, je suppose ? enchaîna Alexandre.

— Oui, sous le titre *Devinette de la guitare*. Et devine pour qui il l'a écrite.

Alexandre grimaça pour reconnaître son ignorance.

— Pour son ami Régino Sáinz de la Maza[1], le frère d'Eduardo.

— Et quelles magnifiques images de voir la table d'harmonie et la rosace comme le visage du plus sauvage des cyclopes.

Trois petits coups secs frappèrent la porte de l'atelier, qui s'ouvrit avant qu'Alexandre ne l'autorisât. La silhouette d'Estrella découpa la lumière cadrée dans le chambranle de la porte. À contre-jour, elle n'était qu'une ombre, mais une ombre dont montait l'écho lointain de sa présence subite. Une musique imperceptible qu'il était urgent d'entendre pour comprendre ce qu'il fallait faire pour vivre, respirer, boire, manger et marcher sur terre.

Alexandre et Lucien étaient comme pétrifiés de la voir face à eux alors que nul ne l'attendait. Tel un spectre couvert de cendres et de mots endormis, elle déclina la *Devinette de la guitare* en espagnol :

— *En la redonda*
encrucijada
seis doncellas
bailan.
Tres de carne
y tres de plata.
Los sueños de ayer las buscan,
pero las tiene abrazadas
un Polifemo de oro.

1. *Regino Sáinz de la Maza : 1896-1984. Guitariste et compositeur espagnol.*

¡ La guitarra !

Puis de conclure :

— N'est-ce pas plus charmant et ensoleillé dans la langue maternelle de Lorca ?

— Vous nous avez entendus ? osa Alexandre.

— Comment ne pas se figer en écoutant ce poème de Lorca ? Et aujourd'hui davantage qu'hier, puisqu'il ne nous reste plus que sa poésie pour narguer les fumiers qui l'ont assassiné.

Estrella avait prononcé l'injure en haussant le ton, en l'accentuant, en regardant fixement Lucien comme si elle eût voulu le provoquer. Une prononciation à l'espagnole avec le *u* changé en *ou* et qui, en toute autre circonstance, aurait prêté à sourire.

— Quelle belle surprise ! flatta Alexandre.

— Je suis venue présenter mes excuses à Lucien. Je sais par Anita qu'il m'a rendu visite récemment et attendue en vain, expliqua la jeune femme sans regarder Lucien.

Ce dernier et Alexandre échangèrent un regard menaçant. Ils savaient comment les choses s'étaient passées et pourquoi ils s'étaient disputés.

— Je n'ai pas perdu au change, enchaîna Lucien.

Alexandre eut un air affligé. Une fois de plus, il ne comprenait pas l'attitude de Lucien. Pourquoi le fait de blesser les gens, de paraître finalement insupportable était plus fort que son désir d'aimer ? Une façon d'agir qui faisait que les vilaines choses ne lui arrivaient que rarement par hasard.

— Je vous présente mes excuses, Lucien, répéta Estrella, peinée.

Lucien se tut. Il fit quelques pas, l'air indifférent, puis regarda le jardin par la fenêtre.

— Je ne vous demande pas de les accepter. Je peux comprendre que vous m'en vouliez... Mais à défaut de mots, des notes pourraient me rassurer. Celles de Sáinz de la Maza, de sa *Habanera* qui, vu le malaise que je ressens, seraient de circonstance.

Lucien était le seul responsable, mais il n'avait pas envie de se retourner. Quant à répondre sans regarder celle qui l'interpellait, c'était s'empêcher de la connaître davantage. Lire son visage pour voyager dans son être, il ne pouvait refuser. D'autant que ses derniers mots avaient été prononcés comme une prière, avec un chant de larmes en mouvement dans la voix. Une pensée qui lui fit se remémorer un souvenir douloureux. Une femme croisée en juillet 1936 dans une rue de Barcelone lors de la prise de l'*Hotel Colón*[1] près des Ramblas[2]. Une jeune femme blessée qui l'avait supplié de l'aider, les yeux pleins de larmes. Un visage si beau, si triste qu'il n'avait pu s'empêcher de le raconter à Esteban. « Comment as-tu pu laisser passer une femme aux yeux pleins de larmes ? » lui avait répondu son camarade. Ils étaient retournés sur place et avaient retrouvé la jeune femme morte, baignant dans son sang. Personne ne s'était occupé d'elle. Personne n'avait pris le temps de lui fermer les yeux. Seul son chagrin s'était échappé sous la chaleur du soleil pour venir hanter le sommeil de Lucien les jours suivants. Allait-il une fois de plus laisser partir une femme en détresse ? Il se retourna d'un coup, souriant, désarmant Alexandre qui s'apprêtait à lui faire une remarque.

— Je n'ai pas envie de jouer de la guitare, mais si vous êtes libre, je vous offre une visite de Besançon.

Estrella fut un instant déstabilisée. Elle croisa le regard d'Alexandre comme si elle eût voulu y déceler un sentiment d'alerte, une mise en garde ou au contraire son assentiment.

— Profitez, le temps est magnifique ! conseilla Alexandre qui voyait dans les yeux de la jeune femme l'envie de partager et d'aimer, peut-être jusqu'à l'épuisement.

Alexandre s'étonnait de laisser si facilement cette fille à son ami Lucien. Il devinait qu'il en profiterait avant de l'abandonner. Estrella cherchait une relation durable et Lucien des rapports sexuels. Et avec une jeune femme nourrie au lait du franquisme, la rencontre risquait d'être explosive. Quand il réfléchissait à la situation, Alexandre se disait que ce n'était pas un hasard si cette fille s'était exilée à Besançon, si le destin l'avait fait venir dans son atelier

---

1. Hotel Colón : *place de la Catalogne. Siège du Parti socialiste unifié de la Catalogne en 1937.*
2. *La Rambla ou les Ramblas : avenue emblématique de Barcelone.*

pour qu'il la rencontrât. Estrella l'avait séduit et il devait agir pour se démarquer, pour parler et la détourner des filets de Lucien.

— Volontiers ! répondit la jeune femme.

— Et si nous franchissons main dans la main le pont Battant avant midi, notre amitié sera de longue durée ! lança Lucien, qui chercha en vain à prendre la main de la jeune femme.

Une tentative qui n'échappa pas à Estrella, mais qu'elle ne voulut pas faciliter. Laisser Lucien l'attraper, c'était se laisser saisir par l'amour, et elle avait peur d'être une proie, sans certitude qu'il le soit aussi. Elle voulait l'équilibre et non jouer pour s'assurer de sa sincérité.

La situation amusa Lucien. Il sentait le trouble de la jeune femme et devinait que celui-ci l'empêchait d'être elle-même. Il profita de son avantage.

— Votre main pour vous faire pardonner.

La proposition étonna Estrella.

— Une main de jeune femme de belle famille dans celle d'un révolutionnaire détraqué, cela ne peut apporter que l'apaisement, ajouta Lucien en regardant son ami Alexandre.

Ce dernier était inquiet. Il savait que l'instant pouvait basculer au sombre pour un seul mot de travers.

— Ma main dans celle d'un guitariste, pourquoi pas. Mais uniquement le temps de traverser le pont pour sceller l'amitié.

Lucien se mit à rire et Alexandre se détendit. Il y avait si longtemps qu'il n'avait pas entendu son ami rire.

— Nous ne pourrons pas tout visiter aujourd'hui. Il nous faudra choisir. Si je vous dis l'église de la Madeleine, le quai Vauban avec ses arcades et une balade sur les rives du Doubs, ou la citadelle en passant par le square Castan[1], la porte Noire et la cathédrale Saint-Jean, que préférez-vous ?...

Estrella esquissa un franc sourire et enchaîna :

— Là où vous déciderez d'aller, je vous suivrai.

1. *Le square Castan est un ensemble de vestiges archéologiques au centre historique de Besançon. Du nom de l'archéologue et bibliothécaire de la ville : Auguste Castan.*

— À moins que nous nous accordions avec Victor Hugo aux couleurs de Gustave Courbet !

Tous deux s'observèrent. Leurs regards se capturaient mutuellement dans un silence de mots au repos, d'événements à vivre, d'évidences cachées. Ils étaient des lumières vives sous la force de l'attraction et du désir, fluides comme de l'eau en crue.

Estrella n'était pas dupe sur la nature du trouble qui l'habitait. Elle tentait de le contrôler afin de prendre du recul, d'analyser la situation, à savoir si cet homme avait des sentiments pour elle ou s'il la désirait uniquement sexuellement. Une lutte inégale, car elle éprouvait une évidente jubilation et une pointe de vanité à se sentir exister comme femme.

Estrella et Lucien descendirent l'avenue Villarceau, l'abrupte rue Roy pour rejoindre les rues de Dole et d'Arènes, et la place de la Madeleine. Ils marchaient en évitant de trop se rapprocher, de se toucher. C'était toujours Estrella qui s'éloignait lorsque Lucien la frôlait. Ce dernier le faisait exprès ; cela l'amusait. Il en profitait pour respirer son parfum. Une fragrance de roses un peu trop accentuée qui lui faisait penser au vin de Grenade. Son bonheur était aux côtés de cette femme qu'il se retenait d'aimer, de peur de se trahir. Estrella sentait son regard sur elle, son souffle dans ses cheveux, et elle se retourna en lançant :

— *Jardin d'Andalousie*, c'est ainsi que s'appelle mon parfum. C'est mon père qui me l'a rapporté au retour d'un séjour à Malaga.

Lucien ressentit comme une douleur dans la poitrine. Des rumeurs évoquaient les velléités de Franco de conquérir Malaga[1]. Maîtres de Cadix, du port d'Algésiras, situé à moins de dix kilomètres, les nationalistes cherchaient à renforcer leurs positions pour préparer l'offensive sur Madrid.

Qu'était allé faire le père d'Estrella à Malaga ? Lui dont la femme était une cousine éloignée du général Mola. Était-il allé comploter pour dynamiter l'organisation républicaine ? Lucien n'avait aucune preuve, mais son esprit divaguait, enivré par une idéologie

1. *Malaga tombera aux mains des nationalistes le 8 février 1937.*

intransigeante. Les traits de son visage durent le trahir, car Estrella lui demanda :

— Qu'avez-vous, Lucien ? Vous êtes très pâle.

— Rien. Je pense au Parnasse des poètes[1], au jardin des Muses en écho à votre jardin d'Andalousie, mentit-il.

Et comme pour chasser le mal qui le rongeait en le détruisant davantage chaque jour, il expliqua :

— C'est ce jardin du Parnasse qu'Apollon tissa de muguet pour séduire les Muses.

Estrella était séduite. Lucien n'était pas qu'un beau garçon prévenant, intelligent, il était cultivé. Elle eut envie de poursuivre sur le sujet, mais ils atteignirent la rue d'Arènes et Lucien lui parla de l'église de la Madeleine. Une église édifiée de 1746 à 1766, mais dont les deux tours dataient du XIXe siècle. Le parvis franchi et une fois à l'intérieur, Lucien vanta l'élégance des volumes, la somptueuse décoration d'époque Louis XV des trois nefs. Ils flânèrent un long moment avant de quitter les lieux, de sortir. Estrella, éblouie par le soleil, perdue, chercha à s'orienter et Lucien s'en amusa.

— Le pont Battant est là et il va falloir me donner la main.

Estrella eut une moue amusante. Elle leva machinalement les yeux et aperçut le carillonneur de bois et de plomb adossé à l'ouverture à claire-voie du clocher.

— Et ce bonhomme rouge et jaune avec son plumet tricolore et sa pipe, qui est-ce ?

— Le Jacquemard ! Un automate du XVe siècle pour rythmer la journée du quartier. Tous les trente ans environ, des artisans le descendent de son perchoir pour lui refaire une beauté. Une aventure sur laquelle les Bisontins plaisantent en disant que l'on va « faire pisser Jacquemard ».

Estrella se mit à rire. Un rire cristallin, musical, qui emporta le malaise de Lucien et toutes les mauvaises pensées qui auraient pu gâcher la journée.

— On traverse ! s'exclama Lucien en joie.

---

1. *Parnasse des poètes : le séjour symbolique des poètes, l'ensemble des poètes, la poésie.*

Estrella opina du chef et s'empara aussitôt de la main de Lucien. Ce dernier était déconcerté et presque inquiet de sentir sa main dans celle de cette jeune femme pour un instant si fugitif. Une main un peu moite qui avait capturé la sienne vite et sans ménagement. Le pont franchi, Estrella le libéra et lui fit comprendre qu'un besoin intime la pressait de faire une halte dans un bar.

— Le *Café du Commerce* est à deux pas, rassura Lucien, qui prit les devants.

Estrella marchait comme un automate sans observer autour d'elle. Elle passa près du conservatoire sans y jeter un regard, traversa la place de la Révolution sans grande précaution et se précipita au *Café du Commerce*, où elle demanda au garçon où se trouvaient les toilettes. Lucien resta quelques secondes immobile, puis s'installa en terrasse, face à la rue où les perspectives étaient plus amples.

Il était dans ses pensées quand Estrella revint, et il ne la vit pas. Elle s'approcha doucement pour profiter de son visage. Elle avait accepté de l'accompagner parce qu'il l'avait touchée en tant que musicien, parce qu'elle le devinait solitaire avec une forte intransigeance capable de l'arracher à la vie. Il était encore trop tôt pour savoir s'il serait capable de l'accepter avec son histoire singulière. À moins que son dessein ne soit de la changer, que tout ce qui lui avait paru comme une avancée vers le partage ne résulte que d'un triste calcul, d'une forme de manipulation qui emporterait la confiance, la tendresse et même la sensualité. Ce garçon était séduisant, mais cette journée n'allait-elle pas s'achever par une catastrophe, par la proposition d'une sordide partie de jambes en l'air ? « C'est un amour que je veux, pas une bagatelle », pensa Estrella. Et elle prit place en face de Lucien, avec dans les yeux l'envie de parapher l'amitié.

Estrella désirait boire un café et Lucien en commanda deux. Une fois servis, la jeune femme mit un sucre dans sa tasse, remua son café de gestes lents avec la petite cuillère, puis le but lentement en soufflant dessus par intermittence. Estrella se sentait mal à l'aise. Elle avait vu Lucien regarder ses mains, chercher dans sa façon de boire le café les manières des gens distingués. Cela l'avait d'ailleurs rendue maladroite, car elle avait renversé un peu de liquide dans la soucoupe. Elle se trompait, car Lucien la trouvait belle à agir ainsi, certes un peu gauche, mais avec cette touche de distinction apprise, copiée, qu'elle mariait avec simplicité et tendresse.

— Venez à côté de moi pour profiter de la vue, lança-t-il en se déplaçant un peu sur le côté.

— C'est vous que j'ai envie de regarder.

Lucien marqua la surprise mais se tut. Estrella n'était pas très fière de s'amuser ainsi, de jouer maintenant avec le silence puisque son interlocuteur ne disait rien. Elle but une gorgée de café en se demandant à quoi il pensait, s'il s'ennuyait, s'il désirait partir. Elle le devinait enfermé dans son envie de la découvrir. Tous les deux avaient des paroles à offrir, mais aucun ne savait ou n'osait prononcer les premiers mots.

— Que regardez-vous ? osa Estrella.

— Les visages des gens, et regarder un visage, c'est voir l'être de quelqu'un...

— Et que voyez-vous sur le mien ?

— Que vous avez envie de parler et que vous n'osez pas, par peur de tomber dans le fossé de tout ce qui nous sépare.

Estrella esquissa un sourire.

— Et si je vous demande à mon tour ce que vous déplaît chez moi, ce qui vous dérange, quels sont les sentiments qui vous viennent à l'esprit ?

— Votre parfum. Cette fragrance de roses que je n'aime pas.

— Vous n'aimez pas ? s'étonna Estrella, qui porta le revers de son poignet à ses narines pour se respirer.

— Non ! Un parfum de Malaga qui bientôt ne sera distillé qu'avec les roses noires des fascistes.

— C'est pour cela que vous me regardez comme si vous vouliez voir en moi du dedans, afin de savoir à qui vous avez affaire ?

— Et vous, que n'aimez-vous pas chez moi ? biaisa Lucien.

— Je dois encore vous regarder pour savoir. Oui, que vous m'avez parlé du Parnasse des poètes en me laissant sur ma faim. Je

— J'ai eu la chance de rencontre Regino... et Ángel Barrios à Grenade, au *Café Alameda*.

— Avant la guerre, ce dernier donnait fréquemment des concerts à la taverne *El Polinario,* à Grenade.

— Avec son quatuor Iberia...

— Oui, mais aussi en soliste... Vous auriez aussi pu croiser Manuel de Falla, son ami.

— J'aime sa musique, pas l'homme...

— Pourquoi dites-vous cela ? Vous ne le connaissez pas, coupa Estrella, agacée.

— Ce musicien est trop marqué à droite, répondit froidement Lucien.

— Et si je vous dis que je sais depuis peu que Falla fut le seul à oser braver les bourreaux de Lorca pour tenter de le sauver ?

Lucien se tut, interdit. Estrella s'était renseignée quant aux circonstances de l'arrestation et de la mort de Federico García Lorca depuis qu'il lui avait annoncé la triste nouvelle. Quelques jours après l'assassinat du poète, Lucien avait reçu un coup de téléphone de son ami Luigi. Ce dernier n'avait pas évoqué Falla, mais Ángel Barrios, qui avait été le premier à s'incliner sur les lieux de l'exécution de Federico García Lorca. Il en fit part à Estrella pour détourner la conversation au sujet de Falla. Estrella, qui avait compris qu'il était dangereux de parler politique avec Lucien, lança :

— Vous savez, durant longtemps, j'ai confondu Ángel Barrios et Augustín Barrios...

— Augustín Barrios Mangoré[1], qui se faisait appeler Nitsuga Mangoré en souvenir d'un chef révolutionnaire guarani durant l'occupation espagnole, n'est pas le même homme. C'est un guitariste et compositeur talentueux, mais il est paraguayen et non espagnol.

Estrella eut un instant de panique. Elle était confuse d'avoir vécu tant d'années sans jamais avoir eu la curiosité de se renseigner afin de savoir qui étaient Ángel Barrios et Augustín Barrios Mangoré pour ne pas les confondre. Elle avait étudié et joué, dans

1. *Augustín Barrios Mangoré : 1885-1944. Compositeur pour guitare.*

sa jeunesse, certaines de leurs œuvres sans se poser de questions. Les années étaient passées, elle avait exploré d'autres compositeurs, et ce n'était que récemment que la confusion s'était dissipée dans son esprit.

— Quand je pense que j'ai étudié le *Chôro da Saudade*, que j'aime tant, en pensant qu'il était d'Ángel Barrios !

— Le jouez-vous ?

— J'ai découvert cette pièce peu de temps avant de quitter l'Espagne. Je m'étais promis de l'étudier, mais cet exil me perturbe, m'empêche de me concentrer avec rigueur.

— Vous n'apprenez plus ?

— Peu, à vrai dire. Je joue, mais des pièces que je connais, que je maîtrise.

Lucien hocha la tête, compréhensif.

— Et vous, jouez-vous ce *Chôro* ?

— Oui ! Cette musique est magnifique, mais difficile, surtout pour le deuxième mouvement en accords.

— Je l'aime pour ce qu'elle évoque, pour ces instants de délicieuse nostalgie, de regrets, de désir, d'ailleurs, qu'elle suscite... et davantage aujourd'hui que j'ai quitté mon pays. Accepteriez-vous de la jouer pour moi ?

— Volontiers ! Un jour prochain ou un jour d'automne célébrant la magie de l'été à l'hiver.

— N'attendez pas mon chagrin...

— Quel chagrin, Estrella ? Celui du peuple espagnol que vous avez refusé d'entendre en partant ? Celui-là même que les fascistes étouffent dans le tumulte de leurs armes ? Celui silencieux des hommes torturés, assassinés ? Celui des veuves, des jeunes filles violées ? Celui des enfants dans le ventre de leurs mères ?

— Arrêtez, Lucien ! Arrêtez, je vous en prie ! Je refuse que vous m'associiez à tous ces crimes que je condamne et qui, d'ailleurs, à ce que j'en sais, sont commis par les deux camps. Je refuse tout autant que vous me colliez une étiquette parce que cela vous arrange, parce qu'il est inutile, à vos yeux, de ne pas choisir un camp, de rester fidèle aux valeurs qui m'ont construite, même si celles-ci sont utilisées aujourd'hui à des fins assassines et qu'en aucun cas je ne cautionne.

La colère d'Estrella déstabilisa Lucien durant un bref instant. Toutefois, il lui en fallait davantage pour le remettre sur les rails d'une pensée conformiste, favorable à une collaboration qui stopperait en Espagne le processus de transformation sociale. Pour Lucien, seule la doctrine anarchiste pouvait guider la révolution. Seul le totalitarisme révolutionnaire pouvait empêcher l'étranglement de celle-ci par les loyalistes, fidèles au gouvernement, et toute la clique des nationalistes. Lucien réalisait qu'il avait dérapé à nouveau pour un mot, certes chargé d'émotions, mais un simple mot qui, chez une autre personne, aurait été source de découvertes, d'avenir. Son ami Alexandre lui avait maintes fois reproché son attitude. Cette capacité qu'il avait à rebondir sur le sujet politique à la suite d'une banale allusion, d'une phrase maladroite, d'un mot ouvert. « Tu es malade, Lucien, il faut te faire soigner », concluait parfois Alexandre lorsqu'il n'en pouvait plus.

— Je vous présente toutes mes excuses. Je suis un imbécile. Je crois qu'il est temps...

Lucien s'interrompit. Dire qu'il piaffait d'impatience de repartir se battre en Espagne, c'était relancer la polémique sans être certain de pouvoir l'arrêter. Et comment ne pas évoquer tous les événements qui avaient marqué le deuxième semestre de l'année ? Comment ne pas parler de tout cela à Estrella et lui faire comprendre que son chagrin, à lui, était ailleurs ? Que c'était lui qui quittait sa maison, sa ville, son pays pour aller défendre la liberté, les idéaux auxquels il croyait. Il ne fuyait pas, il s'engageait. Se retenir d'être et de vivre, d'être ce qu'il était, était une épreuve, un supplice.

Lucien sentait qu'il faiblissait, que ce qui en lui voulait rester, aimer peut-être cette fille, avait pris le dessus sur l'autre partie de lui-même, celle qui raisonnait, qui se méfiait du pouvoir des émotions. Lucien éprouvait du plaisir à être avec Estrella et l'envie de le cultiver était grande mais déraisonnable. Il avait suffisamment lu pour savoir qu'il n'y avait pas de relation entre le bonheur et le plaisir, et que, si elle existait, elle ne pouvait être qu'asymétrique. Seul le bonheur construisait le plaisir, et non l'inverse. Et pour l'instant, ce n'était pas du bonheur qu'il vivait avec cette fille, mais du plaisir, et trop le rechercher en augmenterait le besoin. Une situation qui ferait naître les émotions et à plus ou moins long terme la source de la souffrance, du malheur. La souffrance, un état d'urgence où se confondaient plaisir et bonheur, émotions et assouvissements pour l'agrément de les vivre. Les émotions étaient donc dangereuses s'il était impossible de les assouvir. Et tout l'engagement de Lucien dans les Brigades internationales se résumait dans ces quelques phrases. La lutte, non pas pour le plaisir, mais pour le bonheur. Lutter pour ne pas aimer et rester libre, seul. « Malheur à l'homme seul », avait dit Dieu. « L'homme seul fait peur, et le mettre en couple, c'est l'affaiblir », pensa Lucien, qui sourit à Estrella.

Un sourire timide, un peu en dessous du franc sourire, qui laissa à la jeune femme un pressentiment, de l'attendrissement, un signe d'amour. Un sourire qui était comme une caresse adressée à son regard.

— Saviez-vous que Besançon est une vieille ville espagnole ? À une époque où les puissants de ce monde distribuaient des provinces au grand jeu de la politique comme on distribue des cartes. Le temps où les souverains comtois étaient aussi des maîtres en Espagne, des rois en Castille, en Aragon. Une histoire de mariage et de fils à naître avec pour dot le comté de Bourgogne, incluant une grande partie de la Franche-Comté actuelle, sous réserve que les deux conditions soient remplies. Il y eut mariage, mais pas d'enfant, et la province devint espagnole en 1633.

Estrella écoutait Lucien évoquer religieusement cet événement historique qu'elle ignorait. Être Espagnole et ne pas connaître le rayonnement et l'influence de son pays au cours des siècles n'étaient pas très glorieux. Elle n'avait rien à dire, rien à apporter sur le sujet, mais le fait que Lucien l'évoquât avec calme et pour elle lui plaisait. Il s'était excusé *in extremis*, car Estrella avait une nouvelle fois pensé à partir, à le quitter pour ne plus jamais le revoir.

Lucien avait eu effectivement peur de la voir s'en aller, de la perdre, même si cette idée lui paraissait complètement irrationnelle, puisqu'elle avait accepté de l'accompagner, et il la contempla vraiment. Elle était silencieuse. Elle était cruellement silencieuse. Il regarda sa main, ses doigts s'approcher de la tasse de café en la découpant d'ombres grises. Il la trouvait charmante. Il avait envie d'elle et il essaya d'imaginer le corps qu'elle avait. Il n'était pas correct de penser à elle ainsi, mais il se disait que, si son corps était à l'image de ses mains et de ce qu'elles étaient capables de faire avec une guitare, il n'était pas à la fin de ses surprises.

— Vous vous plaisez à Besançon ? demanda-t-il subitement pour relancer la conversation.

— Ma famille, mes amis, ma ville me manquent.

Grenade manquait aussi à Lucien. Il y avait laissé tant de camarades. Mais était-il possible de parler de Grenade sans évoquer son destin[1], les mains dans lesquelles la ville était tombée ?

Estrella remarqua l'embarras de Lucien et elle enchaîna :

— Si vous avez envie de me parler de votre Grenade, de ce que vous y avez fait, qui vous y avez rencontré, je vous écoute.

Lucien ne répondit pas. Il regarda sa montre.

— Vous êtes pressé ?

— Non, mais nous avons été bavards et je doute que nous ayons encore le temps de monter jusqu'à la citadelle.

— Ce sera pour une autre fois. Nous sommes bien ici. Je vais d'ailleurs commander un autre café. Si vous souhaitez m'accompagner, je vous l'offre.

Lucien accepta et Estrella se détendit. Son intuition de femme ne la trahissait pas. Lucien était différent de ceux de sa condition, mais aussi des siens. Elle l'aima à cet instant pour l'émotion qu'elle lisait sur son visage. Elle aurait voulu que les minutes s'éternisent, que ce temps qu'elle trouvait délicieux les rapprochât avec une infinie douceur. Elle posa la main sur la table tout près de celle de Lucien, en espérant qu'il oserait s'en saisir, mais il resta impassible, les yeux comme figés par ce qui le tourmentait. Pouvait-il dire à Estrella

1. *Grenade est tombée aux mains des insurgés nationalistes le 20 juillet 1936.*

qu'il avait rendez-vous en soirée avec Anita, sa meilleure amie, et qu'ils n'avaient nullement prévu de jouer de la musique ?

— Vous voulez du temps pour observer, écouter, jouer de la guitare... Du temps que vous aurez le loisir d'étirer ou de raccourcir pour oublier que vous n'êtes pas en Espagne.

Estrella était troublée. Ils n'étaient plus chacun à leur place, mais ensemble au même endroit, physiquement et en pensée.

— C'est de ce temps-là que vous manquez, Lucien !

— Certainement. Et je compte sur vous pour m'en offrir.

— Du temps de Frederico Gracía Lorca au mariage de ses poèmes.

— Cela m'apaiserait.

Estrella restait fascinée par l'étrangeté de l'amour, par ce commencement de bonheur qui depuis le jour grignotait son cœur, même si elle était consciente que le plaisir suivait de près, tel un petit chien affamé prêt à se rouler dans la boue pour un os à ronger. Elle chassa aussitôt ses pensées en déclinant en espagnol un poème de Lorca, *Memento*. Texte qu'elle traduisit ensuite en français.

— *Cuando yo me muera, enterradme con mi guitarra bajo la arena. Cuando yo me muera entre los naranjos y la hierbabuena. Cuando yo me muera, enterradme, si queréis en una veleta... ¡ Cuando yo me muera !*[1]

Lucien était aux anges. Comme les Espagnols, la mort le fascinait. Il n'y avait point là de goût pour une délectation morbide, mais un refus absolu de détourner le regard ou de fermer les yeux devant la cruelle réalité de la mort. L'art ibérique l'illustrait d'ailleurs merveilleusement. La peinture, la sculpture, la poésie et la musique lui offraient une large place.

Pour ne pas parler d'eux, Estrella et Lucien discutèrent un long moment sur Lorca, sur sa poésie, sur son rapport à la mort et l'utilisation qu'il faisait de la guitare pour l'apprivoiser. Lucien avait parlé

1. « *Quand je mourrai, enterrez-moi avec ma guitare sous le sable. Quand je mourrai entre les orangers et la menthe. Quand je mourrai, enterrez-moi si vous voulez dans une girouette. Quand je mourrai !* »

du chant de la guitare, chargé de peine, hanté de sinistres présages et qui exprimait par ses inflexions les errances menaçantes de la mort. Pour l'illustrer, il avait récité quelques vers de « Malagueña », un poème du *Chant profond* :

La mort entre et sort de la taverne.

Passent des chevaux noirs et des gens sinistres par les profonds chemins de la guitare.

— J'aime la vie, Estrella. Je l'aime parce que j'espère qu'elle m'autorisera à la jeter par-dessus bord, avait murmuré Lucien en dévisageant la jeune femme.

Estrella était restée silencieuse, les yeux enlacés à ceux de Lucien. Elle ignorait que Lucien paraphrasait Robert Walser[1], un écrivain qu'il lisait. Mais son cœur aurait battu fort l'inquiétude si elle avait su combien Lucien portait cette phrase en lui.

---

1. *Robert Walser : 1878-1956. Écrivain et poète suisse de langue allemande. Mort d'épuisement, le 25 décembre 1956, après une longue marche dans la neige.*

VI

UNE SEMAINE ÉTAIT PASSÉE depuis l'escapade de Lucien et Estrella à Besançon. Lorsqu'ils s'étaient quittés, Lucien s'était empressé de rejoindre Anita au parc Micaud, où ils s'étaient donné rendez-vous. Après avoir échangé quelques baisers sur un banc public, Anita l'avait entraîné quartier de Battant, dans une chambre de bonne qu'une copine, elle-même chez son ami, lui avait prêtée pour la circonstance. Ils avaient passé une bonne partie de la nuit à faire l'amour, mais dès l'aube, et malgré la fatigue, Lucien s'était éclipsé. Il ressentait toujours une impression de néant après avoir fait l'amour. Comme si sa partenaire l'eût vidé de sa force, de son énergie et même de son envie de continuer à vivre. C'était étrange. Cela ne durait pas et il lui suffisait d'avaler une tasse de café bien serré pour remettre tout son être en place.

Les heures qui avaient suivi n'avaient pas été bonnes. Lucien avait erré dans Besançon avec nulle envie de rentrer à la maison. Des cafés du matin, il était passé aux apéritifs jusqu'à s'enivrer. Mais cela n'avait pas suffi pour effacer la douleur qu'il avait sur le cœur. Elle était comme une aiguille qui le piquait à chaque fois qu'il pensait à Estrella avec le visage langoureux d'Anita en arrière-plan. Il l'avait plantée Grande Rue comme un malpropre, comme un sauvage, pour rejoindre une fille qui n'était rien pour lui. Il avait baisé Anita comme une bête, comme les belles amazones qui étaient venues à lui les nuits qui avaient précédé la bataille de Caspe. Lucien et ses camarades en avaient profité, passant de l'une à l'autre sans sourciller, sans se poser de questions. La mort rôdait, noire, et tous étaient conscients qu'ils en seraient les victimes tôt ou tard. Ces femmes leur avaient offert leur corps comme de la gnôle avant le combat. Elles les avaient révélés dans leur animalité, leur tempérament guerrier. Des femmes dont ils avaient gardé l'odeur jusqu'au lendemain, dont la sexualité avait imprégné leurs cheveux. Des femmes entreprenantes, et Lucien se souvenait que Luigi avait plaisanté avec elles. Luigi avait horreur des femmes qui avaient une volonté propre en matière de sexe, et il avait tergiversé sur le sujet, et même remis en cause sa position. Lucien se rappelait l'avoir conforté dans ses dires en citant le philosophe Schopenhauer : il y avait une correspondance entre volonté et tempérament sexuel, et cela ne pouvait pas être mauvais. Ils avaient ri en espérant revoir les filles le soir même…

Le reste de la journée était passé sans attrait, grise, et sa blessure lui avait rappelé qu'il n'était pas guéri. Lucien était rentré à la maison la nuit tombée et Alexandre avait su qu'il était ivre à sa façon de monter l'escalier… Deux jours après, Lucien repartait en Espagne.

VII

1937

Lucien revint à Besançon à la mi-juin 1937. Il rentra dans la nuit en faisant un boucan épouvantable et resta deux jours enfermé dans sa chambre. Ce fut l'après-midi du troisième jour qu'il descendit à l'atelier pour saluer Alexandre. Ce dernier trouva son ami fatigué, amaigri, habité d'une tristesse qui fermait les fenêtres de la vie. C'était la première fois que Lucien revenait d'Espagne avec la mort sur le visage. Un paysage gigantesque, tourmenté, éternel.

Lucien avait dit bonjour avec un timbre de voix sans couleur, comme s'il avait vu Alexandre la veille, alors que cela faisait plus de six mois qu'il était parti. Il avait fureté dans l'atelier, rassemblé des chutes de bois sur l'établi sans but avant de s'immobiliser devant la fenêtre.

Alexandre s'était bien gardé de parler. Il avait continué son travail comme s'il avait été seul.

— Ces chiens de fascistes ont tué Ossorio... Un formidable camarade. Un garçon plaisant et courageux. Avec Luigi, ils ne se quittaient jamais. Il faudra le venger.

— Tu ne vas pas retourner là-bas ? s'inquiéta Alexandre.

— Il le faut.

Alexandre leva la tête pour observer son ami. Ce dernier contemplait le jardin, silencieux. Son ombre, face à une lumière étincelante, flamboyante, qui déposait du soleil partout, fuyait sur le plancher. C'était cette ombre qu'Alexandre devait empêcher de grandir pour sauver Lucien.

— La dernière fois que je l'ai vu, c'était à Barcelone. Pour l'enterrement de Buenaventura Durruti[1]. Il était avec Luigi et des gars de la FAI et de la CNT. Ce n'était plus le même homme. J'ai fait le voyage avec lui pour retourner à Madrid. Il ne souriait plus, il ne plaisantait plus. Le soir, une fille qu'il connaissait est venue le chercher et il a refusé de partir avec elle. La mort se lisait dans ses yeux et, quand j'ai su que son frère avait été tué à Brunete[2] et ses parents assassinés par les *requetés*[3] à Tolède, j'ai compris qu'elle ne le quitterait plus.

Alexandre était sans voix. L'idée que son ami puisse mourir le traversait. Cette mort, ivre de sang, qui prenait tout, engloutissait tout, l'emprisonnait dans ses serres comme un aigle sa proie.

— Durruti est mort, lança tout de go Alexandre, perturbé par cette présence qui habitait celle de Lucien.

— Remplacé par Ricardo Sanz[4]. Et lui, qui s'était toujours opposé aux injonctions du gouvernement républicain de militariser les unités anarchistes et les milices confédérales, doit se retourner dans sa tombe.

— Dans l'armée de la République espagnole ?

— Oui ! Anarchistes, communistes et socialistes mêlés.

Lucien se retourna. Son visage était blanc, terriblement blanc. Alexandre sentit un long frisson glacé lui parcourir le corps. La peur, la souffrance, la mort se donnaient. Il devait parler ou quitter la pièce pour voir le soleil. Parler pour dérouter Lucien de son

1. *Buenaventura Durruti fut tué le 20 novembre 1936, lors du siège de Madrid par les nationalistes.*

2. *Ville espagnole située à vingt-huit kilomètres à l'ouest de Madrid.*

3. *Miliciens carlistes espagnols, reconnaissables à leur béret rouge, qui ont combattu du côté franquiste.*

4. *Ricardo Sanz : 1898-1986. Militant anarcho-syndicaliste. Combattant antifranquiste et écrivain espagnol. Inspecteur général des fronts de Catalogne et d'Aragon après la mort de Buenaventura Durruti.*

chemin. Et pourtant, n'osant évoquer la musique, les visites régulières d'Estrella, il l'accompagna.

— Tu as combattu à Madrid ?

Lucien hocha la tête. Ils avaient empêché les nationalistes de prendre la ville. Franco avait renoncé, mais pour combien de temps ? Les nouvelles des six derniers mois n'étaient pas bonnes. Cette première partie de l'année avait vu la chute de Malaga au profit de l'ennemi, la bataille de Guadalajara, l'offensive du général Mola dans le Nord, le bombardement de Guernica, la conquête de Bilbao. Il y avait eu quelques éclaircies pour le camp républicain : Madrid avait résisté à la nouvelle offensive franquiste en février et le général Mola était mort dans un accident d'avion début juin. Toutefois, l'événement qui avait le plus déstructuré Lucien, l'obligeant à rester alité une journée durant, avait été l'écrasement des insurgés anarchistes et marxistes de Barcelone. Anéantis non pas par l'ennemi, mais par l'État républicain, le Komintern[1] et le Parti communiste opposés à toute révolution prolétarienne au nom du Front populaire. Le ver était dans le fruit. Les loyalistes[2] avaient laissé faire et les organisations ouvrières avaient fait preuve de défaitisme.

— Et ce n'était pas beau à voir. J'ai perdu beaucoup de camarades. Je me souviens d'un gars du POUM[3], un type intelligent. Il était ouvrier et jouait de la mandoline. Nous avons souvent conversé ensemble durant nos temps de repos. Il est mort dans mes bras, une balle dans la poitrine, le 19 novembre, un jour avant Durruti. Je me souviens de ses derniers mots et de la lettre rangée dans sa veste qu'il m'a fait promettre de remettre à sa femme. Je ne pouvais refuser ou le trahir et je suis passé au village en revenant en France. Une fille de Manresa[4]. Une belle femme et maman de deux fillettes jolies comme tout. Elle savait déjà quand je suis arrivé. Elle était

1. *L'Internationale communiste, également appelée Troisième Internationale ou Komintern, d'après son nom russe. Organisation née de la scission de l'Internationale ouvrière en 1919 sous l'impulsion de Lénine et des bolcheviks.*

2. *Loyalistes : fidèles au gouvernement de la Seconde République espagnole.*

3. *Parti ouvrier d'unification marxiste.*

4. *Ville de la communauté de Catalogne, située dans la province de Barcelone.*

lointaine, perdue dans une souffrance qui dévorait sa beauté. Elle a pris la lettre, et moi dans ses bras en me serrant très fort, comme si j'avais été quelqu'un de la famille, et s'est mise à pleurer toutes les larmes de son corps. Je n'arrivais pas à la consoler. Je ne trouvais pas les mots en espagnol. Je parlais en français et elle ne comprenait pas. Ce fut si fort en émotion que je sentis des larmes quitter mes yeux, couler sur mes joues. Un chagrin que je vis tomber sur ses cheveux comme s'il eût été, à travers moi, l'ultime message d'amour de cet homme à sa femme. Je suis parti rapidement sans me retourner. Mais dès mes premiers pas, j'ai compris que ce camarade avait été trahi et que, tôt ou tard, nous le serions tous. Le début de la fin...

Lucien cessa de parler et se tourna de nouveau face à la fenêtre. Il était trop tard pour expliquer ce qui s'était passé avec le POUM. Alexandre ne s'intéressait pas vraiment à la guerre d'Espagne, se mélangeait même parfois dans les noms des différentes composantes œuvrant au sein des belligérants. Et il était vrai qu'il y avait de quoi y perdre son latin.

Le Parti ouvrier d'unification marxiste était une organisation antistalinienne. Une idéologie qui allait lui être fatale et le rendre illégal. Une crise grave qui allait faire se battre les révolutionnaires entre eux et engendrer une violente répression à l'encontre des anarchistes et des membres du POUM. Devenus hors la loi en zone républicaine, beaucoup de ceux-ci avaient été arrêtés. Une situation qui, avec la reconnaissance du gouvernement nationaliste par les fascistes italiens et les nazis allemands, et l'intervention destructrice des staliniens et des communistes au sein du camp républicain, allait faire mourir la révolution, et cela, Lucien ne l'acceptait pas.

— C'est pour ça que tu es revenu ?

— Je ne sais pas. À Madrid, je suis tombé trois fois. Ma jambe lâchait quand je courais. Un jour, je me suis retrouvé à l'hôpital militaire en me demandant ce que je faisais là. J'avais un gros pansement sur le crâne et personne ne put me dire ce qui s'était passé. Cela ne devait pas être bien grave, car je n'ai pas gardé de cicatrice. Je voulus retourner sur le front, mais le médecin de la compagnie me conseilla de prendre du repos, d'autant que la bataille sur Madrid prenait fin.

— C'était le cas, compléta Alexandre, qui percevait un malaise chez son ami.

— Oui, mais je n'aurais jamais dû écouter ce médecin et partir.

— Tu avais cette lettre à remettre à cette femme.

— J'aurais pu la lui apporter et revenir à Madrid. C'est son chagrin qui m'a déstabilisé en me donnant cette envie subite de revenir ici.

— C'est que tu en éprouvais le besoin.

— La révolution est en danger... et je suis chez moi, en train de parler tranquillement et de regarder mon jardin. Cela n'est pas tenable.

— Il faut penser à toi, à ta santé, répondit Alexandre, en sachant que Lucien n'entendait pas ce genre de discours.

Alexandre était si loin du monde dans lequel s'animaient Lucien et des forces qui en contrariaient la rotation. Lucien ne pouvait pas tout raconter. Il avait vécu à Madrid des jours terribles. Les combats avaient été d'une extrême violence et des exactions avaient été commises par les deux camps. Des prisonniers nationalistes avaient été interrogés, battus, torturés, puis exécutés sommairement.

Face au silence de Lucien, Alexandre rappela :

— En tout cas, ton retour met en joie ton entourage : Suzanne, Paul, Estrella et moi-même. Estrella est venue souvent pour demander de tes nouvelles.

Lucien se retourna.

— Tu as des nouvelles d'Anita ?

Alexandre n'était pas surpris de ce rebond de Lucien afin de ne pas parler d'Estrella. C'était volontaire. Sa relation avec Anita s'était distendue bien avant son dernier départ, et demander des nouvelles de cette fille, qu'il n'aimait pas, mais baisait selon ses envies, était ridicule. Partager avec Lucien n'était pas de tout repos et Alexandre savait qu'Anita en avait assez de cette situation. Il était parti non seulement sans la prévenir, mais il ne lui avait donné aucune nouvelle, ni à personne d'ailleurs. Parler d'Anita, alors que

Lucien savait qu'Estrella était passée régulièrement pour savoir s'il était rentré, relevait donc de l'imposture.

— Anita est venue deux fois en janvier, mais je ne l'ai pas revue depuis, répondit Alexandre, agacé.

— Elle a dû me remplacer avantageusement.

— Et tu serais mal venu de lui en vouloir après une si longue absence.

Lucien ricana.

— Estrella est donc passée ? biaisa-t-il.

— Hier encore. Mais vu que cela fait deux jours que tu es là et que tu n'as pas pris le temps de venir à l'atelier, même en allant chercher de l'eau à la cuisine, je ne t'ai rien dit, rusa Alexandre.

Une attitude à laquelle Lucien était coutumier lorsqu'il s'isolait, mais qu'Alexandre exploitait pour le provoquer.

— Tu l'attendais ? demanda Lucien avec perversité.

— Non... Par contre, le frère d'Esteban a téléphoné hier. Je suis venu frapper à ta porte, mais tu n'as pas répondu.

Lucien s'en souvenait. Deux petits coups secs à la porte de sa chambre dont il avait identifié l'auteur. Il était resté silencieux. Il avait attendu avant de sortir de son lit. Il avait pris sa guitare et avait joué longtemps, à s'en faire mal aux doigts, aux poignets. Jouer de la guitare, c'était parler, hurler en musique. L'Espagne s'enfonçait dans le chaos. Voyager avec elle, c'était suivre des chemins hasardeux, découvrir des ornières, des failles, des béances. Tout un univers pour nommer ses peurs et voir celles des autres. Les nouvelles n'étaient pas bonnes.

— Il t'a dit ce qu'il voulait ? demanda Lucien, qui s'inquiétait de ce coup de fil en provenance d'Espagne.

— Non ! Il n'a pas voulu attendre quand je lui ai dit que tu ne répondais pas. Il était pressé. Il a promis de rappeler, mais que tu pouvais aussi le joindre où tu sais, la semaine prochaine.

Lucien s'interrogeait. C'était lui qui téléphonait habituellement au frère d'Esteban. Il avait dû se passer quelque chose d'important pour qu'il prenne cette initiative. Sans attendre, Lucien se rendit à la salle à manger pour appeler. Ce fut la mère de Luigi qu'il eut au bout du fil. Après avoir répété plusieurs fois qui il était, celle-ci fondit en larmes et lui annonça que son fils était mort. Elle ne comprenait ni ne parlait le français, mais ses paroles n'avaient nullement besoin d'être traduites.

— Ils ont tué mon petit, mon enfant. Ils l'ont tué comme un chien. Je ne le verrai plus, Lucien ! Je ne le verrai plus. Maudits ceux qui l'ont tué.

Lucien ne l'écoutait plus. Il revoyait le beau visage de son camarade dans la lumière des jours de liberté. Il entendait sa voix, la chaleur de son idiome. Il imaginait la mort dans ses grands yeux noirs. Des yeux béants comme deux morceaux de verre. Un regard mort, visqueux, qui n'était plus rien, qui ne se rattachait à aucun passé. Un regard qui avait perdu la beauté des étés et des terres colorées d'Espagne. Ces fumiers de fascistes avaient pris sa vie. Lucien entendait le bruit de leurs pas lourds. Il les revisitait avec leurs vestes sombres sous le soleil, leurs visages livides, leurs yeux rouges ourlés de nuit. Assassiner les meurtriers de Luigi de ses propres mains, les étrangler avec les cordes de sa guitare, il y pensait.

Lucien avait raccroché, mais il ne bougeait pas. Il était paralysé. Quand il se retourna, Alexandre était derrière lui, à quelques pas.

— Luigi est mort. Les fascistes l'ont assassiné, annonça-t-il d'une voix d'outre-tombe.

Alexandre sentit qu'un léger tremblement agitait ses doigts. Il n'avait jamais rencontré Luigi, mais Lucien lui en avait tant parlé qu'il éprouvait un sentiment de perte, comme s'il eût été quelqu'un de sa famille. Il aurait voulu questionner Lucien afin de savoir comment les choses s'étaient passées, ce qui avait fait que Luigi était tombé aux mains de l'ennemi, mais il se retenait. Lucien ne savait rien. La mort de Luigi était tombée sur lui comme un poids mort, comme une bombe, laissant le vide autour de lui. Alexandre ne savait comment apaiser le grand mal qui rongeait son ami de l'intérieur. Il en avait envie tout en sachant que cela n'aurait servi à rien. Lucien n'entendait pas, ne comprenait pas quand la liberté saignait. Cette liberté qui voyageait de ses grandes ailes lumineuses dans son esprit, malgré les nuages menaçants de ceux qui préféraient l'ombre au soleil.

— Que comptes-tu faire ?

— Que veux-tu que je fasse avec cette putain de jambe qui m'empêche de voyager, de courir ?

— N'est-ce pas toi qui disais que la mort rattrapait ceux qui couraient ?

Lucien haussa les épaules et quitta la pièce.

— Excuse-moi, Alex, mais j'ai besoin d'être seul.

— Et si Estrella arrive, tu m'autorises à te déranger ?

— Je dois rester seul, Alex. Seule la solitude apaisera ma douleur.

Alexandre se tendit par tout le corps, pinça les lèvres, serra les dents. Il avait envie de crier, de dire à Lucien que cette fille l'aimait, qu'il était ridicule de ne pas la recevoir.

— La vie est courte et pas toujours gaie. Tu devrais en savourer la moindre minute au lieu de l'attendre meilleure, murmura Alexandre.

Une demi-heure passa. Alexandre avait rejoint son atelier quand on frappa à la porte. Au nombre de coups et à la manière dont le bois résonna, il sut que c'était Estrella. Il la pria d'entrer. La jeune femme découpa la lumière en apportant une bouffée de chaleur. Elle vint à lui et lui tendit la main. Alexandre put enfin la voir sans la trahison du contre-jour. Il la trouvait belle. La douceur de sa voix le troublait. Il n'avait pu s'empêcher de porter son regard sur son poignet, sur ses doigts graciles, aux jointures fines. Les mains d'Estrella étaient comme des oiseaux blancs. Il avait regardé ses fesses quand elle avait fait demi-tour pour refermer correctement la porte. Il s'était souvenu de la plaisanterie de Lucien qui disait qu'il aimait quand Estrella marchait vite, car elle remuait mieux les fesses. « Je boirais bien un petit verre de son corps », avait-il pensé. Estrella avait du sang espagnol dans les veines, et cela se voyait.

— Que faites-vous ? demanda-t-elle.

— Je rabote la rosace pour la faire effleurer au niveau de la table. Ensuite, je la finirai au racloir et je percerai la bouche.

— Ce motif est magnifique… Une commande ?

— De Lucien, mais je doute qu'il joue sérieusement de cette guitare...

— Pourquoi dites-vous cela ?

— Je ne sais pas. Une intuition. Je ne le vois pas abandonner sa Fleta.

Estrella se pencha pour admirer le travail et Alexandre aperçut le grain de beauté qui saillait sur la peau de son cou. Il baignait dans son odeur de chair et son parfum vanillé. Il la respirait et luttait pour ne pas la toucher. Il effleura son bras nu en voulant retourner la table d'harmonie pour lui montrer les traces du futur barrage. La jeune femme eut un moment de recul, comme si un insecte l'eût piquée.

Estrella ne semblait pas pressée de demander où était Lucien. Elle se plaisait au côté d'Alexandre et le questionnait sur son métier, sur les différentes étapes de la fabrication d'une guitare.

Lucien les avait entendus parler et, au bout d'un bon quart d'heure, il descendit et les rejoignit, l'air des mauvais jours. Estrella changea d'attitude. Elle s'éloigna d'Alexandre, effaça son sourire, se crispa. Alexandre eut l'impression que son cœur se resserrait comme un hérisson.

— Je vous ai attendue, hier... mentit Lucien sans dire bonjour.

— Nous n'avions pas rendez-vous. Et même si tel avait été le cas, après six mois, il y aurait prescription.

— Je vous ai attendue, répéta Lucien d'un ton peu indulgent.

Estrella marqua une hésitation avant de répondre. Elle devait faire attention à ce qu'elle allait dire. Un embarras que Lucien prit comme un jeu, comme si la jeune femme jouait à cache-cache, et cela l'agaça. Leur banale conversation n'était-elle pas une façon de différer, de s'éparpiller, de provoquer une inattention générale afin de ne rien voir venir des choses de l'amour ?

— J'aime faire attendre, provoqua Estrella.

— Vous m'aviez promis de venir boire un café.

— Je suis venue de nombreuses fois et, à défaut de vous voir de retour, je le prenais avec Alexandre.

— Mais aujourd'hui, je suis là, et vous aussi !

— Je vais aller le préparer, proposa Alexandre, qui les regardait avec une vérité crue.

Celle qu'ils avaient d'être contents de se retrouver et de tout faire pour ne pas partir chacun de leur côté.

— Et après, que faisons-nous ? lança Lucien.

— Si je vous propose de venir chez moi pour m'écouter jouer de la guitare, cela vous convient ?

Lucien marqua son étonnement, même si en son for intérieur il appréciait l'invitation.

— Et votre mère ?

— Elle est partie quelques jours à Perpignan pour retrouver mon père.

Lucien ne commenta pas l'information. La France avait fermé ses frontières avec l'Espagne depuis le 8 août 1936[1].

Alexandre revint quelques minutes plus tard avec une cafetière napolitaine et trois tasses qu'il déposa sur son établi. Au moment où Lucien se pencha pour la servir, Estrella remarqua qu'il avait une blessure à la base du cou. Une plaie que son col de chemise irritait au rouge, et elle s'interrogea.

— Vous sucrez, je crois, affirma Lucien.

— Et quand je suis seule, j'y ajoute quelques gouttes de cognac.

La réponse irrita Lucien. Cette marque de snobisme, même si elle paraissait anodine, ne pouvait que souligner leur différence sociale. Il eut envie de répondre, mais compromettre l'avenir pour donner de la hauteur à ses idées lui parut inutile.

Le café servi, ils parlèrent longuement de musique, de guitare, pour éviter le sujet politique, les événements en Espagne. Tárrega[2] fut au programme et Alexandre rappela que le maître avait joué pendant vingt ans sur une guitare du luthier Antonio de Torres. Un nom évocateur d'histoires, de rêves, de charme. Posséder et

1. *La France rouvrira ses frontières au transit d'armes vers la zone républicaine en mars 1938 et les fermera de nouveau en juin de la même année.*

2. *Francisco Tárrega : 1852-1909. Guitariste et compositeur espagnol. Il est considéré comme le père de la guitare classique moderne.*

jouer d'une guitare d'Antonio de Torres, c'était parcourir de ses doigts l'histoire de la guitare moderne.

Lucien aimait entendre Alexandre parler du luthier et il le pria de le faire pour Estrella. La jeune femme apprit que l'artisan était né en Andalousie, près d'Almería, en 1817. Il avait vécu à Séville avant de revenir mourir pauvre dans son village, malgré la reconnaissance et le succès. Alexandre parla de son travail de décoration fin et soigné qui lui valut d'être récompensé à l'exposition de Séville en 1858. Travail qu'Alexandre illustra en montrant la rosace qu'il réalisait pour la guitare de Lucien.

— Torres utilisait des filets en bois naturel, en acajou ou en érable, et les teintait en vert et noir. Le motif central représentait un épi en érable sur un fond gris vert.

Estrella écoutait Alexandre religieusement, l'interrompant souvent pour lui poser des questions. Elle ne se lassait pas de l'écouter. Lucien se taisait. Il connaissait cette histoire, mais il éprouvait du plaisir à réentendre Alexandre la conter. Un temps pour attendre, pour observer Estrella qui le fascinait. Tant qu'il s'était brûlé la langue en buvant trop vite son café. Oui, il la regardait et la trouvait belle et douce quand son cœur le laissait tenter de l'apprivoiser. Il la désirait, mais il attendait pour agir, tout en sachant que ce n'était pas avec elle qu'il traverserait la vie. Lucien était de ces garçons qui refusaient que celles qu'ils aimaient le sachent aussitôt, même s'ils souffraient de se retenir. Ses amours étaient vivantes, et vivre, c'était avoir des doutes. Lucien refusait de douter. Et lorsque cela lui arrivait, il faisait tout pour se persuader qu'il se trompait, qu'il se faisait des idées. Pourtant, jamais il n'avait autant ressenti le poids des silences, des secrets. Le visage de la jeune femme s'était souvent redessiné dans son esprit lors de son dernier séjour en Espagne.

Lucien s'étonnait de la simplicité avec laquelle l'amour se présentait. Cela lui faisait du bien de contempler cette femme, après la mort de Luigi qui ne passait pas. Bien étrange était ce voyage de la mort à l'amour. Lucien regardait Estrella en pensant à Luigi et il eut les larmes aux yeux. La superposition des images le bouleversait tout en soulageant une partie de sa douleur.

Alexandre continuait de parler d'Antonio de Torres et ses mots s'égrenaient comme une douce mélancolie. Une mélancolie qui emportait Lucien dans un autre espace, donnant au temps une dimension nouvelle, sauvage, qui le réconciliait avec la vie.

— Estrella ! Jouez-vous *Recuerdos de la Alhambra* ?

— Je l'ai joué, mais je n'ai pas été satisfaite de la régularité de mon trémolo.

— Connaissez-vous la genèse de cette œuvre ?

Estrella hocha négativement la tête et Alexandre prêta l'oreille, car jamais il n'avait échangé avec Lucien sur le sujet.

— Dans le milieu de la guitare de Grenade, il se raconte que Tárrega l'aurait composée après sa visite de l'Alhambra en compagnie d'une élève et mécène, une nommée doña Concha. Un manuscrit intitulé *Cantiga Arabe*, avant d'être baptisé *Recuerdos de la Alhambra* lors de sa publication.

— *Cantiga Arabe*, murmura Estrella.

— L'histoire fait polémique, mais pas la musique, vu l'envie des guitaristes à la jouer.

— Encore un peu de café ? Et toi, Lucien ? proposa Alexandre, cafetière en main.

Estrella refusa poliment, arguant que trop de café coupait l'appétit. Lucien accepta.

Tous les trois discutaient de la vie de Tárrega lorsque, subitement, Lucien quitta l'atelier, laissant ses interlocuteurs perplexes. Était-ce le parfum d'Estrella, ce *Jardin d'Andalousie* que son père lui avait rapporté de Malaga, qui indisposait Lucien ? L'histoire de Malaga saignait toujours dans le cœur de Lucien. La ville était tombée aux mains des Chemises noires en quatre jours après de violents combats. Des milliers de miliciens républicains avaient péri durant la bataille. Les autres, ne pouvant s'échapper, avaient été poursuivis sur la route d'Almería, capturés et fusillés sauvagement. Lucien ne pouvait partager ce café avec Estrella sans trahir ceux partagés avec les camarades. Estrella réveillait sa révolte, son dégoût.

Face au désarroi de la jeune femme, Alexandre dévoila :

— Luigi, son meilleur ami, a été tué par les franquistes près de Bilbao.

— Je suis désolée. Je ne savais pas...

— Allez le rejoindre. Il est certainement monté dans sa chambre.

— Non ! Je veux rester ici... avec vous, répondit la jeune femme qui, intuitivement, percevait un second message dans ce départ précipité.

Face au regard interrogateur d'Alexandre, Estrella précisa :

— Comment le voir désormais sans lui parler de son ami, de la guerre en Espagne ? Je ne veux plus évoquer ce sujet avec lui.

— Pourquoi ?

— Parce que j'ai peur. Parce que je n'ai pas envie d'entendre ce que je devine me concernant. Parce que la mort est chez lui plus forte que la vie... et que cela m'angoisse.

Un dernier mot que la jeune femme embauma aussitôt de son silence. Pourtant, Estrella écrivait à Lucien dans son cœur. Un discours sans voix, comme une prière. Elle pensait très fort à lui. Les mots qu'elle avait envie de lui dire se bousculaient dans sa tête. Ils résonnaient comme des percussions sur une table de guitare. Ils bouillonnaient, s'agitaient, s'excitaient comme des *rasgueados*[1] blessés sous l'effet d'une main trop agressive. Il était encore trop tôt pour apprivoiser tout ce qu'Estrella ressentait et parler à Lucien. Le mal de celui-ci venait d'elle, d'Espagne. Un territoire où l'on tuait, brûlait pour installer le silence. Estrella avait ressenti le départ de Lucien comme la morsure d'une balle, même si elle n'avait aucune idée de la douleur éprouvée dans un tel cas. La morsure de la mort, celle que Lucien devait vivre quotidiennement dans la chair de sa cuisse.

— Où avez-vous prévu de déjeuner ce midi ? questionna Alexandre, qui ne souhaitait pas laisser partir la jeune femme avec une gêne sur le cœur.

---

1. Rasgueado *: technique de guitare percussive, consistant à donner des coups avec les doigts de la main droite sur plusieurs cordes à la fois, notamment pour jouer du flamenco.*

— Je n'ai rien prévu...

— Et pour cause, coupa Alexandre en faisant un signe de tête en direction de l'étage où se trouvait Lucien. Je vous invite. Pas au restaurant, je n'en ai pas les moyens. Mais ici, et à la bonne franquette...

— À la bonne franquette ? s'étonna Estrella.

Alexandre expliqua le sens de la locution adverbiale et la jeune femme donna son accord pour partager ce repas. Aussitôt, Estrella se proposa de mettre la table pendant qu'Alexandre préparait une purée avec un peu de lait et un reste de pommes de terre de la veille.

— Je suis content de voir que vous allez mieux.

— Pourquoi ? Vous avez remarqué que je n'allais pas bien ? répondit la jeune femme.

Alexandre tenta de sourire, mais son visage, à la recherche de ce qui aurait pu le contredire, se rida.

— Vous cachez mal vos émotions.

— Je crois que c'est un handicap dans la vie.

— Cela dépend pour quoi.

Estrella se mit à rire. Un rire joyeux, plein de complicité, qui lui fit écarquiller ses grands yeux bleu vert.

— Cela m'est agréable de vous entendre rire.

— Et je crois que nous en avons besoin par les temps qui courent.

Alexandre parla de lui pour répondre à la curiosité d'Estrella. Il avait été élevé par ses grands-parents paternels à la suite du décès accidentel de ses parents, alors qu'il n'avait pas cinq ans. Une enfance à Giromagny, au pied du ballon d'Alsace. Le grand-père était menuisier-ébéniste. À la mort de son épouse, ce dernier avait tout vendu pour s'installer à Belfort et travailler à l'usine. Alexandre n'avait pu rester. Il avait été placé chez ses grands-parents maternels, à Sirod, un petit village jurassien. C'était là qu'il avait passé son adolescence et que lui était venue l'envie de devenir luthier. Il se souvenait de ce jour comme d'hier. Il s'était rendu à Bourg-de-Sirod, où se trouvait la perte de l'Ain. Un lieu où la rivière dégringolait et disparaissait dans un vertigineux empilement de roches. Pourquoi était-ce dans la contemplation de ce spectacle, dans le fracas des eaux, que ce qui était en lui comme une évidence avait surgi ? Il l'ignorait. Un été, un mois d'août, lorsque les grands épilobes et le feuillage font les jardins de la saison en forêt. Il aimait cette période et parfois il attendait le soir pour partir. Il restait de longues heures adossé au tronc d'un sapin ou d'un vieux feuillu à écouter le silence. Celui que la forêt installait en son cœur à l'approche de la nuit. Il regardait la lumière s'échapper à la cime des arbres dont les ombres grandissaient en modifiant l'espace. Une lumière unique qui affolait les oiseaux en quête de gîte et qui semblait dire : soyez contents, car c'est la dernière fois que nous sommes ensemble. Et chaque jour, Alexandre allait voir la nouvelle. Il aimait la surprendre le matin et le soir, mais c'était surtout aux premières heures du jour qu'il entendait chanter des guitares dans les bois de résonance. Des jours purs, sans nuages, avec en eux des odeurs de feuilles froissées, de résine, d'humidité dérangée. En août, l'automne était déjà à l'œuvre. Un artiste pour préparer à l'hiver. Alexandre savait le débusquer aux reflets des couleurs, sur l'or déposé aux feuillages des foyards, aux roses des érables, au rouge sang des grappes des sorbiers.

Alexandre avait parlé avec passion, sans discontinuité. Il avait mangé sa purée froide, son morceau de fromage précipitamment. Il avait repris la notion du temps en voyant Estrella se lever pour réchauffer un peu de café.

— Je vous ennuie avec mon histoire ?

— C'est une belle histoire et vous ne pouvez que l'inscrire dans les instruments que vous fabriquez. Je pense même que c'est important de la connaître pour tirer le meilleur parti de vos guitares.

— Voyager dans la vie d'un luthier serait nécessaire pour exploiter au mieux les qualités de ses instruments ?

— Ce que vous avez vu, entendu, ressenti dans cette forêt du Jura est en vous et ne peut que résonner par sympathie dans les bois que vous travaillez.

— C'est une façon poétique de voir les choses.

— C'est la mienne, et je pense que vous la partagez.

Alexandre opina du chef. Cette jeune femme le séduisait et il se demandait s'il n'était pas en train de tomber amoureux. L'absence de Lucien avait créé un vide, une rupture dans le temps qu'Estrella était venue lui offrir et Alexandre l'occupait, s'y logeait avec bonheur. Il culpabilisait pourtant d'être bien alors que son ami allait si mal. Estrella semblait aussi s'être accommodée de la situation. Elle souriait, parlait comme si être là avec ce garçon avait été une suite logique au mouvement du départ, la résolution d'une phrase musicale.

Ils discutaient lutherie lorsqu'ils entendirent un grand bruit à l'étage, un objet venait de tomber, puis les pas précipités d'une personne passant d'une pièce à l'autre, s'affairant. Lucien leur rappelait sa présence en vacarme. Alexandre leva les yeux en direction du plafond, l'air inquiet.

— Vous devriez aller voir ce qu'il fait.

— Je le sais, répondit Alexandre.

Estrella adressa à ce dernier un regard interrogateur.

— Il fait sa valise et, dans dix minutes, il descendra l'escalier comme un fou, et je ne le verrai plus durant plusieurs semaines.

— Sans vous dire au revoir ni où il va ?

Alexandre haussa les épaules.

— Il reviendra.

Alexandre avait prononcé ces mots d'une voix monocorde, sans couleur, comme s'il eût voulu faire comprendre à son interlocutrice qu'il était possible que son ami ne revînt jamais.

Le bruit cessa un instant, une porte s'ouvrit, un orage emplit l'escalier, gronda dans le couloir et fit claquer la porte d'entrée, puis la serrure quelques secondes après. Estrella sursauta, se leva précipitamment de sa chaise pour rejoindre la fenêtre. Elle s'apprêtait à l'ouvrir lorsque Alexandre lui prit le bras.

— Laissez-le ! Il ne vous entendra pas, il ne vous répondra pas. Rien ni personne ne l'arrêtera tant que la tempête qui est en lui ne se calmera pas.

— Il reviendra ?

— Il est toujours revenu.

Alexandre percevait le désarroi de la jeune femme. Il l'avait pourtant empêchée d'agir, de crier son envie de voir Lucien rester. Alexandre regrettait qu'elle ait assisté à cette scène. Il aurait aimé l'en préserver ou la sauvegarder d'il ne savait quoi précisément. La vie n'était qu'un malentendu et vouloir l'expliquer ne pouvait que susciter l'incompréhension. C'était pour cette raison qu'il lui avait saisi le bras, pour ne pas la laisser se rompre dans l'ouragan. Alexandre devinait Estrella fragile, déboussolée elle aussi par ce qui se passait en Espagne et par l'exil que lui imposait sa famille. « Ne dérange jamais quelqu'un qui est heureux », lui avait dit un jour son grand-père paternel. Ni Estrella ni Lucien n'étaient heureux, et c'est pourquoi Alexandre avait agi. Une façon de faire qui avait du sens pour exister au sein d'une famille, lui qui n'en avait plus.

— Comment pouvez-vous être sûr de cela ? enchaîna Estrella, qui éprouvait le besoin de tisser du lien.

— Il a laissé sa guitare, il reviendra.

Estrella se précipita à la salle à manger. La Fleta était là, à sa place habituelle. Estrella la sortit de son étui, prit place sur le canapé, accorda l'instrument et se mit à jouer l'étude pour guitare numéro 6, l'*Estudio romántico*, d'Emilio Pujol[1]. Dès les premières notes, Alexandre reconnut la pièce et son cœur se mit à battre. Une musique de circonstance.

Alexandre rejoignit Estrella au salon et vit qu'elle pleurait en jouant. Sous les doigts de la jeune femme, la guitare de Lucien résonnait différemment. Les basses étaient plus profondes, les sons aigus moins sonores. Il y avait globalement plus d'équilibre entre les notes et la musique de Pujol en était renforcée. Alexandre ne sut dire si l'interprétation de la jeune femme était habituelle ou issue de l'émotion qui l'étreignait.

La pièce terminée, et comme si Estrella eût voulu chasser la mélancolie, la jeune femme interpréta *Seguidilla*, du même

---

1. *Emilio Pujol : 1886-1980. Ce guitariste et compositeur espagnol était aussi un pédagogue. Il est l'auteur d'une méthode d'apprentissage de la guitare (*Escuela Razonada de la Guitarra*).*

compositeur. Une pièce difficile qu'elle déclina avec brio, se jouant des passages les plus ardus. Alexandre fut impressionné par la rondeur des sons, la douceur et la retenue du phrasé dans le mariage de l'énergie et de la virtuosité. Estrella avait sublimé le chant comme jamais Alexandre ne l'avait entendu. Elle avait joué autre chose que des notes, si nombreuses fussent-elles. Elle était allée si loin dans l'esprit du compositeur que cela cachait peut-être un secret.

— Pujol est un compositeur réputé difficile, et vous l'interprétez à merveille, la félicita Alexandre, le morceau achevé.

— Je n'ai pas de mérite ; je joue cette pièce depuis tant d'années.

— C'était sublime, et je vous remercie du plaisir que vous m'avez apporté.

— J'ai eu la chance de travailler avec un professeur qui avait étudié avec Pujol avant qu'il ne s'installe à Paris.

— J'aime beaucoup la musique de Pujol et je regrette que les guitaristes la jouent peu.

— Savez-vous ce que dit Rodrigo[1] à son sujet ?

Alexandre haussa les épaules.

— Que c'est un homme bon, un compositeur inspiré, un savant érudit et un professeur dévoué.

— Et Lorca aurait dit de lui que son écriture n'est faite que pour des guitares idéales, détachées de toutes les contingences terrestres. Des guitares pour faire pleurer les rêves perdus[2], enchaîna Alexandre qui paraphrasait son ami Lucien.

— Quand je joue Pujol, j'essaie de copier son son. De le faire doux et dense afin de pénétrer très profondément dans la sensibilité de chacun et de susciter l'émotion la plus forte.

— Et vous réussissez à merveille. Merci encore.

---

1. *Joaquín Rodrigo : 1901-1999. Compositeur espagnol aveugle. Auteur du célèbre* Concerto d'Aranjuez.

2. *Federico García Lorca, « Les Six Cordes », poème du* Cantejondo *: « La guitare fait pleurer les rêves. Le sanglot des âmes perdues... »*

— Lucien a toujours joué sur cette guitare ? interrogea la jeune femme, dont l'esprit était constamment au bord de la rupture au sujet de ce garçon.

— Oui, mais vous savez que je lui fabrique un instrument ? Je me répète, mais je doute qu'il le joue avec assiduité.

— Pourquoi ?

— Lucien a toujours eu du mal à s'arracher à ce qui touche l'Espagne...

— Ce qui touche l'Espagne en Espagne, rétorqua la jeune femme en pensant à elle.

La remarque n'échappa pas à Alexandre, qui ajouta :

— Il reviendra, vous ai-je dit !

— Les fascistes n'aiment pas que les étrangers s'occupent de leurs affaires. Ils le tueront comme ils ont assassiné Luigi... Et si le frère d'Esteban ne vous téléphone pas pour vous le dire, vous n'en saurez rien.

— Je le saurai, car j'entendrai les cordes de sa guitare claquer dans mon cœur. Il me suffira d'ouvrir l'étui pour le constater. Une corde d'argent, comme la dernière balle, effilochée sur celles de chair. Oui, je le saurai.

Estrella tendit la main à Alexandre, qui la lui serra fraternellement.

— Que pensez-vous de Lucien ? osa Alexandre.

— Je ne pense rien de lui. Je ne le connais pas assez, répliqua Estrella, légèrement contrariée.

Alexandre devinait qu'elle mentait un peu. De ces petits mensonges qui rendaient libre, qui permettaient d'être quelqu'un d'autre le temps d'une discussion. Mentir pour se protéger, Alexandre l'avait parfois fait. Très jeune, et cela lui convenait. Le mensonge allait toujours bien aux enfants. C'était une arme contre les adultes et il comprenait que cette jeune femme l'utilisât contre lui pour se prémunir de l'avenir. Alexandre la dévisageait et la trouvait mignonne avec son nez retroussé, ses fossettes aux joues et son menton fendu qui donnaient de la clarté à l'ombre de son regard franc, volontaire.

— Et que pensez-vous de moi ?

Estrella esquissa un sourire, mais ne répondit pas. Alexandre réalisa le ridicule de sa question et enchaîna :

— Qu'allez-vous faire maintenant ?

— Je vais rentrer chez moi, lire, et peut-être jouer de la guitare, si ma mère n'est pas là.

Alexandre marqua son étonnement d'un haussement de sourcils.

— Elle vit mal notre exil, et tout ce qui lui rappelle l'Espagne est source de souffrances.

— Pour vous aussi ?

— Oui, mais *a contrario* j'ai besoin d'évoquer mon pays, de le ressentir, de le vivre. Souvent, je joue des chants traditionnels, des musiques qui me rappellent les ambiances d'avant-guerre. Pour moi, l'Espagne est un sourire, et tous les jours je l'accueille comme une promesse de retour.

Estrella était surprise par ses paroles, par cette idée de sourire à aimer qui lui était venue subitement à l'esprit. Enfin presque, puisque c'était en regardant celui que lui offrait ce garçon que l'idée était arrivée. Un sourire comme un allié, une aide, un point d'accroche, afin que l'évocation de tout ce qui la bouleversait depuis qu'elle était en France glissât maintenant sur elle comme une pluie de sable. Et rien ne laissait de traces dans le sable. « Le sable est comme le temps, il efface tout », pensa-t-elle.

Alexandre se leva pour débarrasser la table.

— Un sourire, c'est de l'interprétation. C'est du lien entre deux états.

— Comme entre deux notes de musique, rappela Estrella en rejoignant l'évier pour faire la vaisselle.

— Et vos mains ? intervint Alexandre en lui faisant obstacle.

— Mes mains ne risquent rien...

— Vous allez ramollir la pulpe de vos doigts et vous risquez de vous casser un ongle.

— Je jouerai avec la pulpe. Laissez-moi faire, ne désarma pas la jeune femme, qui repoussa Alexandre de la main et se mit au travail. Savez-vous que Pujol joue avec la pulpe des doigts ?

— Oui, comme Fernando Sor[1] et Francisco Tárrega.

— Il dit que le son est un des éléments de la création et qu'il est plus beau avec un jeu à la pulpe.

— Si vous vous cassez un ongle, il faudra limer les autres en attendant que l'ensemble repousse.

— Il ne m'arrivera rien. Je vous promets de faire attention.

— Accepteriez-vous de me donner des cours ? osa Alexandre, qui cherchait un moyen de revoir la jeune femme régulièrement.

— Ne jouez-vous pas déjà ?

— Si, mais médiocrement.

— Pourquoi ne demandez-vous pas à Lucien ?

— Il n'a pas de patience… et je ne suis pas un très bon élève. Sans compter que cela pourrait gâcher notre amitié.

— Je ne sais pas. Vous enseigner la guitare, cela demande réflexion, répondit Estrella, dont les mains s'agitaient dans l'eau de la vaisselle.

1. *Fernando Sor : 1778-1839. Guitariste et compositeur espagnol.*

VIII

Mars à juin 1938

La belle Andalouse au regard de braise avec qui Lucien avait fait l'amour était alanguie sur le lit à ses côtés. Lucien la regardait en pensant aux premières lumières du jour qui la feraient partir et lui aussi du côté du sang. Il ne savait pas pourquoi elle l'avait choisi parmi les autres. Il avait joué de la guitare – un instrument médiocre déniché dans une maison abandonnée – chanté et dansé avec femmes et hommes, mais c'était celle qui était arrivée en retard qui s'était aussitôt dirigée vers lui. Peu importait, il ne restait à tous ces combattants qu'une nuit pour vivre avant d'aller jouer avec la mort et tenter de la donner aux fascistes…

Lucien sait qu'elle dort. Il le sait à sa bouche entrouverte, à ses yeux qui ne tremblent plus sous leurs paupières. Il imagine leur couleur sombre vers l'envers du visage. Il se revoit embrasser son front, ses joues, sa bouche sucrée par l'alcool, ses seins. Eux aussi sont fatigués, meurtris par l'amour.

C'était elle qui l'avait pris. Et tandis qu'il était sous elle, il avait jubilé en pensant à son mari, un salaud de fasciste. Un homme qu'elle n'aimait plus, qu'elle avait quitté parce que violent. Un homme qui voulait la cacher parce qu'il s'était engagé dans l'armée pour soutenir le soulèvement. Les fascistes cachaient leurs belles femmes. Et maintenant, elle baisait avec les miliciens, les républicains et les brigadistes au gré de ses désirs. Sa façon à elle de faire la guerre aux nationalistes.

Cinq heures avant de partir à la guerre. Cinq heures pour penser, peut-être faire une dernière fois l'amour, manger, boire, prendre les armes... et marcher, marcher. Les fascistes ignorent qu'ils sont là, et beaucoup d'entre eux vont périr. Manuel veut en tuer un grand nombre. Manuel veut vivre pour revoir les filles. Il a demandé à Lucien de promettre de rester en vie, de tout faire pour la sauvegarder. Lucien a toujours mal à sa cuisse et il ignore s'il pourra courir pour la sauver. Subitement, il pense à Alexandre, à la petite maison jaune de l'avenue Villarceau, à Besançon, à Estrella, mais aussi à Anita. Il pense davantage à cette dernière et il s'est même surpris à prononcer son prénom en se réveillant. À peine un mot, à peine audible, dont il s'est demandé s'il avait bien entendu. Peut-être que la femme qui dort à ses côtés se prénomme Anita ? Lucien ne l'a pas questionnée et elle ne lui a rien dévoilé. Ses copines ont dû certainement l'interpeller, mais il ne se souvient de rien. Si ! Qu'elle l'a réveillé pour qu'il la prenne encore, et que son odeur ressemblait à celle d'Anita. Toutes les deux, il les a aimées avec la bouche. Elles le désiraient. Toutes les deux lui criaient qu'il agît, qu'il allât jusqu'au bout en lui faisant comprendre avec leurs jambes. Lucien s'étonnait de penser à cela alors que, dans quelques heures, le bruit de la mitraille s'imposerait. La guerre ! Il suffisait de prêter l'oreille pour l'entendre s'agiter dans sa soue. Certains étaient déjà debout pour préparer les repas. Les cliquetis des armes, les couinements des sangles les écrasaient. Les hommes parlaient à voix basse en attendant que la lumière aiguisât leurs balles et leur impatience à tuer. Lucien ne regrettait pas d'être parti. Il n'en pouvait plus d'attendre. Et Luigi devait être vengé. Pourtant, la respiration lente de la femme qui était à ses côtés lui disait de ne pas partir, que le bruit de la guerre était trop près. Si près que c'était à fuir. Lucien le savait. Il était inutile d'observer cette lumière décolorée, funeste, qui s'infiltrait avec ruse à travers les volets de la maison qu'ils avaient réquisitionnée, pour comprendre. La lenteur du jour à gagner le ciel n'était pas un bon présage. Un retard que Lucien voulait mesurer pour vaincre. Il ne fallait jamais ajourner avec les fascistes, car c'était à jamais perdre l'amour et la liberté. Lucien regarda autour de lui. Il devait se lever avant que cette femme ne le retînt encore...

Lucien retrouva Manuel, qui fumait avec trois autres miliciens. Ce dernier fit les présentations. Il y avait un Allemand au regard d'acier ; Emilio, un Espagnol, qui parlait comme une mitraillette, et un Anglais blessé au visage. Lucien ne les connaissait pas. Les trois hommes étaient arrivés depuis peu et les choses commençaient mal, car l'Anglais avait été touché au visage par un éclat. Une vilaine plaie qui coupait sa joue de la base du nez au bas de l'oreille.

Manuel parla de l'attaque, de la surprise qu'ils préparaient aux fascistes. Ces derniers occupaient le bourg de Balaguer[1] depuis deux jours et ils allaient les déloger avec pertes et fracas.

— Après le petit déjeuner, répétait sans cesse l'Allemand dans un mauvais anglais.

L'homme avait quelques notions de médecine et il rappelait que tout homme blessé au ventre avec l'estomac plein ne pouvait être opéré, ne pouvait que mourir. Il voulait tuer beaucoup de fascistes et les viser au ventre afin qu'aucun d'eux, tôt ou tard, n'échappât à la mort.

Lucien ressentit comme un malaise à l'entendre parler ainsi. Il n'était pas encore prêt à changer de monde après la nuit qu'il venait de passer. La rupture était trop violente. Il demanda à Manuel s'il y avait du café, mais se garda de dire qu'il avait faim.

— J'ai chargé la guitare sur le camion. Ce soir, quand nous serons tous très fatigués, tu nous endormiras.

— Je ne tirerai rien de cet instrument...

— Tu feras comme nous avec le piètre armement que nous avons. Des merveilles ! Tu joueras de la belle musique, Lucien, et les filles adorent ça !

---

1. *Commune située dans la province de Lérida, en Catalogne. La rivière Sègre la borde sur sa droite.*

Lucien esquissa un sourire que l'Anglais partagea en ouvrant sa cicatrice au rouge. Lucien n'éprouvait pas l'envie de jouer de la guitare, et pourtant les notes de la *Sérénade espagnole* de Joaquim Malats s'égrenèrent dans sa tête. C'était Estrella qui jouait. Décidément, cette fille l'obsédait. Il n'était qu'un imbécile de s'être interdit de sortir avec elle, de lui faire l'amour alors qu'elle ne demandait que cela. Une fois leur désir consommé, il l'aurait oubliée, comme beaucoup d'autres. Lucien l'imagina avec sa guitare puis avec sa Fleta aux sons de la *Habanera* d'Eduardo Sáinz de la Maza. Les souvenirs, la musique se mélangeaient dans sa tête avec une alternance d'images et de phrases musicales. Une impression étrange, comme s'il eût pensé à deux femmes à la fois. Estrella épousait sa guitare avec volupté, en la caressant de ses mains fines. Il revoyait ses longs doigts courir sur le manche tels des oiseaux blancs impatients de s'envoler. Il la voyait tout en regardant des hommes distribuer des fusils, des femmes remplir des sacs de munitions, d'autres se disputer avec de grands gestes qui découpaient la lumière phosphorescente du matin. Et par-dessus la musique, comme des notes pédales lancinantes, la conversation entre Manuel et le jeune paysan espagnol qui parlaient d'un homme soupçonné de trahison.

Estrella venait de trop loin pour lui apporter la plénitude, mais il sentait sa présence. Elle avait un nom, mais elle n'était rien, si ce n'était le fantôme de l'amour que Lucien n'avait pas vécu avec elle. Si ! Un portrait, un visage dont les traits matérialisaient les blessures que Lucien refusait de découvrir. Un visage bien distinct, en surimpression sur ce qu'il observait en temps réel. Estrella était là, tout près de lui. Sa musique le touchait comme si elle eût été ses doigts. Des attouchements légers, aériens, chauds comme des larmes. Ce n'était pas un rêve ni un fantasme, c'étaient des fragments de futur qui s'étaient frayé un chemin jusqu'à lui. Penser ainsi à une femme avant de combattre ne pouvait que le projeter dans une nuit obscure en plein jour. Et la nuit, la mort était souvent victorieuse. Subitement et sans que Lucien ne comprît pourquoi, Estrella vint se faufiler autrement dans son esprit. Elle était entrée dans sa chambre, s'était allongée contre lui, et l'avait embrassé de sa petite langue de chatte avant de frotter sa peau à la sienne. Lucien la vit écarter les cuisses, comme elle l'avait fait pour installer sa Fleta contre elle. Il s'imagina la pénétrer avec la fougue dépensée pour faire l'amour à la femme qui dormait encore à quelques pas. Estrella l'aspirait, les jambes autour de ses fesses. Estrella devenait une énigme. Elle était un bouleversement qui le désorientait, l'anéantissait alors que la journée était à peine commencée...

Manuel avait cessé de parler avec le jeune paysan pour regarder une carte avec l'Allemand et deux autres miliciens âgés. L'Anglais avait apporté du café et faisait le service avec sa cicatrice au sang. « Estrella ne te dépouille pas, ne t'enlève rien en protection, mais au contraire t'apporte un supplément de vie. Tu aimes être avec elle, mais dès qu'elle s'approche de trop près tu la quittes en croyant l'oublier. Pourquoi aujourd'hui tout semble différent ? » Lucien s'interrogeait tout en entendant prononcer les noms des bourgs et des villages du secteur. Jamais dans son esprit des êtres n'étaient entrés pour se partager un territoire à des fins mystérieuses. Ce qu'il vivait était inédit, mais mauvais pour garder l'esprit clair et salvateur avant un combat.

— Tu rêves ? Ce n'est pas le moment ! s'exclama Manuel qui, depuis quelques minutes, remarquait que Lucien était absent, détaché de ce qui se préparait.

— Je pensais à hier soir, mentit Lucien.

— Et à la belle que tu as mise dans ton lit ? enchaîna Manuel.

— Elle part pour Valencia rejoindre sa sœur, dont le mari veut l'exiler en France pour ne pas qu'elle tombe entre nos mains.

— Et cela te rend nostalgique ? plaisanta Manuel.

— Elles reviendront peut-être toutes les deux, intervint le jeune paysan espagnol.

— Mais n'imagine pas les avoir pour toi seul, lança l'Anglais, qui n'était pas en retard sur le sujet.

Lucien esquissa un sourire. La guerre approchait. Elle rôdait comme une bête assoiffée de sang. Nul ne pouvait l'oublier, car chacun en portait l'odeur. Lucien se préparait à l'affronter vêtu d'un uniforme au service de l'Espagne, le seul qui à ses yeux pût en finir avec le fascisme. Un uniforme bleu pâle, pistache, rose saumon, de la couleur des maisons. Un uniforme de syndicaliste qui n'était autre que celui de l'anarchisme, l'unique tenue permettant le rapport d'homme à homme. Comme en matière de musique, l'interprétation d'une œuvre ne devenant personnelle qu'après des années de pratique et d'influences, la formation politique des masses populaires suivait le même chemin. C'était tout cela que la bête dérangeait en soulevant la poussière que le soleil absorbait pour alimenter la chaleur de son feu. La plaine, le ciel et les hommes tremblaient...

Lucien alluma la cigarette que venait de lui offrir l'Allemand et riva son regard sur la carte posée sur la table déplacée à l'extérieur pour la circonstance.

— Une compagnie à Balaguer. Ils sont supérieurs en nombre, mais l'effet de surprise jouera en notre faveur... expliqua Manuel.

— Et s'ils nous attendaient ? coupa l'Anglais.

— D'après nos renseignements, ils pensent que nous avons quitté le secteur depuis leur dernière offensive...

— Et nous allons leur montrer qu'ils se trompent, coupa le jeune paysan avec jubilation.

Lucien dévisagea ce dernier qui ne devait guère avoir plus de dix-huit ans. Il le trouvait beau, plus que vivant avec son envie puissante d'aller se battre. Il regarda ses mains déjà burinées par le travail de la terre. Des mains aux doigts forts, aux articulations noueuses, impatientes d'agir pour tenir un fusil et actionner une gâchette. Lucien les lisait comme il déchiffrait une partition, avec deux ou trois mesures d'avance. Ce n'était pas la première fois que Lucien observait, décryptait, analysait pour mettre des sons sur les images du futur. Voir femmes et hommes s'agiter et rassembler leur énergie pour mettre fin au fascisme était fascinant. Oui, c'étaient ce temps d'avant la guerre et cette mort qui le prendrait peut-être aujourd'hui ou demain qui le mettaient en transe.

Lucien s'éloigna. Il lui semblait qu'il était important de prendre de la distance. Dans un coin de verger légèrement en pente, des hommes s'étaient allongés en attendant les ordres. À plat dos, la face tournée vers le ciel, ils regardaient de petits nuages blancs avancés vers l'ennemi. Certains fumaient, mais aucun ne parlait. Ils étaient comme des pierres en attente de la main invisible qui les soulèverait pour les lancer, tels des projectiles, sur le village dont Manuel parlait tant. C'était là que la mort attendait. La veille au soir, Manuel avait conseillé à tous de ne pas trop faire la fête, de s'efforcer pour dormir… et aussi de prier la chance. Lui-même n'en avait rien fait. Lucien n'avait jamais cru, et à l'instant pas davantage. Il avait vu tant d'hommes s'agenouiller dans les églises, s'attarder sur la terre, encore soldats, avant de devenir des morts regardant autour d'eux, cherchant leurs camarades qui n'étaient plus leurs camarades. Lucien extirpa de la poche de sa veste une cigarette à moitié écrasée et la feuille de papier sur laquelle il avait inscrit son nom, sa date de naissance, son adresse en France, à Besançon. Son esprit revisitait souvent des images de sa ville, de son quartier, de sa maison avant de combattre. Mais aujourd'hui, d'autres portraits s'étaient ajoutés. Ils étaient comme des points d'orgue sur une partition. Ils se détachaient, affranchis du temps, libres. Ils étaient femmes et portaient des prénoms de femmes. Parmi eux, celui d'Estrella se détachait. Penser à elle, c'était perdre de la force pour laisser de la place à l'amour. L'amour, le véritable amour, Lucien l'avait toujours fui lorsqu'il le sentait s'accrocher à lui pour lui grignoter le cœur. Lucien n'avait vécu que de pauvres romances, des étreintes d'étudiantes, d'égarées d'une soirée, de prostituées bon marché. Des femmes qui ne lui avaient offert que de fausses caresses dépourvues de tendresse. Il avait approché de belles femmes, mais pas une seule ne l'avait conquis. Il savait Estrella prête à vaincre les circonstances pour être avec lui, et c'est pourquoi il la fuyait. Il en avait rapidement pris conscience, mais en cet instant de tempête cette femme devenait aussi importante que transparente. Malgré cela, Lucien avait la certitude qu'Estrella ne serait pas celle qui lui offrirait de vivre d'innombrables nuits de volupté et de joie dans la possession d'un corps. Estrella était fille de l'ennemi et, même s'il y avait de la bêtise à la refuser pour cela, il ne pouvait l'aimer avec cette liberté enchaînée en elle. C'était une autre femme qu'il attendait, et savoir qu'il risquait de mourir tout à l'heure avant de l'avoir rencontrée le diminuait. Jamais il ne saurait ce que c'était d'étreindre le corps d'une femme sincère et belle de cœur et d'âme. Pourtant, ce fut le corps sain aux rondeurs de fruits, les seins, les cuisses d'Estrella qu'il imagina sous la lumière en fuseau de ses grands yeux bleu vert. Mais ce corps qu'il matérialisait n'était autre que celui de la femme qu'il attendait au voyage. La trahison de ses pensées le fit rire au moment où Manuel l'interpellait :

— Il faut manger, Lucien, rappela celui-ci en faisant signe à une jeune milicienne d'apporter encore de la nourriture.

Une jeune femme de nationalité allemande, prénommée Ilse, que l'Allemand avait emmenée avec lui. Ce dernier lui commanda :

— *Mein Milch Kaffee, bitte !*[1]

La jeune femme leva la main en signe d'acquiescement et s'éloigna à petits pas pressés. Une démarche un peu balancée qui fit détourner l'attention de l'Anglais.

Lucien n'avait pas faim. Depuis son arrivée, il mangeait sans appétit. Il avait davantage grignoté, bu de l'eau, du café et du vin, que pris un bon repas.

Manuel avait promis de faire ripaille, une fois la position reprise aux fascistes. Ces derniers s'étaient installés en apportant avec eux beaucoup de nourriture.

Lucien n'était pas au mieux de sa forme et il se gardait bien d'en parler. Manuel lui avait demandé comment allait sa cuisse et il avait menti en répondant que le mal avait disparu. Ce n'était pas sa cuisse qui l'inquiétait, mais cette lancinante douleur qui irradiait depuis peu son bras droit du bout des doigts à l'épaule. Quelque chose de diffus qui parfois se rassemblait à l'aisselle pour monter dans le cou. Jouer des heures durant sur une mauvaise guitare, au diapason trop long, aux cordes trop hautes, se payait tôt ou tard. Euphorisé par la fête, aviné, il s'était démené comme un diable pour tenter de tirer de l'instrument les meilleurs sons. Mais rien ne l'avait satisfait

1. *« Mon café au lait, s'il vous plaît ! »*

musicalement. Heureusement, ceux qui l'écoutaient n'avaient pas été très exigeants. Ils avaient chanté, dansé, et nul ne s'était soucié des difficultés de jeu du guitariste. Jouer du flamenco avec un capo capricieux et une guitare juste bonne à attiser un feu avait relevé de l'exploit. C'était en relançant le *cante*[1] sur un *lianade*, ce motif conventionnel qui engageait le chanteur à continuer sa prestation, que Lucien avait senti quelque chose se rompre dans sa main, au niveau de l'index. Une vive douleur qui lui avait fait rater son entrée. Lucien s'était soulagé par quelques rasgueados entrecoupés de *golpes*[2], mais la douleur ne s'était pas effacée. Il avait continué à brosser la musique jusqu'à ce que la belle amazone posât les mains sur ses épaules pour lui faire comprendre que c'était maintenant avec elle qu'il devait jouer. Elle lui avait caressé et massé longuement le bras avant qu'ils ne fissent l'amour. Le mal avait disparu, mais il venait de réapparaître à quelques minutes de faire la guerre. Il habitait Lucien comme une personne, avec cette inquiétude qu'il abîmât sa main. Lucien bougea ses doigts dans l'espace pour s'assurer qu'ils fonctionnaient toujours et prit son arme. Manuel venait de donner l'ordre de marcher sur l'ennemi. Un agent de renseignements l'avait informé que les fascistes étaient une cinquantaine, peut-être soixante, et qu'ils s'étaient installés à la mairie et sous des tentes dans le parc d'une villa.

Après une demi-heure de marche à travers des prés et sous le couvert de bois clairsemés, le village aux toits luisants de soleil apparut. Un village dont la majorité des habitants était acquise à la cause révolutionnaire. Manuel avait la liste des gens qui lui étaient hostiles, et certains du groupe avaient reçu l'ordre d'investir leur maison pour les empêcher de nuire. Lucien était de ceux-là. Il ignorait si Manuel l'avait choisi par stratégie ou s'il doutait de ses capacités à combattre en raison de sa blessure à la jambe. L'Allemand et Emilio

1. *Le chant flamenco.*
2. *Technique de jeu à la guitare pour le flamenco consistant à taper avec l'annulaire, le majeur, le pouce ou la paume de la main droite la plaque de protection collée sur la table d'harmonie de l'instrument.*

l'accompagnaient. C'était la première fois que Lucien était responsable d'une action militaire. Quel que fût l'enjeu face à la mort, la peur était là...

Le temps se mit à fuir lorsque Lucien et ses deux camarades coururent en direction de leur objectif. Lucien éprouva un sentiment étrange à sentir son existence glisser sous ses pas à une vitesse vertigineuse. Au tournant d'un sentier blanc de soleil, la maison et son jardin se révélèrent. Côté terrasse, une jeune femme était assise sur le perron, les jambes croisées, et discutait avec une personne invisible de là où les trois hommes s'étaient cachés. Lucien se tira les yeux, mais en vain. Emilio fut désigné pour ramper un peu plus à l'est de manière à se trouver face à l'entrée de la villa. Les choses risquaient de se compliquer avec la présence de ces gens à l'extérieur. Manuel n'avait eu de cesse de répéter : « Pas de coups de feu. Pas un seul coup de feu avant que les deux groupes principaux ne mitraillent les fascistes. Vous devez capturer, bâillonner et ligoter vos prisonniers sans bruit. »

Emilio revint au rapport. La femme discutait avec un homme, un sous-lieutenant de l'armée fasciste. Lucien jura en sourdine :

— Putain ! Qu'est-ce que ce fumier fout là ? Il n'a rien d'autre à faire que de draguer cette bourgeoise ? Il est armé ?

Emilio acquiesça de la tête.

— On va s'en occuper ! lança l'Allemand en portant la main à son poignard.

— Comment ? paniqua Emilio.

Lucien avait lui aussi vu qu'une fenêtre était restée ouverte côté est, sous couvert, et qu'il était possible de pénétrer à l'intérieur de la villa sans être repéré.

— Je vais entrer par là, confirma l'Allemand en pointant l'ouverture du doigt. Nous saurons ainsi si cette femme est seule. À défaut, je nettoierai.

Qu'entendait l'Allemand par nettoyer ? Manuel l'avait présenté à Lucien comme peu expérimenté, mais il semblait s'être trompé. Le jeune paysan espagnol leva la main en dressant trois doigts pour rappeler le nombre de personnes vivant dans la maison.

— Emilio, tu vas contourner la maison par l'ouest et agiter la cloche de la grille d'entrée. Regarde, on la voit d'ici, enchaîna Lucien, qui avait compris comment l'Allemand souhaitait agir.

— La femme va se déplacer. C'est elle la plus près pour aller ouvrir, intervint ce dernier.

— Et je m'occuperai du fasciste, conclut Lucien.

L'Allemand avait regardé Lucien en mimant le mouvement d'un couteau sur la gorge. Lucien sentit comme un frisson par tout le corps à cette pensée. Il avait tiré sur des fascistes, il en avait tué, mais jamais de cette façon, à l'arme blanche. L'idée d'agir ainsi, de voir le sang de cet homme toucher ses mains, se répandre en grande quantité, le répugnait, l'effrayait. Pourtant, il le fallait. Manuel avait recommandé de ne pas tirer un seul coup de feu avant le mitraillage général.

— Et si la femme ne bouge pas ? s'inquiéta Emilio face à la possibilité qu'une autre personne puisse aller libérer la grille.

— Nous camperons chacun sur nos positions en attendant le grand bruit, celui…

Lucien s'interrompit. Emilio était si jeune. Parler du bruit de la mort au repas à ce garçon qui n'avait peut-être encore jamais vu des humains s'entretuer, c'était l'affaiblir.

L'Allemand et Emilio partirent chacun de leur côté et Lucien resta seul à observer la femme parler. Une femme bien habillée, bien faite, aux longs cheveux noirs en contraste avec la clarté de ses yeux. Son regard trouait son visage blanc sous l'étincellement du soleil en donnant l'impression qu'elle regardait dans la direction de Lucien. C'était une coda que ce dernier jouait dans sa tête. Celui des derniers mots de cette femme à cet homme et peut-être à jamais la musique d'une vie bouleversée. Lucien allait devoir le tuer. Manuel l'avait répété : « Pas de prisonniers fascistes. Pas de jugement. La mort. La mort, la même que celle qu'ils savent donner aux républicains. »

Emilio sonna. La femme se leva, visiblement surprise puisqu'elle n'attendait personne, et adressa quelques mots à son invité avant de disparaître côté jardin. L'Allemand allait s'en occuper, nettoyer au cas où.

Lucien s'approcha de l'ennemi en toute discrétion. L'homme était adossé à un pilier. Lucien voyait ses pieds chaussés de bottes, la casquette qu'il avait posée à même le sol. Lucien regarda sa montre. Le grand feu d'artifice n'allait pas tarder à commencer. Le programme avait pris du retard, mais Manuel avait dit vouloir s'assurer de localiser chaque fasciste. Pas un seul ne devait sortir de la souricière. Et pas un seul sympathisant ne devait pouvoir énoncer à l'ennemi combien ils étaient et ce qu'ils faisaient. Cinquante à soixante salauds à tuer, beaucoup étaient contents.

Une porte claqua à l'intérieur de la maison, des bruits de pas précipités s'échappèrent par la fenêtre ouverte. Le fasciste se redressa, inquiet. Lucien n'était plus qu'à une dizaine de mètres, prêt à l'agresser. L'homme était de taille moyenne, le visage bronzé, vieilli avant l'âge. Pas rasé, les traits tirés, il paraissait fatigué. Lucien remarqua qu'il s'agitait, s'impatientait, et il s'empressa d'agir. Le long du mur qui soutenait la terrasse, il glissa comme un chat en prenant la précaution de marcher sur la bande gazonnée qui l'entourait. Comme s'il eût deviné que quelque chose d'anormal se passait, le fasciste se retourna et aperçut Lucien. Surpris, il fit un pas en arrière en jurant et dégaina son pistolet. Lucien, couteau en main, était encore trop loin pour tenter de l'atteindre. Il se paralysa avec déjà en lui le bruit de la balle perforant sa poitrine. Une détonation qui arriva à la seconde où la mitraille générale se déclenchait dans un tumulte d'explosions. Le projectile se brisa contre la pierre à quelques centimètres de sa tête, produisant un claquement sourd qui tournoya longtemps dans ses oreilles. Ce fut à cet instant que l'Allemand bondit sur le fasciste par-derrière et l'égorgea d'un geste sûr et précis. L'homme s'affala et se vida de son sang en tremblant de tout son corps. Lucien ferma les yeux pour ne pas le voir retenir sa vie. Cette mort à toucher venait de le désarçonner comme jamais. Elle était arrivée sur cet homme alors que ce dernier s'apprêtait à la donner à Lucien. Une balle en pleine tête ou en plein ventre qui aurait eu le même claquement sourd que celle qui avait écorché le mur. Lucien rouvrit les yeux. Le fasciste était mort, allongé sur le dos, les mains agrippées à l'escalier, les jambes comme cassées sous lui. Une grande tache de sang s'échappait de son corps et s'enfuyait de marche en marche avant de s'égoutter sur les graviers de la cour, non loin du képi du militaire.

L'Allemand prit le pistolet du fasciste avant de disparaître. Encore sous le choc, Lucien le rejoignit dans la grande salle de réception de la villa. Emilio achevait de ligoter un couple de personnes âgées terrifiées. La jeune femme était assise sur un canapé, livide, les mains entravées au-devant d'elle. Était-elle tombée en s'enfuyant ou l'Allemand l'avait-il malmenée ? Car du sang coulait de son nez. Une belle femme typée, comme Lucien les aimait. Elle le dévisagea d'un regard triste comme si elle eût voulu qu'il parlât. Et c'était maintenant que le regard de cette femme était en lui que Lucien la voyait vraiment. Elle était vêtue tout de noir avec une rose rouge sur le côté gauche, au niveau de la hanche. Sous sa robe, un jupon de satin rouge doré apparaissait comme un liseré. Elle était maquillée. Son visage était pâle, poudré. Le bijou qui ornait ses cheveux brillait d'un blanc étincelant comme une lueur d'espoir dans le ciel de l'événement qu'elle vivait. Sous son corset, sa poitrine jaillissait.

À l'extérieur, la bataille continuait et le temps de s'y mêler pressait. Les rafales des armes automatiques déchiraient de grands pans de silence. De longs échos métalliques retentissaient à l'intérieur du village, assourdissants. Les armes broyaient, débitant leurs bandes de munitions à la vitesse de l'éclair. « Pas de prisonniers », avait dit Manuel. Et pour beaucoup de républicains, les sympathisants du fascisme devaient y passer les premiers.

Le vieil homme discutait avec Emilio pour tenter de sauver sa vie. Il n'était ni fasciste ni républicain. Il refusait de s'impliquer dans un conflit qu'il trouvait absurde. Le fasciste que l'Allemand avait tué courtisait sa fille depuis qu'il était arrivé en ville. Il s'était montré menaçant en apprenant que le vieil homme s'y opposait. À ces mots, qu'Emilio traduisait, l'Allemand adressa une œillade à Lucien. Tout cela n'était que mensonge de fasciste pour gagner du temps et leur en faire perdre. Et il était vrai que le temps fuyait en les guidant vers nulle part. Peu importait, puisqu'il n'y avait rien d'autre à décider que de tuer ces gens. Le vieil homme demanda à Emilio d'ouvrir le tiroir du buffet de la salle à manger. Le garçon trouva un portrait du délégué général Durruti et différents articles de presse sur les avancées militaires de la colonne du même nom. Mais nul n'était dupe, le portrait du général Franco trônait en bonne place sur le mur du salon. C'était le premier objet que Lucien avait remarqué en entrant. Le premier avant d'apercevoir une guitare posée sur la table. La jeune femme jouait-elle de la guitare lorsque le fasciste était venu la déranger ? Le regard de Lucien sur l'instrument n'avait pas échappé à l'œil de rapace de l'Allemand. Ce dernier s'empara de la guitare et la donna à Lucien. Ce dernier jeta un regard furtif sur cette dernière et la reposa sur la table. L'instrument avait été fabriqué par un luthier espagnol de Barcelone qu'il ne connaissait pas.

— Tiens, elle n'en aura plus besoin, et je te laisse le soin de t'occuper d'elle.

Le couple de personnes âgées fut conduit *manu militari* au jardin et exécuté d'une balle dans la tête par l'Allemand. Emilio ne fut pas autorisé à l'accompagner. Ordre lui avait été donné de monter la garde à l'entrée de la villa, au cas où des fascistes en fuite viendraient s'y cacher.

Lucien entraîna la femme côté cour, assez loin, afin que personne ne puisse les voir, et la libéra.

— Partez ! Partez de ce côté. Et si les nôtres vous interpellent, vous leur direz que vous êtes une amie de Lucien, le guitariste. Vous vous souviendrez ? répéta plusieurs fois Lucien dans un mauvais espagnol.

La jeune femme hocha la tête, un timide sourire aux lèvres, puis prit les mains de Lucien dans les siennes et les serra très fort. Lucien la laissa s'éloigner de quelques mètres et tira deux coups de feu en l'air avant de rejoindre ses camarades.

En ville, la bataille s'achevait. Les explosions étaient sporadiques, la mitraille faiblissait. Les rues étaient jonchées de cadavres. Beaucoup de fascistes, mais aussi des brigadistes et des civils malchanceux.

Sur le perron de la mairie, Manuel fanfaronnait. Il était victorieux. Lucien n'était pas pressé de le revoir, de l'entendre parler de sa folie meurtrière. Pourtant, il venait d'y participer et avait même choisi de l'augmenter en revenant en Espagne malgré sa blessure.

Lucien réalisait toutefois que ce retour en Espagne était prématuré, ou déjà trop tardif. Quelque chose ou quelqu'un l'avait changé. Il était incapable de dire si ce sentiment était déjà en lui avant qu'il revînt en Espagne ou s'il venait de se déclencher avec ce sale boulot d'assassinat. Il lui donnait pourtant une silhouette de femme aux contours indistincts. Était-ce Estrella, Anita ou cette femme dont il ignorait tout et dont il avait sauvé la vie en ne sachant pas pourquoi ? Penser à elles alors que la mort était si présente ne pouvait que le faire s'éloigner de Balaguer. Lucien prit le chemin inverse de celui du centre de la victoire. Un sentier qui coupait droit à travers les jardins, les vergers. Il marchait comme un somnambule sans regarder derrière, ni à droite ni à gauche. En lui pulsait une pensée salvatrice comme avait bouillonné le sang dans la gorge tranchée du fasciste.

Lucien avançait avec le sentiment qu'il avait échappé à quelque chose de très grave. À sa propre mort ou à celle qu'il avait choisie pour la donner au fasciste et à cette jeune femme dont le regard l'avait marqué. Tant que ce dernier était comme un air de musique appris par cœur et joué tant de fois qu'il pouvait vivre et chanter en lui à n'importe quel moment d'une journée ou d'une nuit sans sommeil. C'était absurde et dangereux de marcher seul sans savoir où il allait. Seul dans une campagne hostile, mais un cheminement nécessaire pour faire passer le quart d'heure qu'il venait de vivre. Il déambulait sans s'arrêter, sans prêter attention à quoi que ce fût autour de lui. Il marchait pour ne pas perdre courage et ne pas attraper le vertige du mal. Jamais il ne l'avait senti si présent, si destructeur. Il était en lui depuis son retour en France, depuis que l'insistante Estrella visitait ses pensées. Cette femme le dérangeait en oubliant le mal qui les séparait.

Lucien s'arrêta face à un talus de cinq à six mètres au pied duquel serpentait un ruisseau. Il se mit à le gravir en s'aidant des branches des buissons, des touffes d'herbe, mais il glissait d'avoir mouillé ses chaussures dans l'eau. Là-haut et avant de revenir au village, il attendrait que son mal passât, que Manuel et ses hommes fussent ivres.

Le sommet atteint, Lucien eut un malaise. Au pied du talus, du côté de la plaine où la liberté cisaillait les vies en fonction des victoires ou des défaites des belligérants, était un charnier. Un groupe d'une trentaine d'individus, essentiellement des femmes et des enfants, couverts de mouches. Le génocide datait de la veille ou de l'avant-veille, car la mare de sang qui les unissait avait bruni sous l'effet de la chaleur et une odeur de corps échauffé empuantissait l'air par bouffées en fonction de la force du vent. L'œuvre des fascistes ? Rien n'était certain. Plusieurs villages ou petites cités du secteur avaient été pris par les fascistes, puis repris par les républicains avant d'être à nouveau conquis par les premiers, et de nombreuses actions violentes et exécutions sommaires avaient été commises par les deux camps. Lucien s'apprêtait à s'enfuir lorsqu'il vit quelque chose bouger, une petite main s'agiter entre les jambes d'une femme que deux autres femmes tombées sur le côté masquaient de leurs cadavres. Lucien dévala la pente à toute vitesse au risque de tomber et se précipita au milieu du charnier pour en extraire un petit corps encore en vie. Une petite fille de six à sept mois dont la robe en dentelle blanche était rougie par le sang de sa mère. Choquée, dangereusement déshydratée, cette enfant bougeait à peine et il était urgent de s'en occuper. Lucien la serra contre lui et se mit à courir le long du talus en espérant trouver une faille pour le franchir afin de rejoindre le village où la compagnie de Manuel était désormais installée. Franchir à nouveau le talus avec cette enfant dans les bras était impossible sans risquer de chuter et de la tuer définitivement. Lucien parcourut deux bons kilomètres avant d'apercevoir un passage peu escarpé. Plusieurs fois, il s'était arrêté pour regarder l'enfant, pour s'assurer qu'elle respirait. Il avait mouillé ses doigts avec sa salive pour les porter aux lèvres de l'enfant qui avait bougé à leur contact. La fillette avait tenté de boire, de téter. Lucien avait eu même l'impression qu'elle avait ouvert les yeux à travers la croûte de sang séché qui masquait son visage.

Lucien s'apprêtait à traverser le passage lorsque cinq soldats fascistes lui barrèrent la route en le mettant en joue. Cinq hommes qui furent aussitôt rejoints par une dizaine d'autres. Un officier lui prit aussitôt l'enfant, le remit à un soldat, et le fit reculer comme s'il eût voulu l'abattre.

— Qui es-tu ? Que fais-tu ici avec cette enfant ? interrogea l'officier, l'air méchant.

Lucien devait sauver sa vie, gagner du temps et si possible tenter de s'échapper pour prévenir Manuel et ses camarades du danger. Une multitude de questions traversaient son esprit à la vitesse de la lumière. Les fascistes leur avaient-ils tendu un piège ? Qui les avait prévenus ? Quelqu'un du camp républicain avait-il parlé ? Peu d'options s'offraient à Lucien pour s'expliquer, car les fascistes tergiversaient rarement, mais il était inutile de mentir sur ses origines. Lucien comprenait mieux l'espagnol qu'il ne le parlait.

— Je suis français. Je suis arrivé clandestinement en Espagne la semaine dernière. Non pour combattre l'armée nationaliste, mais pour mettre en sécurité la femme d'un ami musicien. Je le suis aussi ; je joue de la guitare.

L'officier se mit à rire. Il ne comprenait rien à ce que disait son prisonnier. Il édicta aussitôt des ordres et, quelques minutes plus tard, un jeune fasciste beau comme un ange, un médecin-major, s'adressa à Lucien en français :

— Tu peux parler français, mon chef t'écoute.

Lucien répéta ce qu'il venait de dire, et rapidement une conversation, faite de questions et réponses en deux langues, s'installa.

— Comment se nomme cette femme ?

Lucien avait lu le nom des gens que l'Allemand avait exécutés sur la porte de la villa. Quant au prénom de la femme, il cita le premier qui lui venait à l'esprit. Le prénom de la mère d'Estrella.

— Praxedes Rosalba ! Quand je suis arrivé à Balaguer, il était trop tard. Les révolutionnaires étaient là et avaient tué beaucoup de monde. Je me suis enfui à Barbastro, en direction de l'ouest, en zone franquiste, où j'ai appris que les gens qui se sentaient menacés étaient partis.

Lucien parlait, parlait, pour allonger le temps. Il apercevait l'ombre de sa mort dans les yeux de l'officier. Ce n'était qu'une question de secondes, de minutes, d'heures, d'une journée ou d'une nuit tout au plus, mais la mort attendait et elle n'était pas près de desserrer ses griffes.

— Ne sachant où aller, je suis revenu sur mes pas en espérant avoir des nouvelles. C'est à deux kilomètres d'ici que je suis tombé sur un charnier et que j'ai trouvé la fillette. Une enfant que je me devais de sauver, quitte à tomber aux mains des révolutionnaires.

— Tu serais déjà mort si tu n'avais pas eu cette enfant dans les bras, annonça le jeune traducteur qui répétait les mots de son chef. Tu vas nous suivre. Nous allons vérifier ce que tu dis avant de décider de ton sort.

Lucien fut conduit *manu militari* par deux hommes à l'arrière, les mains ligotées dans le dos, puis pris en charge par un autre groupe. Groupe qu'il fut contraint de suivre à pied sur plusieurs kilomètres, en lisière d'un coteau boisé qui donnait sur la plaine à l'est. Une forêt au sein de laquelle tout un régiment fortement armé s'était installé depuis peu. Manuel et ses hommes allaient tous mourir.

Aussitôt arrivé à destination, Lucien fut solidement entravé au tronc d'un arbre et abandonné à son sort. Ce fut en soirée qu'il retrouva l'officier ainsi que le médecin qui avait pris en charge l'enfant et essayé de la faire boire. La nuit tombait et Lucien n'avait pu s'empêcher de penser qu'elle allait être la dernière pour Manuel et ses camarades. Le médecin-major lui adressa un léger sourire et Lucien le reçut comme une claque, comme une trahison à enlacer. Le sourire de cet homme en échange de l'enfant que Lucien avait sauvée détruisait entièrement l'édifice de l'idée que celui-ci se faisait du fascisme. C'était un tremblement de terre qui se mettait en branle dans l'esprit et le corps de Lucien. Ce sourire était comme un tsunami au cœur du cœur. Le fascisme avait un sourire et Lucien l'avait cueilli comme une fleur dans un champ de morts en ramassant une enfant. C'était trop fort pour ne pas ajouter au poids qu'Estrella avait déjà déposé en lui.

— Nous avons retrouvé la femme que vous cherchiez. Elle était contente de vous savoir en vie. Nous la verrons demain à l'aube, annonça l'officier en demandant au médecin-major de traduire ses paroles.

Lucien se mit à trembler et cela réveilla brusquement sa blessure à la cuisse et la douleur qui irradiait sa main droite depuis la fête de la veille. Lucien ne pouvait cacher sa peur et le médecin-major ajouta :

— Soyez sans crainte. La fillette est sauvée. Elle a bu quelques centilitres de lait il y a moins d'une heure.

— J'en suis heureux, répondit Lucien, qui eut comme un hoquet.

— Puisque vous êtes venu pour sauver cette femme, il va falloir aussi vous occuper de cette enfant que le destin a mise sur votre route. Ses parents seraient morts. Nous l'avons baptisée Victoria, compléta l'officier.

Le médecin-major traduisit les paroles de son chef, qui parut satisfait. Ce dernier fit quelques pas sur le côté, tourna le dos et prononça quelques mots que Lucien ne comprit pas. Le médecin fit un commentaire, puis les deux hommes s'éloignèrent. Lucien les regarda marcher côte à côte avec le sentiment qu'il ne les reverrait plus. Une pensée ridicule, mais qui le piqua comme un serpent lorsqu'il vit l'officier s'adresser à un groupe d'hommes bivouaquant à quelques mètres en le montrant du doigt. Un soldat se leva, s'empara d'une gamelle pour la remplir à la marmite commune et, accompagné d'un homme armé, la lui apporta. Il la posa devant lui, le libéra de ses liens et lui ordonna de manger. Lucien le fit sans appétit. La viande était dure, sentait fort et le brouillis qui l'accompagnait était constitué de légumes broyés sans avoir été épluchés. Son repas terminé, Lucien fut de nouveau entravé pour la nuit, sans même une couverture pour se protéger de la fraîcheur. Il la sentit tomber sur lui rapidement en l'empêchant de s'endormir. Elle était douce mais pénétrante. Elle cherchait à s'unir à ce froid intérieur qui le rongeait depuis que la mort avait pris des visages. Ceux des personnes que Manuel et ses hommes avaient tuées. Ceux des parents de la femme et du fasciste qui la courtisait. Celui de la mère de la fillette. Ils étaient comme des masques que la mort troquait pour d'autres au gré des heures et au fil des événements. Il pensa à l'Allemand, à Ilse, qui avait apporté le café au lait à ce dernier, à l'Anglais, à Emilio. Il réentendait les voix de Manuel et de ses sbires à la tuerie. Tous allaient finir avant que le soleil ne soit au zénith. Lucien en éprouvait une incommensurable tristesse. Une tristesse si pesante qu'il songeait à sa propre mort et qu'elle ne serait rien après celle des autres. Lucien avait tant partagé avec les camarades sous les trompettes de la liberté. Les victoires, les défaites, les joies et les peines, les guérisons et les blessures, l'espoir et le désespoir. On ne recommençait pas deux fois un combat pour la liberté sans ceux qui l'avaient portée dès les premiers jours. On le continuait ou on l'abandonnait, mais avec la certitude de n'être plus jamais le même homme s'il était encore possible de le redevenir. D'ailleurs, à cette pensée, il se demandait s'il était encore un homme, si son engagement dans les Brigades internationales ne l'avait pas fait se dissoudre. Avant d'être un guerrier de la liberté, il était un musicien, un être sensible. Et renoncer à jouer de la guitare pour faire la guerre aux fascistes était un voyage de rupture. Une déception dont le murmure définissait le froid qui le rongeait de l'intérieur au rythme du silence.

Lucien mit longtemps à s'endormir. Il ne dut son salut qu'à l'étude pour guitare numéro 6, l'*Estudio romántico*, d'Emilio Pujol. Il la chanta dans sa tête tout en visualisant chaque position de sa main gauche, chaque mouvement de ses doigts sous la direction de sa main droite obsédée par la régularité de l'arpège. Il avait chanté et joué comme s'il avait eu la partition devant les yeux et une guitare dans les mains. La musique comme seul rempart pour ne pas bâtir du vide. Un vide qui arriva pourtant au lever du jour en le réveillant brutalement. Des bruits d'engins motorisés se déplaçant et au loin les échos assourdis des canons, des armes automatiques. Manuel et les autres mourraient. Et Lucien comptait beaucoup de soldats qui partaient, passaient devant lui pour aller débusquer ses camarades jusqu'au dernier. Ils quittaient la nuit pour percer le jour, ouvrir un autre monde. Ces derniers ne le voyaient pas, ne le regardaient pas. Ils marchaient comme des automates pour écraser la liberté sous leurs bottes. La vie sortit pourtant de l'un d'eux et il s'approcha. Il dénoua le lien qui maintenait Lucien prisonnier au tronc d'arbre et tira celui-ci derrière lui comme un animal de bât. Des ordres avaient été donnés et, si tous partaient, c'était que la bataille était en passe de se terminer et qu'elle était d'ores et déjà gagnée. Manuel et ses hommes étaient passés de vie à trépas. Lucien avait survécu, et c'était à la suite d'un troublant sentiment d'écœurement, de doute et d'injustice qu'il le devait. Il avait sauvé une femme de la mort, et c'était cet acte d'amour qui avait épargné provisoirement sa vie.

La forêt qu'il traversait pour rejoindre la plaine était si belle que Lucien se demandait si lui aussi n'était pas dans un autre monde. Une forêt empreinte d'une tranquillité mélancolique, mais puissante en liberté. Une forêt que Lucien trouvait jolie parce qu'il était prisonnier. L'air n'était pas encore échauffé par le soleil et portait en lui toutes les nuances de vert des arbres, tous les reflets de la lumière tapie entre eux. Il y avait une douce sérénité entre la lumière du ciel et celle de la terre. Des lumières vives en couleur et tendres en chaleur.

Les fascistes avaient repris Balaguer et Lérida. Dans les deux villes, le noir occupait la lumière. Il était liquide et lavait les visages, les mains, les cœurs jusqu'à la nausée. La mort était repassée pour prendre la vie de ceux avec qui elle avait pactisé la veille. Des cadavres de brigadistes jonchaient le sol à chaque coin de rue, sur les trottoirs, au seuil des maisons. Lucien ne se souvenait pas qu'ils fussent si nombreux. Dans ces circonstances, les morts paraissaient toujours en grand nombre aux yeux des vivants. Aux cadavres des belligérants s'ajoutaient ceux de civils qu'une mort hystérique avait fauchés sans pitié.

Sur la place du marché de Lérida, le rouge sang occupait le milieu de la scène. Une dizaine de fascistes y avaient trouvé la mort, mais aussi une vieille femme se tenant le ventre et un jeune enfant dont la bouche semblait crier maman. Le groupe de soldats qui accompagnait Lucien était passé devant eux sans sourciller avant de s'installer à l'angle de la place, face au soleil levant, en attendant les ordres. Un endroit stratégique, qui donnait sur la grande rue, non loin de la mairie où les escarmouches avaient été violentes. Lucien aperçut plusieurs soldats accompagner un groupe de prisonniers. Douze hommes et trois femmes qui marchaient dans sa direction sans entrain, comme fatigués après une longue journée de labeur. Lucien les regardait avancer avec la peur en lui. Il cherchait à reconnaître la femme que l'officier avait retrouvée et avec laquelle il voulait le confondre. Lucien avait menti pour sauver sa vie, mais pour combien de temps ? Un mensonge ridicule qui ne lui ressemblait pas, qui lui faisait rejoindre la cohorte nauséabonde des lâches. Il avait du sang sur ses chaussures et il ignorait si c'était celui d'un camarade, du fasciste tué à la villa, le sien ou les trois mêlés. C'était peut-être à cause de ce sang mêlé que tout était rouge. La terre était rouge, les arbres étaient rouges. Il avait du sang partout.

Le groupe de prisonniers stationna sur la place sous bonne garde. La femme que Lucien cherchait à identifier n'était pas parmi eux. L'une des prisonnières gardait la tête baissée et se passait lentement et par intermittence la main sur le front. Les hommes étaient pâles, les yeux brûlants. Ils écoutaient le sang des autres chanter qu'il attendait le leur. Tout à coup, Lucien aperçut la fille Praxedes, celle qu'il avait prénommée Rosalba. Elle accompagnait librement l'officier qui marchait comme un paon à ses côtés. La victoire donnait toujours un beau plumage à ceux qui portaient des galons. Elle parlait, semblait à l'aise. Tout dans son comportement laissait deviner qu'elle était du même bord que les fascistes. Lucien était condamné et il se mit à trembler comme cela lui était arrivé dans la forêt. C'était nouveau, cette façon qu'il avait de trembler quand il avait peur. Peur de mourir, d'être torturé, de souffrir. Il avait dit qu'il était guitariste et les fascistes étaient capables de lui fracasser les bras, de lui couper les doigts avant de le tuer.

L'officier et la fille Praxedes rejoignirent le groupe de prisonniers et, comme à une présentation d'armes, passèrent devant chacun d'eux. Ils déambulèrent de gauche à droite pour le premier rang et de droite à gauche pour le second. Ils s'arrêtaient devant chaque prisonnier, le temps que la fille Praxedes confirmât ou non qu'elle le reconnaissait. Lorsque le tour de la femme qui baissait la tête arriva, l'officier lui ordonna de la relever. Elle s'exécuta et Lucien vit qu'elle pleurait. Des larmes qui brillaient au soleil en rejoignant ses lèvres desséchées en se teintant de rouge. La fille Praxedes opina négativement la tête et la femme s'affala, victime d'un malaise. L'officier commanda à deux soldats de s'en occuper. Trois prisonniers, des hommes, furent sortis du rang et les autres furent libérés. Trois hommes qu'un nervi força à s'agenouiller côte à côte, dos au soleil. La mort aimait voir son ombre quand elle agissait. L'officier se plaça derrière eux, sortit son pistolet de son étui, le dirigea sur la nuque du premier homme à sa droite et tira. Le prisonnier s'écroula.

Lucien eut comme un sursaut, comme si c'était lui qui avait tiré, ressenti le léger coup sec du recul. Ses narines semblaient bouchées par l'odeur amère de la poudre brûlée. Le deuxième coup de feu claqua comme un fouet et les oreilles de Lucien vibrèrent du souffle de la détonation. La troisième balle fut tirée avec retard, comme si l'officier eût voulu attendre la fin des échos des deux premiers coups de feu, que le silence revînt. Les trois prisonniers étaient tombés face contre terre, dans l'ombre de la mort, et leur sang ruisselait en nappes vives, pressé de rejoindre celui des autres victimes.

La fille Praxedes s'était éloignée. Lucien la chercha et, lorsqu'il la repéra en compagnie du médecin-major, il vit qu'elle l'observait, qu'elle l'avait reconnu. Un regard qu'il ne pouvait définir, mais qui lui perçait la poitrine comme une lance. C'était une douleur vive que Lucien ressentait dans son corps. C'était l'espoir qui s'envolait comme un oiseau pressentant un sinistre événement. Pourtant, la peur de Lucien cessa lorsque l'officier, le médecin-major et la fille Praxedes furent face à lui. L'officier parla en espagnol, mais Lucien comprit qu'il demandait à la jeune femme s'il était bien l'homme qui lui avait sauvé la vie. Celle-ci resta de marbre quelques secondes avant de dire oui. Un oui franc qui fut comme une caresse. L'officier émit un léger ricanement, comme si la réponse ne le satisfaisait pas. Lucien devinait qu'il soupçonnait le mensonge chez son prisonnier et que la réponse de la femme le désarçonnait. Toutefois, lors de la première rencontre qu'il avait eue avec celle-là, il s'était bien gardé d'abattre toutes ses cartes. La patience était toujours une grande alliée dans les situations compliquées.

— Cet homme dit vous connaître sous le nom de Praxedes Rosalba, alors que vous vous prénommez Elena.

— Mon père m'appelait Rosalba en souvenir de sa grand-mère maternelle, qu'il adorait. Il disait que je lui ressemblais. Pour beaucoup de proches et d'amis, je suis connue sous ce prénom, rusa la fille Praxedes.

L'officier opina du chef avant de lancer :

— Cet homme affirme que vous êtes mariée, qu'il est venu en Espagne à la demande de votre époux, et cela afin de vous mettre en sécurité... Or tous les renseignements pris concordent à prouver que vous n'êtes pas mariée.

Elena Praxedes regarda fixement Lucien. Elle comprenait qu'il avait inventé toute une histoire pour sauver sa vie et qu'elle devait la continuer pour ne pas mettre celle-ci de nouveau en péril.

— S'il est le seul à le savoir, c'est qu'il dit la vérité. Je me suis mariée clandestinement en France.

L'officier esquissa un sourire. Il était déstabilisé.

— Vous êtes donc mariée ?

— Oui.

— Avec qui ? osa l'officier.

— Avec un Français de Biarritz que mes parents ne m'auraient jamais laissé épouser.

— Un Français de Biarritz, et vous vivez à Balaguer avec vos parents...

— Je vivais... Je suis institutrice à Vallfogona de Balaguer.

L'officier s'excusa. Visiblement, il n'était pas content de la tournure que prenaient les événements. Son prisonnier mentait, il en avait l'intuition. Comme toute cette vermine de brigadistes, car il le soupçonnait d'en être, le mensonge faisait partie de leur armement. Ce qui le dérangeait le plus était de ne pas savoir pourquoi cette jeune femme mentait aussi. Une fille de phalangiste de la première heure ne pouvait trahir la cause nationaliste.

— Il se dit que votre père était un ami de José Antonio Primo de Rivera[1].

— À ses côtés dès le début de la création de son parti.

L'officier acquiesça.

— Mon père était une personne de conviction, comme je le suis.

L'officier accusa le coup. Cette jeune femme n'était pas si fragile qu'elle le paraissait. Non seulement elle argumentait, mais sa famille avait des relations qui pouvaient lui coûter ses galons s'il commettait une erreur. Il lui fallait pourtant confondre cette femme et son prisonnier. Il lui restait une carte à jouer pour savoir s'il y avait un peu de vérité dans toute cette histoire. Une dernière carte pour se garantir au cas où, son prisonnier libéré, il venait à se révéler qu'il était du camp opposé.

Lucien était lui aussi surpris que cette jeune femme, apparemment peureuse, qui ne s'était pas révoltée lors de l'agression de sa famille, mentît avec autant d'aplomb. Il n'avait pas tout compris de la conversation, mais l'essentiel pour être certain qu'elle ne le trahissait pas. Elena Praxedes était-elle acquise à la cause révolutionnaire ? Même si elle la servait, il ne comprenait rien à ses motivations. Il croisa son regard et il était froid. Un regard polaire, non pour lui, mais pour l'officier afin qu'aucune faille ne la trahisse.

— Quel est le nom de votre mari ? enchaîna ce dernier.

— C'est un interrogatoire ?

— Je fais mon travail, madame ! répondit l'officier d'un ton agacé, mais qu'il marquait bien distinctement.

— Personne ne vous le reproche, mais je ne comprends pas votre entêtement à ne pas me croire. Je vous ai dit que c'est cet homme qui m'a sauvé la vie.

— Un ami de votre mari, mais que vous ne connaissiez pas ?

— Mon époux m'a téléphoné pour me présenter cet homme, pour m'avertir qu'il m'envoyait quelqu'un de confiance et que lui

1. *José Antonio Primo de Rivera : 1903-1936. Homme politique espagnol. Fils du général Miguel Primo de Rivera et fondateur de la Phalange espagnole. Il fut exécuté le 20 novembre 1936 à Alicante par les républicains.*

seul connaîtrait notre date de mariage... Je devais l'interroger pour m'en assurer.

— Alors vous connaissiez l'identité de cet homme ?

— Il avait été convenu qu'il était préférable que je l'ignore vu les circonstances et au cas où les choses tournent mal.

— Et pourquoi votre cher époux n'est-il pas venu lui-même vous chercher ?

— Mon mari est marqué politiquement et il serait dangereux pour lui de séjourner en Espagne.

— Votre musique sonne faux, mais vous n'êtes pas musicienne ?

— Je suis davantage danseuse que musicienne.

— Mais votre mari est musicien.

La jeune femme eut un tressaillement. L'homme qui lui faisait face et dont le sort dépendait d'elle lui avait inventé une vie qui ressemblait certainement à la sienne. Ce n'était pas la situation qui liait cet homme à son destin, mais la musique. Elle se souvenait du grand brigadiste qui avait assassiné ses parents. C'était lui qui avait dit à son camarade de prendre sa guitare parce qu'elle n'en aurait plus besoin. Cet homme n'avait pas volé son instrument et lui avait sauvé la vie. Elle lui devait donc bien ce mensonge qu'elle construisait, étoffait pour couvrir le sien.

— Il est guitariste, lança-t-elle avec assurance.

Lucien la regarda. Elle était belle, très belle, avec cet amour sauvage qui pâlissait son visage. Trop pâle certainement pour ne pas deviner la blessure cachée au tréfonds d'elle. C'était lui qui avait investi sa maison, agressé ses parents et cautionné leur exécution. Lucien regrettait. Il regrettait ce jour-là, cette heure-là, les minutes d'avant et d'après. Tout ce jour, sauf les fractions de seconde où il avait pris la décision de ne pas tuer cette femme. Il était si difficile de donner la mort sans se poser de questions et de se rassurer ensuite avec le sentiment d'avoir fait son devoir. Tout simplement de continuer à vivre pour mourir le lendemain comme les camarades. Vivre ainsi, c'était retenir son amour sous réserve qu'il existât. Lucien aimait, mais certainement pas assez pour endormir les convictions qui l'habitaient.

— Et cet homme prétend l'être aussi... et nous allons le vérifier, enchaîna l'officier qui regrettait d'avoir trop parlé.

Ce dernier commanda à ses hommes de trouver rapidement une guitare. Lucien allait devoir jouer. Il le fallait pour accorder au diapason le mensonge de cette femme et le sien. Toutefois, son bras lui faisait mal, ses mains et ses doigts étaient engourdis par le lien qui les maintenait prisonniers. Jouer devant des fascistes, ce n'était pas banal. Et quoi interpréter pour leur déplaire ? Cette pensée l'étonnait, vu la situation dans laquelle il se trouvait. Le surprenait tout en le rassurant de constater qu'il était vivant, fidèle à ses idéaux. Non, il allait jouer une musique convenable, quelque chose qui plairait, afin de ne pas trahir la volonté de cette femme à le sauver.

La guitare arriva peu de temps après, tenue par le manche par un grand soldat portant des lunettes. Ce dernier la remit à l'officier, tout en expliquant qu'elle appartenait à l'aubergiste que les brigadistes avaient tué parce qu'il avait refusé de les accompagner chanter des airs de Federico García Lorca. L'officier murmura quelques mots incompréhensibles et fit signe au gardien de détacher le prisonnier. Il jubilait et manifestait une joie perverse en brossant les cordes de l'instrument avec son pouce. Un instrument désaccordé qu'il avait bloqué contre lui et qui criait des *rasgueados* de désespoir. Lucien fut libéré, la guitare mise entre ses mains et une chaise détournée de l'épicerie située à l'angle de la rue.

— Nous vous écoutons, lança l'officier qui souriait, quasi certain que son prisonnier allait se trahir.

Le médecin-major, qui jusqu'à maintenant s'était tu afin de ne pas permettre au prisonnier de réorganiser sa pensée et donc sa défense, traduisit ce que Lucien avait déjà compris.

Lucien s'installa et, en l'absence de cale-pied, croisa sa jambe droite par-dessus la gauche pour rehausser son instrument, même si cette position n'était pas confortable et réduisait l'amplitude de son jeu. La jeune femme remarqua l'embarras de Lucien et trottina jusqu'au seuil de la maison située à quelques pas pour s'emparer d'une petite jardinière vide pouvant faire office de cale-pied.

— Vous serez mieux ainsi, conforta-t-elle en parlant français, tout en s'agenouillant pour présenter l'objet aux pieds de Lucien.

Ce dernier leva les yeux et croisa ceux d'Elena. Ce n'était plus la fille Praxedes, mais Elena. Ses yeux étaient clairs. D'un vert teinté d'orangé dans lequel se reflétaient non plus les ténèbres, mais la lumière du partage, de l'espoir, de l'amour offert sans contrepartie. Elena était si près, si tendrement belle. Lucien s'étonnait de penser à elle en l'appelant silencieusement par son prénom, celui que l'officier avait cité après avoir vérifié son identité et que désormais il attachait à son nom à chaque fois qu'il l'interpellait en le marquant d'un léger haussement de voix.

— Vous parlez français ? bredouilla Lucien.

— Courage... Jouez pour moi... *Adelita*[1] de Tárrega.

— Que complotez-vous ? cria l'officier qui s'étonnait d'entendre Elena Praxedes parler français.

Elena Praxedes traduisit ses paroles avant que le médecin-major ne le fît.

— Je disais à cet homme de jouer pour moi. J'ai appris le français avec mon grand-père paternel. Celui-ci avait étudié en France et disait beaucoup de bien de ce pays.

L'officier haussa les épaules. Comment pouvait-on aimer un pays gouverné par le Front populaire, par des rouges, des révolutionnaires dont l'attitude vis-à-vis des insurgés restait équivoque ?

— Quand vous voudrez, monsieur Lanoir, s'impatienta l'officier en tapotant la carte d'identité de Lucien qu'il avait conservée sur lui.

« Ma carte d'identité et la liberté pour un simple morceau de musique, c'est certainement peu cher payé pour un fasciste, mais allons-y », pensa Lucien. Ce dernier accorda l'instrument, joua lentement la gamme de *do*, fit quelques brefs exercices composés par Giuliani[2] pour assouplir sa main droite et commença. Lucien

1. *Composée en 1880.*

2. *Mauro Giuseppe Sergio Pantaleo Giuliani : 1781-1829. Compositeur et guitariste italien.*

avait les mains inondées de sueur, ses doigts étaient gourds, maladroits. Il était comme un musicien seul sur scène, prisonnier du trac, entravé par les rais des applaudissements du début et le demi-silence qui suivait la dernière note du récital avant que le public ne manifestât sa joie. Mais ce n'étaient pas les qualités de son interprétation qui allaient être jugées, mais sa capacité à jouer de la guitare pour prouver qu'il était musicien, guitariste... et que tout ce qu'il avait raconté était vrai.

Lucien joua les premières notes d'*Adelita*, se trompa, recommença. Une fois, deux, avant d'enchaîner le premier mouvement en ratant les liaisons. Il s'en voulait, mais son index et sa main droite le faisaient souffrir et retenir ses gestes. Ce fut une fois de plus Elena qui l'aida :

— Jouez plus lentement, le temps que vos mains s'apaisent et se retrouvent.

Lucien la regarda en souriant. Elle le contemplait aussi. Ses yeux étaient comme des mots, les pas de quelqu'un qu'on aime. Elle était une femme plénitude. Une femme qu'il parcourait comme s'il la connaissait déjà alors que, la veille, elle était encore une femme sans nom, inconnue, échappée de ce territoire en friche qu'est le temps à venir.

Lucien joua le premier mouvement, le second et les reprises presque parfaitement. Elena applaudit, suivie des quelques soldats présents. L'officier eut un petit rire sarcastique. Il remit à Lucien sa carte d'identité et reprit l'instrument.

— Vous sauvez votre vie de manière fort honorable, mais cela est mérité après avoir sauvé celle de cette femme et d'une enfant, conclut l'officier en demandant à Elena de traduire ses paroles.

Lucien remercia, mais il resta comme paralysé, ne sachant quoi faire, où aller.

— C'est cet homme qui a sauvé la fillette abandonnée parmi les morts, non loin de Barbastro ?

L'officier acquiesça, visiblement agacé par cette histoire qu'il ne contrôlait pas.

— Où avez-vous placé cette enfant ? questionna Elena, dont le cœur battait fort en comprenant qu'elle avait certainement retrouvé la fillette qu'elle cherchait depuis la veille.

— Au couvent des Pères du Cœur de Marie de Lérida[1]. Tous n'ont pas péri sous les assauts des miliciens marxistes. C'est là que les réfugiés, les enfants perdus et les blessés sont accueillis, précisa le médecin-major.

Dans l'esprit d'Elena, les mots de l'officier résonnaient plus lugubrement. En juillet 1936, Lérida avait été investi par des miliciens sanguinaires. Les églises et les couvents avaient été pillés, incendiés, leurs occupants massacrés. Les Pères du Cœur de Marie et les mercédaires avaient tous été tués. Ceux qui avaient fui, rattrapés chez eux ou dans leur famille, avaient été abattus. Cent cinquante religieux avaient été assassinés en une seule journée.

Lucien se souvenait que Manuel avait fait partie de ceux qui avaient cherché en vain les derniers religieux. L'alarme avait été donnée et ceux-ci et leurs hôtes s'étaient cachés.

— J'aimerais récupérer cette enfant, enchaîna Elena.

— De quel droit et à quel titre ?

— Cette enfant est la fille de Marta et Raúl Cernuda, des amis de longue date dont les parents fréquentaient les miens. Je suis la marraine de cette enfant et j'ai le devoir de m'en occuper.

L'officier fasciste grimaça de surprise et Elena Praxedes s'expliqua. Comme certaines familles de Balaguer acquises à la cause nationaliste, les Cernuda se savaient menacés. Lors de son retour au village, des voisins et des gens qu'elle connaissait s'étaient rassemblés devant la maison des Cernuda. Elle avait alors appris que ces derniers, ainsi que des proches et d'autres personnes, avaient été massacrés sur la route de Barbastro par des miliciens, mais que leur fille avait été sauvée et emmenée à Lérida. Elle avait tenté de se renseigner, de savoir où l'enfant avait été placée, mais en vain. La situation était si confuse que plusieurs histoires se mêlaient et troublaient la vérité. Quant à se rendre à Lérida, les événements en cours

1. *Lérida fut reconquis en mars-avril 1938 par Franco.*

l'interdisaient. Elle avait été contrainte d'attendre, mais la visite impromptue des militaires pour la confondre avec cet homme avait précipité son départ pour Lérida pour rechercher la petite Cernuda si les circonstances l'autorisaient.

— Cette enfant doit avoir de la famille ! supposa l'officier.

— Plus. Marta et Raúl étaient des enfants uniques... Marta était orpheline depuis l'âge de huit ans. C'est feu une tante maternelle qui l'a élevée... Ses grands-parents sont décédés, et les parents de Raúl ont été tués avec lui et Marta par les miliciens.

— Je vais faire vérifier tout cela à la mairie... et si cette enfant est orpheline, alors vous serez autorisée à venir la chercher...

— Quand ? osa Elena.

— Quand ! Quand ! Quand ces fumiers de révolutionnaires nous en laisseront le temps. Au revoir, madame Praxedes... Au revoir, monsieur Lanoir, salua l'officier en portant la main à son béret.

Lucien répondit d'un léger hochement de tête. Il n'avait pas tout compris de la conversation, mais il était libre et apaisé.

L'officier contenait sa rage. Son intuition de militaire lui faisait douter de toute cette histoire. Le mensonge était malin, rusé, sournois, flatteur. L'action lui conseillait d'embastiller cet homme... et cette femme, mais la raison lui ordonnait de prendre garde. Il avait eu confirmation par l'un de ses subordonnés que la famille Praxedes était effectivement liée aux Primo de Rivera. L'avenir était incertain. Pas quant à la victoire du général Franco, mais quant à son devenir personnel au sein de l'armée nationaliste. Perdre son grade et une belle promotion au regard de ses états de service uniquement pour avoir malmené la fille d'un grand ami de Primo de Rivera était cher payé. L'officier, dépité, rejoignit le café du centre avec quelques camarades pour fêter la victoire. Sur le parvis de la mairie, cinq gibets, dont les victimes se balançaient nonchalamment au bout d'une corde, trônaient. La mort trinquait, mais elle avait changé de trottoir.

IX

LE JOUR ÉTAIT LEVÉ. Lucien se réveillait. Il chercha machinalement sa montre sur le chevet et réalisa qu'un soldat fasciste la lui avait volée. Lucien avait dormi dans cette maison où les ombres des parents d'Elena étaient partout. La jeune femme l'avait éloigné de Lérida. Ils avaient pris le bus et aucun d'eux n'avait parlé durant le trajet. Elena l'avait installé dans la chambre d'amis. Une pièce aux couleurs chaudes, décorée simplement, mais agréable. Un lieu où Lucien avait entendu la voix du silence murmurer à son âme farouche de ne pas trop penser. Il n'avait pourtant pu s'en empêcher et la nuit était venue à lui pour le prendre mal. Une nuit lourde, chargée de tout ce qu'il avait vécu la veille et les jours précédents. Une nuit remplie de cris, de voix mortes, telles des flèches décochées et perdues. Des voix qui parfois empruntaient des silhouettes, des visages et qui avaient déambulé de mouvements désordonnés, sans but. Les fascistes avaient pourtant mis de l'ordre pour tuer, éliminer, débarrasser la ville des rouges et de ceux qui les avaient soutenus. Des femmes et des hommes avaient été fusillés. Près de l'église de Balaguer, des gibets rudimentaires avaient été dressés. Six hommes et une femme avaient été pendus. Lucien avait reconnu Manuel, l'Allemand, l'Anglais et Ilse parmi eux.

Lucien avait aussi ressenti des vibrations, des échos de coups de feu, de mitraille lui traverser le corps. Il avait frissonné avec l'impression qu'il saignait, que tout le lit l'engloutissait en rougeoyant. Épuisé, l'envie de partir nuitamment, furtivement, l'avait taraudé.

Se mêler aux ténèbres pour fuir, pour renoncer. Renoncer à quoi ? À la lutte ou à ce temps qu'Elena semblait vouloir partager avec lui sans explication ? Les franquistes progressaient, mais à Castellón de la Plana, Tarragone, Barcelone, les républicains se rassemblaient pour une contre-offensive.

Lucien s'assit sur le bord du lit, respira un grand coup, se leva et ouvrit les volets et la fenêtre. La vue donnait sur le jardin, là où tout avait commencé. Un espace clos de murets de pierre, avec des oliviers, des cerisiers, des touffes d'iris, d'asphodèles. Sous le plus majestueux des oliviers, deux monticules de terre, surmontés chacun d'une croix. L'endroit où Elena avait fait enterrer ses parents, ne trouvant personne pour l'aider à les conduire au cimetière afin de les inhumer dans le tombeau familial. Entre les tombes et la terrasse, une terre jaune, poussiéreuse, zébrée de plantes rampantes. Un chemin pour accéder à l'escalier qui, même lavé, laissait encore deviner la tache grise et difforme du sang du fasciste.

Lucien avait dormi longtemps, beaucoup dormi puisque le soleil était déjà haut. Il blessait ses yeux à la lumière, meurtrissait son âme à regarder le jardin. Un lieu qui était le résumé de ce qu'il y avait fait. Un espace qui tendait la main... et la vie tendait toujours la main à la mort. Et s'en saisir, c'était goûter au sang du voyage pour choisir. Lucien s'apprêtait à changer de fenêtre pour ne pas mourir, lorsqu'il entendit de la musique : Elena jouait de la guitare. En résonance à ce qu'il avait interprété devant l'officier fasciste, elle égrenait avec sensualité *Una lágrima*, de Tárrega. Une larme pour qui, pourquoi ? Pour ses parents, pour l'espoir défunt, pour la vérité sous le poids du mensonge ? Lucien quitta la chambre et descendit discrètement au rez-de-chaussée. Elena était de dos, face à la baie vitrée donnant sur la terrasse. Elle était vêtue de noir et avait dénoué ses cheveux qui tombaient en averse sur ses épaules. Lucien ne souhaitait pas l'interrompre en manifestant sa présence. Elena jouait avec charme, sensibilité. Il ne pouvait juger de son jeu de là où il était ni de son niveau dans l'exécution d'une pièce facile, mais l'essentiel était présent et plein de promesses. Par les interstices silencieux de l'écriture musicale, Estrella se faufila dans son esprit. Lucien la vit avec sa guitare. Cette guitare d'un jaune étincelant, presque bouton-d'or, qui donnait l'impression que la jeune fille avait un soleil au milieu du ventre. Penser à Estrella, c'était aussi imaginer Anita. Pourquoi Lucien pensait-il à ces deux jeunes femmes en regardant Elena de dos ? Était-il plus facile de le faire en se cachant ? Elena enchaîna avec un air traditionnel espagnol à l'harmonie flamenca qu'il ne connaissait pas, mais fort joli. Alexandre apparaissait par intermittence dans sa rêverie. L'ami de longue date, le talentueux luthier qui lui fabriquait une guitare qu'il ne jouerait peut-être jamais. Lucien n'avait donné de nouvelles à personne. Une attitude déraisonnable, mais tout ce qu'il faisait l'était.

Lucien attendit qu'Elena terminât son morceau pour marcher vers elle. Elle se retourna, surprise, un léger sourire aux lèvres.

— Vous m'écoutiez ?

— Et c'était un bonheur…

— Je ne travaille pas assez. Je préfère danser… Et puis j'ai perdu mon maître en 1936.

Lucien eut une expression interrogative.

— Il séjournait à Séville[1] et il est mort dans l'insurrection populaire contre les putschistes. Nous n'avons jamais su ce qui s'était passé.

Lucien n'osa pas demander si le maître de guitare d'Elena faisait de la politique et de quel bord il était. Mais c'était effectivement à Séville que la guerre avait commencé, que les nationalistes s'étaient soulevés contre le gouvernement de la Seconde République espagnole. Un coup d'État avorté, mais qui avait mis le feu aux poudres.

Elena tentait de faire bonne figure, mais son visage trahissait sa tristesse. Elle avait beaucoup pleuré. Un chagrin dont Lucien se sentait responsable. Elle posa sa guitare sur le canapé.

— Je vais vous préparer à manger et vous pourrez partir… J'ai téléphoné ce matin à un ami de mon père qui a accepté de vous

1. *Le soulèvement militaire du 18 juillet 1936 eut lieu à Séville et fut le déclencheur de la guerre civile espagnole.*

conduire jusqu'à la frontière d'Andorre en passant par la zone franquiste.

Lucien eut envie de parler, de lui demander ce qu'elle dansait, mais il se tut sous l'effet de la surprise.

— Là, un passeur vous fera rejoindre la France, continua Elena.

Lucien, qui avait envisagé de s'enfuir nuitamment, n'était plus pressé de partir malgré le danger. Il n'avait pas d'explication rationnelle à ce changement, mais l'envie de rester encore quelques jours au côté de cette femme s'imposait. Au côté de ce visage féminin qui exprimait une sorte de vertu qui le troublait. Elena l'attirait. Une intuition lui disait qu'elle était comme lui, volontaire, décidée à prendre sa vie en main en faisant fi des recommandations des siens, en empruntant d'autres chemins que ceux qu'on avait dessinés pour elle.

— Merci de vous être occupée de cela, mais qui vous dit que j'ai envie de retourner en France ?

— N'est-ce pas ce que vous avez promis à l'officier ?

— C'était un mensonge.

Elena se mit à rire et cela lui redonna de la beauté.

— Il faut que vous partiez avant que les choses s'aggravent davantage.

— Je ne partirai pas sans vous, déclara Lucien.

— Je ne le veux pas, coupa-t-elle d'un ton sans équivoque.

— Alors, il faudra que je revienne vous chercher, car tôt ou tard l'officier saura que vous avez menti et vos soutiens vous lâcheront.

Elena eut un léger tressaillement. Elle avait envie de répondre oui à ce garçon et elle ne le faisait pas. Elle avait menti pour lui alors qu'elle avait horreur du mensonge. Elle ne se reconnaissait pas. Pourquoi lui avait-elle proposé de l'héberger ? Elle s'interrogeait. Il lui avait semblé qu'ils étaient prêts à communiquer, à partager leurs opinions, leurs sensations. Ils n'avaient évidemment pas reçu la même éducation, mais quelque chose les prédisposait à se comprendre et à se rencontrer.

Lucien était dans le même esprit, mais il se méfiait de cette femme. Elle avait tant fait pour lui, trop certainement pour que cela ne lui nuise pas. Non, il se trompait. Dans ce généreux regard, le mal ne pouvait avoir sa place. C'était d'ailleurs avec volonté qu'elle était venue à lui pour le sauver malgré le danger. Elle avait agi avec un charme voilé, mais terriblement puissant.

Lucien comprit qu'elle allait se retirer et il tenta de la retenir encore quelques instants :

— Qu'aimez-vous ? Que redoutez-vous ?

Elena parut surprise des questions, mais elle répondit franchement :

— J'aime les gens quand ils rient, pleurent, cherchent le silence. J'aime l'odeur de l'air après la pluie les jours d'été, le bourdonnement assourdi d'un avion sur un ciel bleu, les fleurs, la musique, jouer de la guitare… et surtout chanter et danser le flamenco.

— Vous dansez le flamenco ?

— Ma mère était andalouse, de Malaga.

Lucien était incapable de dire ce qu'il aimait en dehors de la lutte armée pour la liberté et jouer de la guitare.

— Je redoute ceux qui aiment faire du mal aux hommes et aux bêtes, les imbéciles, la souffrance, de ne pas aimer et de ne pas être aimée… et je redoute que vous soyez encore là, car effectivement l'officier reviendra.

Lucien sortit au jardin, creusa la lumière, le silence, chercha les fantômes des hommes morts ici, le corps des camarades défunts qui buvaient le vent en grondant leur hargne contre le fascisme…

X

CELA FAISAIT TROIS JOURS que Lucien était à Lons-le-Saunier et il ne se décidait pas à parcourir les derniers kilomètres pour rejoindre Besançon. Il était passé si vite de la tempête au calme, de l'affolement d'une ville en pleine guerre civile à la sérénité d'une cité nonchalante. La transition était violente et le désarçonnait. Ce n'était pas seulement cette terrible différence d'ambiance qui le mettait mal à l'aise, mais cet arrangement qu'il avait fait avec la liberté et la vérité et qui ne lui ressemblait pas. « On le paie toujours... même si l'on croit avoir réussi à préserver certains instants », disait-il souvent à Alexandre, qui tentait de lui faire tempérer ses propos. Il avait menti, trahi l'esprit de la révolution, oublié l'équation essentielle qui liait la liberté et la mort. Lucien attendait donc d'être prêt, d'avoir l'envie de revoir ceux qui seraient heureux de le retrouver. Raconter, il ne le pouvait. Alors autant rester dans cette chambre d'hôtel si c'était pour s'enfermer dans sa maison comme il le faisait souvent quand ça n'allait pas.

Il avait quitté Elena comme un rustre. Il avait mangé, puis, profitant du fait que la jeune femme se reposait dans sa chambre, il était parti sans attendre l'homme chargé de le conduire en Andorre. Il n'était pas passé par la zone franquiste, mais par la Catalogne encore libre en empruntant le bus. La plaine du río Segre, puis la route de la montagne jusqu'à Andorre-la-Vieille et, de là, un voyage à dos d'âne avec un passeur pour franchir la frontière au droit d'Ax-les-Thermes. Une journée éreintante, difficile, qui avait aiguisé toutes les douleurs, même celle du cœur. Il était arrivé à Ax-les-Thermes épuisé. Il avait passé la nuit dans un petit hôtel sordide. Il avait dormi comme une masse avant de reprendre la route par le bus et le train. Il avait mis deux jours pour rejoindre Lons-le-Saunier. Cela faisait donc six jours qu'il avait quitté Elena, et elle lui manquait. C'était elle qui l'empêchait de finir le voyage. Lucien pensait à Elena, mais cela ne l'avait pas empêché d'aller voir une prostituée le lendemain soir de son arrivée. Lucien ne s'expliquait pas pourquoi le désir avait éclaté en lui subitement, comme mille feux. Il s'était rendu près de la gare ferroviaire, et rapidement une femme l'avait abordé, puis une autre. Il avait choisi une blonde plantureuse pour retrouver la saveur d'une peau blanche. La belle lui avait promis une demi-heure au paradis en contrepartie de quelques francs. Celle-là l'avait entraîné dans une chambre minable, humide, sentant le moisi. Elle s'était déshabillée rapidement, sans grâce. Elle lui avait demandé s'il désirait qu'elle se dévêtît complètement et Lucien n'avait pas répondu. Elle avait alors enlevé ses sous-vêtements d'un rouge sang pour les jeter sur une chaise. Lucien avait extirpé quelques billets de son portefeuille pour les poser sur le chevet, puis il s'était dévêtu tranquillement, comme s'il avait eu toute la nuit devant lui. La prostituée s'était agacée avant de s'allonger sur le lit à plat dos, les jambes écartées. Une situation ridicule, mais les mille feux étaient toujours en Lucien. Nu, il était resté un instant immobile à regarder le grand corps de cette femme, ses seins, son sexe. Elle s'était impatientée, lui avait demandé si elle ne lui plaisait pas, et Lucien s'était jeté sur elle comme une bête pour apaiser son feu. La belle amazone l'avait vidé de sa force comme celles du campement la veille de l'attaque sur Balaguer et des drames qui allaient suivre à Lérida. Les filles avaient toutes été tuées par les fascistes. Lucien avait reconnu plusieurs d'entre elles sur le trottoir près des gibets.

Ce fut donc au matin du quatrième jour que Lucien paya ses trois nuitées et prit le train pour Besançon. Un voyage qui dura une éternité tellement il fut retardé dans son esprit par les souvenirs espagnols et l'envie de repartir. Lucien devait se raisonner. Sa cuisse lui faisait mal et son bras était toujours douloureux. Il n'était plus apte à combattre et désormais une proie facile pour les fascistes qui aimaient tuer et compter les morts. Lucien revit le visage de l'officier. Un homme qui réduisait l'être à un sale bout de papier, à une lettre de dénonciation, à une carte d'identité, à un faciès, à un mensonge. Elena avait dit qu'il reviendrait et Lucien n'en doutait pas. C'était elle qui désormais était en danger. Et Lucien était dans un train qui le menait à Besançon. Il devait repartir, mais pas aujourd'hui, pas demain. Il le souhaitait, mais n'était sûr de rien. Lucien n'avait plus d'énergie, se sentait abandonné par la joie de vivre. Ses sources étaient taries, ses soleils éteints. Il s'estimait indigne de l'amour que les autres lui portaient. Il ne pouvait plus continuer ainsi. Rien n'était vrai en lui, car il n'avait toujours pensé qu'à lui. Tout ce qu'il faisait était de travers, tout ce qu'il cherchait fuyait. Il devait changer avant qu'il ne soit trop tard. Changer d'être, d'âme en espérant que les autres le comprennent, ne le jugent pas. Des pensées qui devaient devenir paroles et que Lucien voyait se détacher des paysages qui défilaient sous ses yeux. Des paroles qui étaient comme des ombres et qui, en séparant les mots, faisaient mal. Lucien retrouva la sérénité en franchissant la frontière qui séparait le Jura du Doubs. Il était chez lui...

XI

LE JOUR QUI SUIVIT le départ de Lucien fut pour Elena sans éclat, triste. Elle venait de perdre ses parents, mais sa pensée était essentiellement accaparée par le visage de ce jeune homme dont elle ne connaissait rien. Elle lui en voulait d'être parti sans lui dire au revoir, sans laisser un mot, une promesse. Elle avait passé le reste de sa journée à espérer le revoir.

L'après-midi la vit convoquée dans le bureau de l'officier fasciste à Lérida. Ce dernier était visiblement très en colère. Il fumait avidement. Il rejetait de grosses volutes de fumée en forme de couronne dans la direction d'Elena, et celle-ci devinait qu'il agissait ainsi parce qu'il se retenait de la faire emprisonner immédiatement en raison de ses relations.

— Vous saviez que cet homme était un rouge ! cria l'officier, qui glissa sur le bureau, face à Elena, le cliché qu'il avait pris de la carte d'identité de Lucien Lanoir.

Elena sursauta mais resta muette.

— Vous le saviez ! Il était présent lorsque vos parents ont été assassinés. Pourquoi l'avez-vous aidé ? Pourquoi nous avoir menti ?

Elena se contracta, serra les cuisses. Cet homme bluffait, ne savait rien. Elle devait tenir. Elle regarda le ciel par la fenêtre et sentit un frisson froid la parcourir alors qu'il faisait chaud.

— Nous avons fait des prisonniers, nous les avons interrogés, et l'un d'eux a reconnu Lucien Lanoir comme étant l'un des brigadistes ayant participé à l'attaque sur Balaguer et à l'assassinat de vos parents.

Il y avait un miroir à côté de la fenêtre et Elena se vit courbée, les mains croisées sur le ventre, les mâchoires un peu serrées, le visage figé, pâle.

— Je n'ai pas de temps à perdre, mademoiselle Praxedes... ou plutôt madame, puisque vous prétendez être mariée.

Face au silence de la jeune femme, l'officier ajouta :

— Si vous voulez parler, c'est maintenant...

— Cet homme a menti... sous la contrainte.

L'officier se leva, furieux, et marcha pour se placer à la gauche d'Elena.

— Avez-vous pris conscience de ce que vous avez fait, de votre trahison et des conséquences qui en découleront ?

— Présentez-moi cet homme. Je veux l'entendre dire qu'il connaît Lucien Lanoir, que celui-ci a participé à l'assassinat de mes parents.

Elena ne se laissait pas abuser facilement. Le seul individu capable de témoigner, dans l'hypothèse où il fût encore en vie, car les fascistes ne s'encombraient pas longtemps de leurs prisonniers, était ce jeune Espagnol qu'elle avait entendu prénommer Emilio par ses camarades. Un garçon qui avait quitté la villa peu après que ses parents eurent été tués. Quant au grand milicien qui parlait anglais avec un accent slave, il était de ceux qui avaient été pendus sur la place de la mairie. L'officier n'avait donc rien de sérieux pour la confondre. Il tentait seulement de la déstabiliser, de l'effrayer en espérant qu'elle cédât et parlât.

Ce dernier se mit à marcher derrière elle. Il tournait dans la pièce comme un fauve en cage. Il s'arrêta, s'approcha et posa la main sur le cou d'Elena en appuyant pour qu'elle se courbât davantage.

— Ne me touchez pas ! cria Elena en se redressant vivement tout en se retournant.

L'officier retira sa main comme s'il se fût brûlé. Elena le regarda fixement et à son tour l'officier éprouva de la crainte. Ce dernier n'avait rien rapporté à ses supérieurs de l'enquête qu'il menait avec zèle. Prouver que la fille de l'un des plus respectables notables de la ville complotait avec les révolutionnaires pouvait lui rapporter gros, mais aussi le porter en disgrâce si les événements tournaient en sa défaveur. L'officier avait eu une nouvelle fois la confirmation que la famille Praxedes avait entretenu des liens étroits avec les Primo de Rivera. Et José Antonio Primo de Rivera n'était autre que le fils de Miguel Primo de Rivera, qui avait gouverné l'Espagne durant sept années. Une famille puissante, influente, qui restait dangereuse, même si José Antonio avait été condamné à mort et fusillé par les révolutionnaires en novembre 1936, dès le début de la guerre civile. La Phalange et les traditionnels carlistes[1] avaient ensuite été dissous par Franco pour éviter les divisions, mais leurs membres restaient actifs dans leurs idéaux. Même dans son propre camp, on épurait, on assassinait. Seule la victoire finale contre les rouges comptait, et tout ce qui pouvait la retarder était éliminé, et l'officier en avait pleinement conscience.

Il n'insista pas et, après avoir fait signer à Elena une déposition qui confirmait ses dires, il la libéra.

Elena quitta le bureau de l'officier, la peur au ventre. Elle se retrouva dans la rue comme une somnambule. Elle marchait si vite qu'elle trébucha à plusieurs reprises. Il régnait dans la ville une ambiance étrange, lourde, augurant une interminable journée. Elena ne savait pas ce qu'elle devait faire. Rester en Espagne, attendre, partir en France après avoir récupéré la petite Cernuda ? C'était incompréhensible, ce qu'elle avait fait pour cet homme, cet inconnu, même s'il lui avait sauvé la vie. Mais c'était dans les principes des Praxedes de suivre son instinct, d'embrasser ou non le mouvement général, de défendre ou de combattre des idées, de protéger ceux qui méritaient de l'être même s'ils ne partageaient pas la même opinion. Lucien Lanoir avait fait passer son humanité avant ses convictions politiques. Il avait même sauvé une petite fille

1. *Membres du carlisme. Mouvement politique légitimiste espagnol de tendance conservatrice et antilibérale. De courant traditionnaliste, attachés à la religion catholique, les carlistes se joindront au général Mola pour combattre les républicains.*

issue d'une famille catholique, nationaliste, et qui le revendiquait, ce qui était certainement la cause de l'assassinat des parents. Le comportement de Lucien Lanoir méritait donc le respect, le soutien, de l'aide. Toutefois, et bien qu'elle ne cessât de se le répéter, Elena s'interrogeait sur son attitude, sur ce mensonge qu'elle avait construit par sympathie, mais aussi par défi. Elle n'était plus d'une rive ou de l'autre, mais au milieu du fleuve, emportée par des flots tumultueux et boueux.

Elena retrouva la villa familiale à Balaguer et s'enferma dans sa chambre pour pleurer. Elle flottait dans le vide absolu. Elle était à mille lieues des autres. Si loin qu'il lui semblait que les efforts à faire pour les rejoindre seraient considérables, épuisants. Elle allait devoir se battre. Se battre contre tous, même dans son propre camp, mais aussi contre elle-même, puisqu'elle avait menti. Se battre pour savoir si c'était bien l'oiseau de l'amour qu'elle avait aperçu dans le regard de ce Français. Ce garçon étrange, prêt lui aussi à sacrifier sa vie, mais pas sa liberté. Elle pensait si fort à lui qu'elle le voyait à travers ses larmes. Sa beauté juvénile, l'ovale parfait de son visage, ses joues rosées, le duvet au-dessus de ses lèvres, les boucles sombres de ses cheveux aux reflets de ses yeux, et ses grandes mains de guitariste. Penser seulement ne suffisait pas pour changer la situation dans laquelle elle se trouvait. Il fallait agir, et les événements récents ne le démentaient pas. Son histoire allait grandir, se propager d'une maison à l'autre, d'un village au suivant et, tôt ou tard, ceux qui la soutenaient l'abandonneraient sous la pression des fascistes.

Elena n'en finissait pas de se questionner. Elle le faisait pour atténuer sa peur, sa peine, pour oublier le regard des autres, la méchanceté et cette solitude qui s'avançait comme une ombre sur l'avenir. L'avenir, où était-il désormais ? En France, près de ce garçon ? Ce dernier lui avait dit de demander après le luthier Alexandre Hillier, à Besançon, que celui-ci saurait la renseigner si elle décidait de venir le voir. « Je veux ce garçon. Il y a de l'éternité dans l'amour déraisonnable que je lui voue », songea-t-elle. Et instantanément la pensée de Spinoza inscrite sur le testament de son père l'effleura : « Dans l'éternité, il n'y a ni avant, ni après, ni rien de semblable… seulement maintenant[1]. » Elena répéta la phrase plusieurs fois en espagnol, puis en français pour écouter leur harmonie et si elles s'accordaient. Elle le fit avec des larmes au coin des yeux. Des larmes qui étaient comme des oiseaux en couleur sur des arbres en hiver.

Elena laissa passer la nuit avant de penser à la petite Cernuda. Elle avait demandé à s'en occuper et, vu la situation, il ne fallait pas attendre pour la récupérer. Agir avant que l'officier ne donnât des ordres contradictoires. Aussitôt, elle sortit et marcha jusqu'à l'arrêt de bus pour Lérida.

Arrivée à destination, Elena prit le chemin menant à la congrégation des Pères du Cœur de Marie avec l'impression d'être dans un autre temps. Au loin, des explosions brisaient le silence, résonnaient en écho sur les toits des maisons, sur la terre, sur le ciment. La guerre aimait jouer aux ricochets pour réveiller ceux qui l'oubliaient. Elle était toujours en ville, sournoise, cruelle. La répression s'était accrue. Elle était planifiée, méthodiquement organisée. Comme l'avait souhaité feu le général Mola, la purge était politique et radicale. L'action devait être d'une violence extrême pour anéantir un ennemi qui s'avérait redoutable. Sur la place, Elena reconnut des notables hostiles au mouvement nationaliste qu'on s'apprêtait à fusiller. Elle pressa le pas. Il lui tardait d'ouvrir une porte pour fuir l'obscurité. Elle suait, l'excitation l'étouffait. Elle découvrait qu'elle n'était pas faite pour vivre une telle situation. Chaque pas la faisait passer du calme à l'inquiétude, de la joie de retrouver l'enfant au découragement, de l'amour à la haine. Une haine qui prenait tout son sens au sang versé, à la lumière puissante qui se faufilait, courait dans les rues à la recherche des opposants.

Ce fut un civil, un homme gros et moustachu, qui la reçut. Il l'écouta parler avec bienveillance, puis se retourna lentement en lui demandant de le suivre.

---

1. *Baruch Spinoza,* Éthique.

— Nous avons recueilli beaucoup d'orphelins... L'internat a été transformé en hôpital, mais nous manquons de médicaments, de personnel pour sauver tout le monde. Ce matin, à l'aube, des phalangistes sont venus prendre trois femmes dont les maris sont soupçonnés d'être sympathisants de la République. L'une d'elles était infirmière et d'une aide précieuse.

L'homme s'arrêta de parler un instant avant d'ajouter :

— Nous ne les reverrons plus.

Elena pénétrait dans l'internat lorsque les détonations des armes du peloton d'exécution claquèrent contre les vitres, furieuses, déchirées de ne pouvoir entrer.

— À ce rythme, il n'y aura bientôt plus personne en ville, commenta l'homme avant d'interpeller une vieille femme vêtue d'un tablier maculé de sang qui annonça :

— La jeune Carmen Franchès a accouché d'un garçon. Tout s'est bien passé...

— Cette femme vient chercher la petite Cernuda...

— Adela ! Le berceau cinquante-six... Je suis au courant. Un soldat est venu nous apporter un document autorisant sa marraine à venir la chercher.

Elena hocha la tête.

— Vous êtes Elena Praxedes, l'institutrice de Vallfogona de Balaguer ?

Elena acquiesça.

— Pablo, tu vérifies l'identité de cette dame et tu lui donnes l'enfant... N'oublie pas de lui faire signer le papier, conclut la vieille femme qui quitta l'internat d'un pas alerte.

L'homme moustachu regarda Elena d'une façon qui certifiait qu'il s'interrogeait. Pourquoi cette jeune femme voulait-elle s'encombrer d'un enfant en pleine guerre ? Lérida était à feu et à sang et chacun était préoccupé à sauver sa vie, à chercher les siens dans les décombres du dernier bombardement. Rien ne pressait pour récupérer cette petite fille qui, à son avis, était davantage en sécurité à la congrégation que partout ailleurs.

Quand Elena retrouva Adela, elle ne put s'empêcher de sourire. L'enfant sommeillait et Elena la prit délicatement, l'embrassa, la serra contre elle. Adela ouvrit grand ses yeux et se mit à agiter les mains, ses frêles jambes. Elle était heureuse, elle semblait deviner qu'elle partait définitivement.

Le retour à Balaguer fut laborieux. Les soldats nationalistes étaient partout et interpellaient tout le monde pour vérifier les identités et les comparer aux listes établies des gens qu'il fallait arrêter, fusiller. Malgré l'enfant qu'elle avait dans les bras, Elena fut contrôlée plusieurs fois, mais son nom ne figurait sur aucune liste. À chaque coin de rue, c'était la terreur, la douleur, le chœur impétueux des cris, des tirs, des moteurs de camion. Un brouhaha de sang qui convergeait toujours sur la place où avaient lieu les exécutions.

Arrivée à destination, Elena s'arrêta chez les Cernuda – la maison était ouverte et avait été pillée – et rassembla de la layette pour Adela. Vêtements qu'elle mêla à quelques affaires personnelles au sein d'une petite valise aussitôt la villa familiale rejointe. Elena était prête, décidée à partir. L'ami de papa, l'ami de toujours ne refuserait pas de la conduire hors d'Espagne, dans un lieu où le soleil brillait encore.

À Lérida, l'officier se préparait à l'arrêter. Face à la glace de la chambre dans laquelle il logeait, il boutonnait son uniforme et s'agaçait de ne pas y parvenir facilement. Il s'admirait et se trouvait beau avec ses cheveux coupés court et son sourire enjôleur qu'il aimait forcer. Il se passa mécaniquement le peigne dans les cheveux et, ce dernier toujours en main, se retourna pour chercher son béret. Quand il fut prêt, il se contempla de pied en cap, sortit dans le corridor, alluma une cigarette et descendit l'escalier en écoutant ses bottes crisser sur la pierre. Au bas de l'escalier, un soldat l'attendait. Ils se saluèrent et ensemble rejoignirent le trottoir d'en face, où un véhicule stationnait.

— Savez-vous qui nous allons arrêter, sergent ?

Face au silence de son interlocuteur, l'officier dévoila d'un ton jubilatoire :

— Elena Praxedes, la fille de Ramos Praxedes, un ami de feu Primo de Rivera...

— Elle a collaboré ?

L'officier ricana et la fumée de sa cigarette fit de petits ronds en passant au-dessus de sa tête. Le soldat lui ouvrit la porte arrière gauche du véhicule et s'installa au volant. Il s'apprêtait à démarrer lorsqu'un homme surgi de nulle part pointa un pistolet sur l'officier et l'abattit d'une balle en pleine tête avant de s'enfuir...

XII

LUCIEN ÉTAIT ARRIVÉ À BESANÇON. Il était resté un moment dans le hall de la gare à regarder les gens déambuler, discuter. Des gens qu'il pensait ignorants, indifférents aux événements espagnols. Lucien avait marché en flânant au parc des Glacis avant de se résoudre à rentrer, à retrouver la petite maison jaune de l'avenue Villarceau. Quand il frappa à la porte de l'atelier d'Alexandre et qu'il entendit sa voix résonner comme un son de guitare, il sut qu'il était content d'être là. Alexandre fut surpris, comme pétrifié, quand il vit la silhouette de son ami découper la lumière dans le chambranle de la porte. Il abandonna ce qu'il faisait et se précipita à sa rencontre en le serrant fort contre lui.

— Lucien, Lucien ! Tu es en vie !

Alexandre lui faisait mal à le serrer si fort, particulièrement au niveau de son bras droit, endolori.

— Tout ce temps, toutes ces semaines sans avoir de nouvelles... Nous avons pensé au pire, enchaîna Alexandre en desserrant son étreinte, sourire aux lèvres.

Lucien s'interrogeait. Qui était ce « nous » qu'Alexandre associait à son inquiétude ? Estrella ? Anita ? Suzanne et Paul ? Des amis, des voisins ?

— Tu es arrivé quand ? demanda Alexandre, qui savait son ami capable de toutes les extravagances.

— J'ai quitté l'Espagne il y a une semaine. Il me fallait bien cela pour boire l'amertume du voyage.

Alexandre ne s'offusqua pas de cette non-réponse. Il connaissait suffisamment Lucien pour savoir qu'il était compliqué de le cerner. Ses retours d'Espagne étaient toujours difficiles et il se reprocha de l'interroger aussitôt arrivé.

— Quelqu'un t'attend. Enfin, deux personnes t'attendent.

Lucien marqua la surprise.

— Vu que tu n'étais pas là, et ne sachant quoi faire, je les ai installées dans la chambre d'amis. Du provisoire, car cette pièce est petite et non chauffée.

Lucien se demandait qui pouvait l'attendre, qui n'était pas d'ici pour être logé chez lui.

— Qui est-ce ? murmura-t-il comme s'il eût peur qu'on l'entendît.

— Une surprise... et elle le sera pour elles aussi, car nul ne t'attendait.

Et une fois de plus, feignant l'indifférence, Lucien ne se précipita pas à l'étage pour connaître l'identité des invitées. Il poussa du pied sa valise qui encombrait le passage et vint jouer au curieux près de l'établi. Alexandre travaillait à l'incrustation d'une rosace dans une table d'harmonie.

— Tu fabriques une nouvelle guitare ?

— Figure-toi qu'Estrella m'a commandé un instrument. J'ignore si c'est pour se faire plaisir ou me faire plaisir, mais cela me donne du travail.

Lucien fit la grimace.

— Une guitare pour une fille de nationaliste, jamais tu ne trouveras la bonne résonance.

— Tu ne changeras donc jamais, Lucien ! répondit Alexandre sur le ton de la plaisanterie.

— Il faudrait tout barrer à gauche ou faire les éclisses en carton pour que ça sonne...

— Ou tout barrer à droite pour rester dans ta logique.

— Et ma guitare ?

— J'ai fait beaucoup de réparations depuis ton départ et j'ai peu avancé... Je ne me pressais pas, vu que j'ignorais la date de ton retour.

— Et moi qui désirais la jouer dès que je rentrerais...

— Tu plaisantes ?

Lucien ricana.

— Et si tu allais voir qui t'attend au lieu de flagorner sur ce que j'ai fait ou pas pour toi ?... À cette heure, personne ne doit plus dormir, proposa Alexandre, qui entretenait le suspense.

La curiosité piquait Lucien comme sa tendinite le coude lorsqu'il appuyait dessus, mais il se retenait toujours d'agir.

— Qui est-ce ? répéta Lucien, qui savait pourtant qu'Alexandre ne dirait rien.

— Si je te le dis, tu risques de ne pas monter, de repartir parce que cela ne te plaît pas. Tu sais, elles seront contentes de te voir.

Ce « elles » interrogeait Lucien. S'agissait-il de personnes ou de femmes ?

— Monte... et je pense que, quand tu les verras, tu ne redescendras pas de sitôt.

Lucien bougonna, mais il grimpa l'escalier. Il frappa, et la voix de femme qui l'autorisa à entrer le laissa perplexe. Une voix, avec un accent espagnol prononcé, qu'il avait déjà entendue, mais il ne savait où. Ce n'était pas poli d'attendre et de faire répéter, mais Lucien patienta. Peu de temps, car des babillements d'enfant le firent entrer pour comprendre. Elena changeait Adela sur le lit. Ils se regardèrent en silence. Ils étaient silence, cette perception de l'histoire qu'ils avaient vécue ensemble et que le fil des jours ne changerait plus. Ils étaient regards, car aucun mot n'aurait pu expliquer pourquoi ils étaient là et contents de l'être. C'était un bonheur qu'ils vivaient. Ils le savaient. Elena se sentait observée, détaillée avec une curiosité nouvelle. Elle avait toujours eu une réputation de jeune fille étrange, mais cela n'était qu'un masque pratique pour s'échapper quand les gens l'ennuyaient. Elle avait toutefois très vite compris quel pouvoir de séduction, de retrait facile cela lui donnait de paraître mystérieuse et sauvage. Elle s'en voulait de jouer ainsi avec Lucien, mais elle ne trouvait pas de mots pour lui parler. Elle aurait aimé le prendre dans ses bras, poser sa tête sur son épaule et le serrer fort contre elle, mais elle n'osait. C'était Lucien Lanoir qui lui faisait face. Elle le trouvait différent sous cette lumière usée et étrangère qui les observait à travers la fenêtre.

Lucien trouva Elena encore plus belle, malgré cette fatigue qui se lisait encore plus en pâleur et en cernes sur son visage. Lucien était fébrile. Il pressentait que les minutes qui allaient suivre seraient importantes. Il prit Elena dans ses bras. Il n'était plus lui-même ; l'instant l'emportait. Tout ce qu'il vivait était l'émoi du visage qui accaparait ses pensées. Il entendit les pas de l'ennemi résonner dans le silence de la rue à Lérida et vit Elena. Elle était maintenant contre lui, mais il revoyait sa silhouette, sa démarche, ses jambes danser au rythme des battements de son cœur dans sa poitrine, quand elle s'était approchée en compagnie de l'officier et du médecin-major fascistes sur la place de la ville. Son visage était comme une lumière dans la nuit de sa peur et le temps semblait ralentir. Ce que ressentait Lucien était inexplicable. Il était à la fois dans l'allégresse de revoir cette femme et tourmenté par cet étrange désir qu'elle réveillait en lui.

Quand Elena se libéra, son sourire le captura et baisa son cœur. Il entendit qu'elle lui parlait, mais il ne perçut que des chuchotements, des mots qui étaient comme des caresses au creux de ses oreilles. Alors qu'il s'attendait à ce qu'elle l'embrassât, elle lui tendit la main et son tourment cessa. Une main blanche qu'il serra sans conviction en ayant l'impression de n'être plus que le spectre de lui-même.

— Vous en avez mis du temps pour revenir ! lança Elena, qui retenait sa joie.

— Et vous, quelle mouche vous a piquée ?

— Ne m'aviez-vous pas laissé une adresse au cas où je me sentirais en danger ?

Lucien esquissa un sourire.

Elena était troublée, et cela l'empêchait de voir l'émotion de Lucien, la beauté de sa bienveillance dans son regard. Et puis parler l'apaisait, l'empêchait d'entendre la lutte que faisaient ses sentiments au tréfonds d'elle. Ils étaient nombreux, subtils, mais aussi encombrants. Depuis son voyage à Besançon, il ne s'était pas passé une journée sans que des pensées secrètes, des espérances viennent troubler la quiétude de son exil. Elle aussi avait revécu les circonstances de leur rencontre. Elle avait réentendu les mots de Lucien le jour de la mort de ses parents, ceux échangés dans la villa et ceux tus. Et tout cela dans le désordre, semant le trouble dans tout son être en lui donnant l'impression de n'être plus accordée, en résonance avec elle-même. Elle aurait aimé être transparente, mais cela lui paraissait ridicule au regard d'une situation qui les gênait tous les deux. Mais jouer à ce jeu, c'était être une autre Elena et rester dans la dualité.

— Vous devez vous demander pourquoi j'ai emmené cette enfant avec moi.

Elena trouva ses paroles stupides, mais elle tentait l'impossible pour réfréner ce qui roulait en elle sans s'arrêter, en lui faisant réaliser qu'elle était peut-être en train de devenir amoureuse.

— Parce que vous en aviez envie, répondit Lucien, qui prit la petite Adela dans ses bras. Elle a repris du poids... ajouta-t-il.

— Oui ! Mais je la sens nerveuse. Ses parents lui manquent... Je vais la coucher et nous descendrons au salon pour discuter tranquillement.

— Je connais une brasserie qui ferme tard. Nous pourrions aller y prendre un verre et manger quelque chose.

— Je n'ai pas envie de sortir, rétorqua Elena d'un ton qui ne souffrait pas la contradiction.

— Marchons un peu, alors !

Elena acquiesça, coucha l'enfant et rejoignit Lucien, qui était aussitôt descendu pour l'attendre dans le hall.

— Je vais prévenir Alexandre que nous sortons un instant, que la petite est seule.

— C'est fait, coupa Lucien qui se garda de répéter la réflexion que lui avait faite son ami.

Ce dernier, certainement un peu jaloux de la facilité avec laquelle Lucien séduisait les femmes, lui avait fait comprendre que, s'il désirait draguer cette fille, il lui faudrait aussi s'occuper de l'enfant, vu qu'il n'avait pas l'intention de devenir nourrice.

Elena et Lucien marchèrent un moment du côté du silence, calquant leurs pas, puis Lucien regarda Elena. La jeune femme le sentit et tourna la tête. Elle le trouvait beau, empreint d'un charme qui caressait. Ce garçon éveillait en elle des sensations enfouies, secrètes, qui lui faisaient peur. Ils échangèrent quelques banalités, puis Lucien lança :

— Quand êtes-vous arrivées ?

— Il y a trois jours.

— Et que vous a dit Alex quand il vous a vue débarquer avec la gamine ?

— Il a été charmant, prévenant. Il n'a pas paru surpris que vous m'ayez donné votre adresse pour venir me réfugier ici au cas où... Et quand je me suis étonnée de votre absence, il a ri en me disant que, si l'on savait quand vous partiez, il était impossible de dire quand vous reveniez.

Lucien esquissa un sourire.

— Qu'avez-vous fait durant ces trois jours ?

— Rien. Adela m'occupe beaucoup. Je n'ai même pas commencé le livre que j'ai emporté avec moi. J'ai peine à lire le soir, et le matin de mauvaises pensées m'habitent. Je suis fatiguée. La guerre, le voyage m'ont épuisée.

Elena eut envie de demander pourquoi Lucien était parti sans la prévenir, mais elle se retint. Elle ne voulait plus rien gâcher. Elle estimait avoir suffisamment souffert.

Lucien savourait l'instant, même s'il devinait qu'il lui faudrait du temps pour comprendre cette jeune femme.

— Si ! J'ai emprunté votre guitare pour jouer un peu de musique en pensant à vous.

Lucien s'arrêta de marcher, surpris.

— Et alors ? questionna-t-il.

— Que vous dire ? Je vais peut-être vous décevoir, mais je vous avoue que je n'ai pas aimé le son de votre guitare.

— Si vous m'aviez dit le contraire, j'aurais pensé que vous mentiez. Ma guitare est sauvage, rebelle. Elle n'aime pas que d'autres mains la touchent. De plus, cela fait plusieurs semaines que je ne l'ai pas jouée, et les cordes sont bonnes à changer.

Lucien oubliait de dire qu'il avait prêté sa guitare à Estrella et qu'elle l'avait fait sonner avec talent.

— C'est une vieille guitare qui n'aime pas être dérangée, répondit Elena.

— Elle ne grandira plus, même sous des mains expertes. C'est parce que nous vivons ensemble depuis très longtemps que notre musique est harmonieuse et séduisante pour ceux qui nous écoutent.

— C'est toujours une chance de trouver l'instrument qui nous convient.

— Nous en avons eu, des désaccords, des disputes, des arrangements avant de trouver l'équilibre en rusant pour s'adapter. Elle et moi avions des possibilités que nous gardions secrètes par peur de tout donner trop vite et de nous lasser.

Elena était étonnée de la façon dont Lucien personnifiait sa guitare. Cela ne la dérangeait pas, mais elle se demandait si cela ne cachait pas une solitude, une souffrance chez ce garçon. Sur certains points, elle lui ressemblait, et c'était peut-être pour cette raison qu'ils s'étaient sauvés mutuellement. Pour ne plus être seuls, pour ne plus souffrir. C'était cette dualité entre le désespoir et l'espoir sur le fil de la parole qui la raccrochait au monde qui l'avait troublée. Que le manque était le revers de l'attachement, source de douleur, de souffrance, même si parfois seul le vide était la solution pour qui avait peur de ses sentiments. À ces pensées, Elena se demanda si elle ne déraisonnait pas.

Ils arrivèrent au bas de l'avenue Villarceau et firent demi-tour en empruntant la rue Clemenceau. Ils discutaient pour éloigner le moment de se séparer. Adela ne pouvait rester seule trop longtemps, et ni l'un ni l'autre n'osaient proposer quelque chose pour retarder le temps. Parler de musique, de guitare, de chant et de danse pour une femme et un homme à qui la guerre d'Espagne avait presque tout pris, c'était comme attendre un ciel bleu, un soleil, ou tout simplement guérir. À mi-chemin, Elena pressa le pas. Elle s'inquiétait pour Adela, qui cauchemardait, se réveillait souvent en pleurant. Lucien avait plaisanté en disant qu'ils allaient retrouver Alexandre désemparé, la petite dans les bras. Elena était restée silencieuse, le visage sans émotion...

Dans le haut de la rue Grenier, Lucien sortit fébrilement un paquet de tabac de la poche de son blouson, en extirpa une cigarette et l'alluma au briquet, la tête inclinée vers le sol. Il aspira la première bouffée profondément en creusant les joues. Elena ne l'avait jamais vu avec une cigarette aux lèvres et s'étonna qu'il fumât. Il n'en finissait d'ailleurs pas, rejetant par les narines une fumée blanche et transparente que la chaleur aspirait par lambeaux. Elena fit encore quelques pas, s'arrêta, forçant Lucien à l'imiter, et retira d'un geste leste la cigarette des lèvres de celui-là avant de la jeter sur le trottoir.

— Vous détruisez votre santé... et je n'aime pas sentir l'odeur du tabac chez un garçon.

Lucien en resta bouche bée. C'était la première fois qu'une fille agissait ainsi en s'inquiétant de sa santé. Elena se rendit compte du trouble qu'elle occasionnait et profita de son avantage en posant un doigt sur les lèvres de Lucien avec une grande tendresse.

— Vous abîmez vos jolies lèvres, vous jaunissez vos dents, et un jour cela empêchera une femme allergique au tabac d'y goûter.

Lucien fut un instant sans voix, mais profita lui aussi de la situation :

— Si nous allions chercher Adela pour voir les reflets du soleil danser aux rives du Doubs ?

— Vous êtes fou...

— En taxi, Elena, en taxi ! s'exclama Lucien, la joie dans le cœur et encore sur les lèvres.

— Vous êtes fou, confirma Elena.

— Elena ! J'ai un projet, devenir fou ! s'exclama Lucien, qui citait Dostoïevski.

Elena, troublée, ne fit pas de commentaire.

— Je dois rentrer pour m'occuper d'Adela, et vous aussi, pour vous reposer. Un autre jour, peut-être.

Lucien acquiesça. Ce qu'il ressentait était étrange. Il réalisait qu'il était en train de changer en présence d'Elena. Quelque chose s'était allumé en éteignant autre chose. Il avait enfin l'impression d'exister pour quelqu'un. En dehors d'Alexandre et peut-être de Suzanne, Elena n'était-elle pas la personne qui le connaissait le mieux désormais ? Il l'aimait. Il se rendait compte qu'il avait besoin d'elle pour cheminer. Qu'elle existât, non pas au loin, mais tout près de lui. C'était si fort que même la beauté, le charme et le talent d'Estrella s'effaçaient.

Elena aussi avait besoin d'être aimée. Elle en prenait conscience, et cela la déconcertait. À Balaguer, elle s'était retenue pour ne pas demander à Lucien de partir avec lui, ou alors de rester, de dormir ensemble. Une folie, une pure folie, mais qu'importait...

La courte balade achevée, déçu, Lucien téléphona à Anita. Elle était là, heureuse de l'entendre, de le savoir à Besançon. Ils prirent rendez-vous et se retrouvèrent dans un bar pour discuter, avant de passer la nuit ensemble.

Le lendemain au matin, Estrella passa à l'atelier pour voir Lucien. Depuis la veille au soir, elle savait qu'il était de retour et elle ne tenait plus en place. Elle était comme ensorcelée, prise dans une turbulence qui la précipitait vers ce garçon. Un pressentiment lui disait que la femme que Lucien logeait allait lui voler son histoire, cette belle histoire qu'elle avait patiemment tissée au fil des semaines.

Alexandre la reçut poliment, mais il avait du travail et ne put s'empêcher de le dire.

— Je repasserai un peu avant midi si cela ne vous dérange pas, proposa Estrella.

— Je vous appelle ! répondit Alexandre, qui savait que Lucien pouvait rentrer dans une heure comme dans un jour.

— Il ne vous a pas dit où il allait ?

Alexandre haussa les épaules.

— Vous n'étudiez pas, ce matin ? enchaîna Alexandre, qui trouvait qu'Estrella perdait son temps à courir après Lucien.

— Pour bien étudier, il faut savoir se reposer, et puis j'ai tellement envie de revoir Lucien.

Alexandre s'était retenu de dire du mal de son ami. Il était peut-être trop tôt ou déjà trop tard pour ouvrir les yeux d'Estrella. Il se contenta de lire sur son visage. Un visage subitement triste qui heurtait le sien de plein fouet. Alexandre avait le don de lire sur les visages, comme celui de fabriquer des guitares qui aimaient la musique.

— Je vous appelle… dès qu'il est rentré ! répéta Alexandre.

Estrella s'apprêtait à partir lorsque Elena ouvrit la porte de l'atelier, avec Adela dans les bras.

— Alexandre ! Vous ne savez pas qui pourrait me prêter une poussette pour promener la petite ? Je fatigue à la porter dans mes bras quand je suis à l'extérieur.

Elena aperçut Estrella, et les deux femmes se dévisagèrent avant de se saluer. Elles voyaient leurs âmes et leurs feux les brûlaient réciproquement. Elles ne se connaissaient pas mais, intuitivement, toutes les deux avaient compris qu'elles voyageaient sur le même bateau et que l'une d'elles était de trop.

Alexandre fit les présentations, mal à l'aise. Ses mots furent comme des cris perdus, puis le silence s'installa. Un silence qui enveloppait, étranglait. Les deux femmes étaient restées sans voix, ténèbres. Elles n'avaient manifesté aucune attention pour la lumière, pour le désarroi d'Alexandre. Estrella partit et Elena demanda :

— C'est la petite amie de Lucien ?

— Vous lui demanderez, répondit Alexandre, qui détourna aussitôt la conversation sur la demande de la jeune femme au sujet de la poussette.

Il promit d'aller voir Suzanne, qui avait peut-être gardé le landau de son fils, Paul. Elena acquiesça. Elle était remplie d'émotion, et cela en disait long sur le sujet de l'amour. Alexandre tendit les bras pour prendre Adela.

— Et comment va-t-elle, notre future guitariste ?

— Vous voyez en elle une musicienne ?

— N'a-t-elle pas été sauvée et recueillie par des musiciens, de surcroît guitaristes ?

Elena sourit. Dans les bras d'Alexandre, la petite Adela ouvrait de grands yeux, gesticulait maladroitement.

— Et que dit notre Lucien sur la petite ? continua Alexandre, qui sentait que le malaise d'Elena ne passait pas.

— Peu de choses. Il l'a à peine regardée quand il est arrivé et semble peu se préoccuper de sa santé.

— Laissez-lui retrouver ses marques.

— Et moi, qui me laisse retrouver mes marques ? Cela fait une semaine qu'Adela me réveille toutes les nuits, qu'elle cauchemarde et pleure longtemps avant de se rendormir.

Elena avait répondu avec colère. Elle avait senti son cœur cogner à tout rompre dans sa poitrine et le sang lui battre aux tempes. Elle avait ressenti comme une pression au tréfonds d'elle. Si forte qu'elle n'aurait pu s'empêcher de frapper Lucien avec les mains s'il avait été en face d'elle. Le frapper sur le torse pour lui dire qu'elle ne pouvait s'occuper seule de cette enfant, que lui aussi devait contribuer, que c'était lui qui l'avait extirpée du charnier, des bras de la mort.

— Laissez-la-moi de temps en temps… afin de vous reposer sans l'angoisse d'être réveillée… Regardez !

Alexandre déposa Adela dans un étui de guitare capitonné d'un tissu bleu moiré. Elena se mit à rire. Un rire de cristal, enfantin et joyeux.

— Elle dormira au son des bois de résonance travaillés aux chants des oiseaux qui les ont habités… et elle ne se réveillera pas. Elle dormira pendant que sa jolie maman se reposera…

— Je ne suis pas sa mère…

— Vous l'êtes et vous le resterez… même quand elle saura.

Une belle ombre traversa le regard d'Elena. Elle s'approcha d'Alexandre et l'embrassa sur la joue. Ce dernier lui prit la main. Une main fragile, glacée, qu'il serra pour lui faire savoir qu'il la comprenait. Elle la lui laissa prendre avant de la retirer brusquement, comme si elle eût peur d'être vue. Dans son étui de guitare, Adela gigotait, jasait. Ces choses-là arrivaient...

Non loin, dans un modeste appartement loué récemment par Anita, au sein d'une chambre en désordre, la jeune femme et Lucien dormaient encore. Lorsqu'ils s'étaient retrouvés seuls, ils avaient offert trois mots au désir. Lucien avait pris Anita et cela avait duré moins de temps qu'il ne fallait pour jouer la *Sérénade espagnole* de Joaquim Malats. Ils avaient recommencé plusieurs fois le morceau sans jouer de coda. Lucien avait fait l'amour comme s'il s'ennuyait et Anita était restée muette.

XIII

LUCIEN RENTRA le lendemain soir. Il passa par l'atelier en affichant une mine fatiguée. Il n'était pas ivre, mais il sentait l'alcool. Alexandre ouvrit les hostilités avant Lucien. Il connaissait trop bien son ami pour ne pas percevoir chez lui les signes avant-coureurs d'une révolte.

— La petite a été malade cette nuit. J'ai avancé pour le médecin...

— Je te rembourserai, répondit Lucien, l'air détaché.

Face au silence de Lucien qui feignait de regarder le jardin par la fenêtre, Alexandre lança :

— Et ça ne t'intéresse pas de savoir ce qu'elle a eu et comment elle va ?

— Elena me racontera...

— Elle ne te racontera rien, et tu le sais. Elle est gênée de m'avoir mobilisé une partie de la matinée et de n'avoir pu payer la consultation.

— Elle s'en remettra et toi aussi.

— Et c'est tout ce que tu trouves à dire...

— Que veux-tu entendre ? Tu m'agresses aussitôt arrivé en m'annonçant de mauvaises nouvelles... Je n'ai rien à dire.

— Je sais que tu aurais aimé apprendre que les nationalistes avaient été vaincus, contraints au repli, que la tête de Franco avait été retrouvée sur les pointes d'une fourche d'un paysan milicien, mais malheureusement je n'ai rien d'enthousiasmant à te raconter sur le sujet. C'est en France que je vis, à Besançon, chez toi, et je sais qu'Elena aurait aimé que tu sois là pour l'aider, la rassurer. Et je sais aussi qu'Estrella est passée trois fois hier et deux fois aujourd'hui pour te voir, et je n'ai rien su lui dire.

— Qu'est-ce qu'elle veut, cette pincée du cul ? jura Lucien, qui était plus aviné qu'Alexandre le supposait.

— Arrête, Lucien !

— Si elle a envie que je la saute, qu'elle le dise. Elle gagnera du temps et moi du sexe.

— Ce que tu dis est con et ridicule. Tu es saoul, monte te coucher, Lucien !

Lucien eut comme un tressaillement. Il n'était pas dupe face à son mal-être, mais il ne pouvait s'empêcher de contrarier ceux qu'il côtoyait en de telles circonstances. Alexandre était de ceux-là, et lorsque Lucien le réalisait, l'esprit apaisé, il culpabilisait.

— Téléphone-lui et dis-lui que je suis là. Je lui ferai jouer de la musique sur partition et, pendant que je tournerai les pages, je baisserai discrètement la tête pour contempler son décolleté et deviner ses seins.

— Avant de les lui tripoter, c'est cela ?

— Tu vois, tu comprends vite.

— Et peut-être sera-t-elle contente, si cette façon d'agir est la seule qui te fasse t'intéresser à elle.

— Une façon comme une autre de faire connaissance.

— Je doute que cela soit la bonne manière. Surtout si l'on considère l'indifférence que tu lui manifestes depuis ton retour.

— Une petite-bourgeoise qui ne sait pas attendre et qui fait caprice quand elle n'obtient pas ce qu'elle veut.

— C'est ton avis.

— Mon avis ! Plutôt mon intuition. Tu vois, je ne l'imagine pas faire la lessive ou le ménage.

— Je ne t'y vois pas davantage, ironisa Alexandre.

— Tant que je peux, je paie pour cela... et tu en profites.

Alexandre haussa les épaules.

— Tu sais, Alex, dans ma vision des choses, le mal et l'art ne peuvent jamais s'unir. Cette fille est charmante, intelligente, talentueuse, mais sa génétique politique serait un virus mortel pour moi. Pour nous deux ensemble, et cela, tôt ou tard, nous précipiterait dans un abîme sans fond. Même la guerre finie, gagnée par l'un ou l'autre camp, ne nous réconcilierait pas, tant soit peu que nous nous soyons disputés un jour. Je ne trouve pas de mots, Alex, mais tout cela est viscéral.

Alexandre parut perplexe.

— Même ensemble, chacun suit son chemin, mais cela n'empêche en rien d'aimer.

— Tu philosophes, Alex ! La philosophie est l'amour de la sagesse, mais il n'y a rien de sage à défendre ses idées, combattre celles des autres et surtout ne pas se trahir.

— Estrella est d'un amour qui n'attend rien.

— Si comme le dit Platon l'amour réside dans l'âme, il faut que les trois parties qui la constituent soient pures. Et je pense que le ventre, l'esprit et le cœur d'Estrella sont pollués par l'histoire de sa famille et du fascisme. Cette fille est perdue pour beaucoup de nos cœurs révolutionnaires.

— C'est ton point de vue, mais autorise-moi à penser le contraire.

— Je peux toucher cette fille, la caresser, la baiser, mais l'aimer est une autre affaire.

Alexandre grimaça.

— Tu vois, elle est comme un bois de résonance que tu hésites à acquérir parce que tu doutes de l'entendre chanter au sein d'une guitare, compara Lucien.

— Si elle était un bois de résonance, je peux t'assurer que je n'hésiterais pas une seconde à l'épouser.

— Alors, fais-le !

— La semaine avant ton retour, elle est venue à l'atelier pour un réglage de sillet. La cinquième corde de sa guitare frisait légèrement et par intermittence. Elle est restée le temps de l'opération et ensuite elle a joué pour moi. J'aurais aimé que tu l'entendes... et la voies. C'était sublime de contempler les petits mouvements discrets de ses mains et de ses doigts donner vie à la musique. Elle apportait de la beauté à la vie et elle a touché mon cœur.

Lucien éprouva une pointe de jalousie et il voila le miroir des souvenirs pour ne pas l'augmenter. N'éprouvait-il pas des sentiments pour Estrella ? Se souvenir que lui aussi avait ressenti un grand bonheur à l'entendre jouer de la guitare, c'était reconnaître la lumière au milieu de ses propres ténèbres, chasser de belles pensées pour en faire naître de plus sales en prononçant des mots méchants, désagréables, pourris même. Pourtant, ceux-ci ne venaient pas, comme s'ils eussent été bloqués par le subit mouvement inverse de son flux sanguin, par un rétrécissement de son cœur. Estrella et Alexandre ensemble, Lucien ne le concevait pas. Il n'imaginait pas son ami déshabiller une fille, lui enlever ses bas. Lucien n'avait jamais retiré les bas d'Anita ou d'une autre femme. Alors pourquoi pensait-il à cela en ce moment ? Parce qu'il savait son ami pudique, secret, et peut-être parce que c'était ainsi que celui-ci commencerait avec Estrella. Alexandre vivait dans l'intime. Oui, Alexandre était le genre d'homme à avoir la chance de retirer les bas d'une femme et à les lui remettre si elle lui demandait. Jamais Lucien n'avait pensé à le faire avec Anita. Il venait la voir pour la baiser et, son désir satisfait, s'en allait sans prendre le temps de boire une tasse de café. Avec Anita, ou un autre jour avec Estrella, pour ne pas laisser trop de place à Alexandre, il lui faudrait agir différemment. À moins que cette histoire de bas se réalise avec Elena, qui le fascinait par ses silences. Et Lucien savait ô combien les silences étaient importants dans une partition musicale. Des silences qui étaient comme des ondes désirant être aimées. « Il faut simplement m'aimer », semblait lui dire parfois Elena. Mais Lucien s'y refusait à cause du sang qui les avait fait se rencontrer. « C'est en silence que je retirerai les bas d'Elena, mais je les lui remettrai à l'envers. À l'envers parce qu'elle ne peut ignorer les croyances[1] de son pays. »

1. *En Espagne, une croyance populaire raconte que celui qui a mis un vêtement à l'envers par inadvertance aura une surprise.*

— Elle voulait te montrer ce qu'elle sait faire avec ses mains, répondit Lucien, qui déplaça un tabouret pour s'asseoir.

— Avec une guitare ou autre chose, plaisanta Alexandre.

— Elle s'entraînait pour t'impressionner... ou pour t'intimider.

Alexandre esquissa un sourire.

— En amour comme en musique, il faut s'exercer pour rester en forme, ajouta Lucien.

— Et tu ne joues plus de guitare pour pouvoir poser tes mains sur autre chose ou sur quelqu'un au féminin ?

— Il faut parfois abandonner l'un pour l'autre et réciproquement pour retrouver l'équilibre.

— Et pour l'instant, tu baises Anita ?

— Elle aime bien que je la baise. Elle adore ça. Elle dit que je lui fais connaître des sensations qu'elle n'a encore jamais vécues.

— Alors pourquoi et comment l'impressionner avec un morceau de guitare ? provoqua Alexandre.

— Tu comprends maintenant pourquoi il faut que je m'exerce afin de maintenir mon niveau.

Alexandre s'apprêtait à répondre lorsque la porte qui séparait le couloir de l'atelier s'ouvrit lentement.

— Ne parlez pas trop fort. Elle vient de s'endormir, murmura Elena, dont le premier regard fut pour Lucien.

— Alex vient de m'annoncer que la petite a été malade. Que s'est-il passé ? demanda Lucien avec lâcheté.

Comme s'il eût peur de voir la réaction d'Elena, Alexandre fit mine de reprendre son travail, même si la situation ne prêtait pas à la concentration.

— Un coup de froid, une indigestion avec une abondante diarrhée qui l'a fait se déshydrater. Enfin, elle va mieux et je suis rassurée, répondit Elena d'une voix douce.

Un timbre de voix qui confirma à Alexandre que la jeune femme ne tenait pas à contrarier Lucien, à se disputer avec lui, et qui la trahirait quant à ses sentiments.

— Et vous, où étiez-vous ? enchaîna-t-elle, comme pressée non pas de savoir, mais de changer de sujet.

Cinq mots qui étaient comme des baisers, du néant entre parenthèses.

— Chez un ami chez qui je suis resté pour ne pas avoir su être raisonnable quant à l'alcool, mentit effrontément Lucien.

Gêné, Alexandre tenta de continuer son travail. Elena ne fit aucun commentaire. Elle avait vu tant d'hommes découvrir ou renouer avec l'alcool pour oublier la guerre et les fantômes des morts.

— Vous serez là à midi ? demanda Elena. Depuis quelques jours, j'ai repris goût à la cuisine, ce qui n'est pas pour déplaire à Alex.

Ce dernier opina bêtement de la tête. Alexandre se félicitait qu'une femme vécût à la maison. En matière de cuisine, Lucien était nul. Il se nourrissait mal, d'une manière déséquilibrée quand il ne sautait pas un repas en fonction de son humeur. Lucien avait horreur des repas, et particulièrement lorsqu'ils s'éternisaient. Il s'arrangeait toujours pour décliner les invitations où il devait manger et entendre ce qu'il ne voulait ni manger ni entendre. Lucien s'alimentait et buvait par nécessité et vite, ce qui n'était pas agréable, même dans les circonstances les plus sympathiques.

— Je déjeunerai avec vous et Alex... et la petite Adela.

— À part l'eau, elle est à la diète. Avant d'aller préparer et pendant que je suis tranquille avec Adela, j'aimerais vous parler...

— Je vous écoute, répondit froidement Lucien.

De part et d'autre, les messages étaient clairs mais opposés. Alexandre proposa de se retirer, mais Lucien insista en l'invitant à rester. Elena grimaça, creusant d'ombre la fossette de sa joue gauche. Un détail important. Alexandre savait que Lucien poussait le ridicule dans l'analyse de ce que les gens pouvaient signifier en s'agitant plus à droite qu'à gauche ou inversement. Agiter son sourcil droit ou choisir de se placer à table à droite d'un ami était pour Lucien source et sujets à conflits. Il ne cessait d'ailleurs de répéter, à qui voulait bien l'écouter, que son professeur de français lui avait conseillé d'écrire sur les pages de gauche de son cahier, que c'étaient les meilleures... et Lucien s'y appliquait en élargissant le domaine.

— J'aimerais que vous m'aidiez à chercher un logement pour m'installer avec Adela...

— Vous n'êtes pas bien ici ? coupa Lucien.

— Si. Bien sûr que si, mais votre maison n'est pas très grande et vous hébergez déjà Alexandre...

— Bien assez grande pour que chacun ait son intimité. Quant aux communs, n'est-ce pas agréable de les partager pour nous rencontrer ?

Elena parut gênée. Partager la salle à manger, le salon, la cuisine ne posait pas de problème, mais partager la salle de bains et les toilettes lui déplaisait. Des lieux mal entretenus, négligés. Elena y faisait le ménage, mettait un peu d'ordre, mais les garçons ne le respectaient pas.

— Il me faut aussi savoir si je peux ouvrir un compte bancaire à mon nom. J'ai écrit à un ami de mon père qui me fera rapatrier de l'argent dès que je lui téléphonerai, renchérit Elena.

Lucien parut contrarié et eut cette moue significative qu'Alexandre connaissait et qui signifiait qu'il était prématuré de parler de cela, que rien ne pressait. Une moue qu'Elena interpréta négativement et qui lui fit lâcher :

— Une femme seule avec une enfant, vivant avec deux hommes, les gens vont causer.

— Je les emmerde, les gens ! cria Lucien, qui se leva brusquement.

— Vous allez réveiller Adela, si ce n'est déjà fait, gronda Elena, qui entrouvrit la porte donnant sur le couloir pour le vérifier.

Il y eut un instant de silence et Lucien chercha le regard d'Alexandre. Celui-ci le sentit, mais il continua à tracer des découpes sur un morceau de bois.

— Puisque vous l'avez réveillée, vous allez monter vous en occuper, lança Elena, visiblement mécontente, qui disparut aussitôt.

Les deux hommes l'entendirent grimper rapidement l'escalier et ouvrir la porte de la chambre où elle logeait avec Adela.

— Il va falloir apprendre à parler plus doucement, même quand tu te mets en colère, conseilla Alexandre.

Lucien ne répondit pas. Il fit quelques pas, se planta devant la fenêtre et marmonna quelques mots incompréhensibles. Ce n'était pas contre Elena qu'il grognait, mais de voir son jardin en friche. Puisque Alexandre, malgré ses recommandations, l'avait négligé durant son absence, il allait devoir le désherber, le polir, le vernir afin de se sentir mieux. Alexandre l'extirpa de ses pensées en le voyant ne pas répondre à l'injonction d'Elena.

— Tu attends quoi pour monter ?

— Que le vieux cerisier crevassé, qui me supplie de ne pas l'arracher, chante une berceuse pour rendormir la petite.

La réponse de Lucien ne surprit pas Alexandre. C'était souvent avec poésie qu'il s'exprimait quand un événement touchait son cœur. Le ton de la voix d'Elena avait été sans indulgence à son égard, mais il ne réagissait pas.

— Elle t'attend, insista Alexandre.

— Qui ? Elena ou Adela ?

— Tu n'as pas envie de le savoir ?

Lucien quitta l'atelier sans dire un mot. Alexandre entendit les mêmes marches grincer, la porte de la chambre couiner légèrement sur ses gonds et les pleurs de la petite Adela avant que la pièce ne se refermât.

Curieux, Alexandre eut envie de monter pour écouter Elena et Lucien se parler, pour savoir comment les choses se passaient. Il s'imagina même regarder par le trou de la serrure avec l'idée d'apercevoir Lucien avec Elena dans les bras, essayant de la calmer. Une curiosité qui n'était pas désintéressée. Vérifier si Lucien éprouvait des sentiments pour Elena était important. Important puisque Estrella courtisait celui-ci et n'abandonnerait rien tant qu'elle ne le saurait pas épris d'une autre femme. Or Alexandre nourrissait l'espoir de séduire Estrella. Ils cultivaient ensemble une sincère amitié, à la limite de la séduction depuis peu, mais le retour de Lucien avait tout gâché. Alexandre n'en voulait pas à son ami, puisque naturellement celui-ci attirait les femmes comme le miel les abeilles. À ses côtés, celles-là semblaient heureuses, flamboyaient, s'illuminaient. Lucien ne paraissait guère s'en étonner, comme si tout cela eût été naturel. Comme il le disait souvent, elles le touchaient, le tentaient, et aucune d'elles ne pouvait lui résister. C'était toujours en ces instants que leurs vêtements l'insupportaient et qu'il avait envie de les retirer pour coucher avec elles. Il pouvait le faire comme le contraire, au grand désarroi de certaines d'entre elles. Alexandre percevait toutefois que la rencontre de Lucien avec Elena avait bouleversé son ami, qu'avec elle les choses allaient changer. Lucien semblait en être inconscient puisque aucune femme ne l'avait aimé sincèrement. Elena n'allait-elle pas être celle-là ? Celle qui lui ferait dire qu'aucune autre ne l'intéressait désormais ? Alexandre devait tout faire pour que cela arrivât, et ce n'était certainement pas en écoutant derrière une porte qu'il y parviendrait...

— Quand elle est réveillée dans son sommeil, j'ai beaucoup de mal à la rendormir... Ce n'est pas raisonnable d'avoir crié si fort.

Lucien se taisait. Il regardait Elena tenter de faire boire un peu d'eau à Adela à l'aide d'un biberon. Une enfant dont les pleurs commençaient à s'apaiser, mais qui refusait la tétine, au grand désarroi d'Elena. Lucien contemplait aussi cette enfant qu'il avait vue bouger parmi les morts, qu'il avait sentie revivre contre lui, téter ses doigts, ouvrir les yeux aux siens. La mort avait voulu l'endormir, mais Lucien la lui avait arrachée des bras. Pourquoi ? Lucien cherchait toujours à comprendre. Pourquoi, puisqu'il restait immobile, penaud, désemparé à ne pas savoir quoi faire pour aider Elena ? Il n'était peut-être pas encore prêt pour s'occuper de la petite comme il fallait. Il doutait d'en être capable, à moins que tout cela ne soit qu'une question d'orgueil. Pourtant, il s'était surpris à penser à elle, à lui faire une place dans un coin de son cœur.

— Allez me chercher une petite cuillère à la cuisine, commanda Elena, que l'attitude de Lucien agaçait.

Ce dernier s'exécuta et revint rapidement. Elena lui effleura la main en s'emparant de l'ustensile et Lucien ressentit comme un frisson. Une caresse fugitive, involontaire, mais qui resta en lui comme les notes d'une phrase musicale que l'on vient de jouer avec le bout de la pensée.

— Je vais tenter de la faire boire ainsi. Tenez, prenez-la un instant, décida Elena, qui mit Adela dans les bras de Lucien pour préparer l'opération.

À sa grande surprise et celle d'Elena, l'enfant cessa de pleurer.

— Elle reconnaît votre odeur, lança Elena, qui retrouva le sourire.

— Je l'ai gardée si peu de temps...

— Mais aux instants les plus importants de sa vie.

— Quand elle saura, elle me haïra.

Elena détourna le regard et mit de l'eau dans la petite cuillère.

— Je suis sûre qu'avec vous elle va accepter de boire... Asseyez-vous sur le lit, vous serez mieux pour la tenir d'une seule main.

Lucien s'exécuta. Elena lui apporta précautionneusement la petite cuillère remplie d'eau et Lucien y trempa un doigt au lieu de s'en saisir. Un doigt qu'il porta aux lèvres de l'enfant qui se mit à le sucer avidement. Lucien répéta l'opération plusieurs fois avant de vider le contenu de la cuillère en l'approchant délicatement de la bouche de l'enfant, qui but sans manifester la moindre agitation.

— Vous voyez, sans le savoir, vous avez déjà commencé une histoire d'amour avec elle.

C'était la première fois que Lucien s'occupait d'un enfant et il en éprouvait du bonheur. Un bonheur que partageait Elena, qui déjà lui avait pardonné d'avoir réveillé Adela.

— Je vous laisse vous occuper d'elle, la recoucher. Je vais aller préparer le repas.

— Restez ! lança Lucien.

Elena le regarda. Ses yeux étaient comme des fenêtres éclairant son esprit. Ils étaient comme figés et Lucien comprit que le fait de le voir avec la petite dans les bras la bouleversait. Lucien ne se trompait pas. Cette image réconciliait Elena avec la vie. Elena aimait la vie, même si certains jours elle avait envie de la jeter par-dessus bord. Des jours où la douce mélancolie de l'existence se muait en tristesse. Heureusement, elle avait Adela et Lucien. Et lorsque cet homme était près d'elle sans la présence d'une autre personne, elle ressentait un étrange bonheur. Un bonheur fleuri de souvenirs, de pensées, de chagrins. Elle revoyait ses parents vivre, parler. Penser à eux en présence de Lucien qui, s'il ne les avait pas assassinés, n'avait rien fait pour s'y opposer, lui donnait envie de pleurer. Elena partit pour cacher son émotion.

— Je vous laisse, répéta-t-elle, des trémolos dans la voix.

Regarder Elena à travers le prisme de cette histoire, Lucien savait que c'était dangereux. Il entendit la porte de la cuisine se refermer, la voix d'Alexandre interpeller Elena et une conversation en murmure s'engager. Lucien coucha Adela et joua quelques minutes avec elle en attrapant à tour de rôle ses petites menottes. Adela était heureuse, sursautait en s'agitant à chaque fois que Lucien emprisonnait sa main dans la sienne. Elena avait raison. Quelque chose s'était tissé avec cette enfant. Une pensée qui en amena d'autres sur la guerre d'Espagne. Tous ses amis étaient morts et Lucien n'envisageait pas pour l'instant de retourner là-bas pour combattre. Il pensait à ce temps où l'espoir était encore à venir, à tout ce temps impalpable, comme évaporé. Le vrai voyage se faisait au retour, quand le présent apportait cette sensation d'égarement, de perte du temps, des espaces. Pour Lucien aussi les images se superposaient, perverses, jouant avec la profondeur de champ où des silhouettes connues le cherchaient. La guerre était perdue et Lucien ne savait plus où aller. Il était comme une ombre dans une mer de sang où nul ne pouvait nager. Sauf à tendre la main à un enfant, et c'est ce qu'il venait de faire. Elena lui avait emprunté sa guitare et il l'aperçut dans son étui, à l'angle du mur près de l'armoire. Adela jasait et il l'abandonna pour se saisir de son instrument. Il s'installa près du berceau prêté par Suzanne et joua. Une adaptation qu'il avait faite avant-guerre de la *Gymnopédie n° 1* d'Erik Satie et dont il avait gardé mémoire. Le compositeur avait noté lent et douloureux sur son manuscrit... et il y avait harmonie avec son état d'esprit. Adela cessa de babiller. Elle écoutait, les yeux grands ouverts, cherchant à voir ce qui la ravissait. Lucien se trompa à la fin de la première partie. Il ne savait plus. La pièce avait été composée pour le piano et les accords ne tombaient pas facilement sous les doigts d'un guitariste. Quant à la tenue des notes, c'était un exercice d'acrobatie. Lucien reprit au début, mais échoua une seconde fois au même endroit. Il était urgent qu'il se remît au travail. Adela se mit à pousser de petites plaintes comme si elle eût été contrariée de ne plus entendre de musique.

Lucien joua *Una lágrima, Marieta*, de Tárrega. Ses doigts étaient paresseux, ses ongles abîmés, mais il ne fut pas trop mécontent du résultat. C'était la première fois qu'il reprenait la guitare depuis son retour. Un événement qui dut mettre en joie Elena et Alexandre, car il entendit l'escalier grincer et devina qu'ils étaient montés discrètement pour l'écouter. Lucien se mit alors à interpréter le *Recuerdos de la Alhambra*. Il le jouait pour Elena, pour l'émouvoir. Son trémolo n'était pas parfaitement régulier, ni très rapide, mais bien détaché, clair et plus que satisfaisant sans entraînement. Il achevait le premier mouvement lorsque la porte s'ouvrit et qu'apparurent Elena et Alexandre. Ils étaient côte à côte, presque serrés l'un contre l'autre dans le même désir de partager la musique. Lucien esquissa un sourire et s'engagea allégrement dans le second mouvement. Sa main droite était docile, comme libérée ; il n'en souffrait pas. Il ne comprenait rien à ce qui se passait, mais la situation le mit en joie. Quelque chose s'était passé avec Adela. Quelque chose qui était peut-être de l'amour et celui-ci avait agi comme un baume sur ses blessures. Pourtant, Lucien fatiguait et il comprit qu'il allait devoir tempérer son enthousiasme. Cette pensée le déconcentra et il rata un passage délicat et s'arrêta net. À l'expression de son visage, Elena sut qu'il allait se mettre en colère et elle l'apaisa :

— Jouez pour moi *No me olvides*.

Comment Elena savait-elle qu'il avait appris cette pièce de Sagreras[1], qu'il la jouait très bien ? La jouait-elle ? En avait-elle parlé avec Alexandre ? Mais le message était plus que subtil.

Lucien avait manifesté maladroitement le désir de la voir rester sous son toit et à sa charge dans l'immédiat... et Elena avait envie de le réentendre le lui dire. Pas avec des mots, mais en musique. *No me olvides* voulait dire « ne m'oublie pas ». Lucien n'était pas dupe. Elena, sous une grande sensibilité, avait du tempérament. Elle voulait que Lucien exprimât le souhait de la voir rester chez

1. *Julio Salvador Sagreras : 1879-1942. Guitariste pédagogue et compositeur argentin.*

lui et elle avait trouvé une façon intelligente de lui faire matérialiser sa demande. Elle n'en connaissait pas les raisons, même si dans son esprit plusieurs hypothèses se bousculaient. L'essentiel était que Lucien se dévoilât, cessât de se murer dans le silence.

Lucien s'exécuta. Une fois de plus, il oublia sa main droite et joua avec grâce. Elena fut sous le charme, bouleversée. Lucien lui demandait de rester de la plus belle manière. Alexandre et Elena l'écoutèrent, et ce fut un instant magique, suspendu hors du temps. Lucien était talentueux, pas uniquement techniquement, mais dans la maîtrise du son, le partage et la transmission d'émotions. Lucien lui avait parlé musique et Elena était comblée, satisfaite, mais pas au point de rester silencieuse ou de ne rien faire. Elle eut envie de le toucher et elle le fit en caressant son visage du revers de la main. Une caresse unique mais délicate, si tendre qu'Alexandre en fut troublé. Elena s'approcha du berceau d'Adela et murmura :

— Vous l'avez endormie…

— Alors je suis pardonné de l'avoir réveillée, murmura Lucien.

Elena sourit et Lucien la contempla. Elena était ravie. Discrètement, le trio quitta la chambre et orchestra ses pas au rythme des grincements de l'escalier.

XIV

Ce que redoutait le plus Alexandre, une nouvelle rencontre entre Estrella et Elena, arriva le lendemain dans son atelier. Estrella avait prétexté que la cinquième corde de sa guitare frisait toujours pour venir et rester. Alexandre aurait dû s'en réjouir, mais un pressentiment lui disait qu'il était préférable qu'elle partît. Elena descendait régulièrement à l'atelier pour partager un café avec lui et, vu l'heure, la confrontation entre les deux femmes était inéluctable. Lucien s'était éclipsé durant la nuit. Alexandre avait entendu l'escalier grincer, la serrure de la porte d'entrée cliqueter. Lucien souffrait depuis longtemps d'insomnies. Il était fréquent qu'il s'évadât nuitamment pour vagabonder dans le quartier, avant de rejoindre Anita et se réchauffer à ses côtés.

Estrella espérait voir Lucien, et Elena ne manquerait pas de demander si ce dernier était levé. Une situation étrange qui souciait Alexandre. Celui-ci faisait partie de ces hommes qui ne pouvaient pas apprécier le présent lorsque le futur les inquiétait...

Estrella était près de lui, douce et belle. Puisqu'elle ne partait pas, Alexandre prenait son temps. Il inspectait, touchait sa guitare, cherchant à déceler ce bruit indélicat qui avait heurté les oreilles de la jeune femme. Il caressait lentement l'instrument comme s'il eût été le corps de sa propriétaire. Estrella ne cessait de le regarder et elle souriait. « Estrella a le printemps dans le sang. Le cœur est une machine à rêver, et cette femme fait fleurir mon jardin », songea Alexandre. Des pensées qui ne le réjouissaient pas complètement puisque cette saison n'était pas pour lui. Il s'imaginait pourtant dans un lit avec elle. Il la voyait nue. Lorsqu'elle ne se parfumait pas, il reconnaissait son odeur. Une odeur qui tirait dans sa gorge en se mêlant à celle du bois de sa guitare. C'était cette alchimie qui faisait chanter les guitares pour ceux qui aimaient la musique de l'amour.

Alexandre devinait qu'Estrella était une symphonie, de celles qui explosaient dans les œuvres de Chostakovitch, Prokofiev et Wagner. Alexandre décela la corde qui trahissait le son par caprice, la détendit et, à l'aide d'un morceau de papier de verre, l'ajusta en limant légèrement l'encoche du sillet de tête. L'opération achevée, il raccorda l'instrument.

— Voilà ! Le problème devrait être résolu. Vous voulez jouer ? Je vais vous écouter.

Estrella s'empara de sa guitare et s'installa sur le tabouret prévu à cet effet. Elle avait effleuré le bras d'Alexandre en prenant son instrument. Une caresse musicale, une leçon de solfège au diapason de la viole d'amour.

Estrella avait accepté de jouer, mais elle se barricada pour empêcher la musique d'entrer en elle. Alexandre la vit cligner des yeux, chantonner ce qu'elle allait interpréter, puis respirer profondément avant de commencer. Elle déclina *Asturias*, d'Albéniz, une pièce qu'elle connaissait bien et qu'Alexandre aimait entendre. Dès les premiers *rasgueados*, elle opina de la tête pour faire comprendre au luthier que le bruit avait disparu. Elle achevait le premier mouvement quand Elena fit irruption. Estrella cessa aussitôt de jouer et eut un sourire qui mordait pour la saluer. Elena ne resplendissait pas de bonheur. Elle paraissait fatiguée. « La joie se partage moins que le malheur et les soucis », pensa Alexandre. Comme si Elena eût deviné pourquoi Estrella était là, elle attaqua tout de go en s'adressant au luthier :

— Lucien n'est pas dans sa chambre. Savez-vous où il est ? Car il m'avait promis de m'accompagner en ville.

Estrella accusa le coup et eut un regard létal pour Elena. Elle avait tourné la tête et Alexandre observait la lumière dans ses cheveux, son profil agité, ses pommettes saillantes, son front tendu, ses yeux clairs et maquillés. Une fille d'Espagne en observait une autre. Estrella était plus racée qu'Elena, drapée de soleil, avec un regard souligné par ses lueurs. Un regard, avec au fond de son arc-en-ciel, telle une tache d'or, la passion.

Elena était plus fade, avec cette inquiétude permanente qui l'emprisonnait. Son histoire n'était pas la même. Elle était plus compliquée et Lucien en était le personnage central.

À la grande surprise d'Alexandre, Elena s'avança vers Estrella et une conversation s'engagea sur l'Espagne, leurs régions et leurs villes respectives. Des banalités pour ne pas évoquer le sujet qui les préoccupait. Alexandre se demandait qui des deux allait lancer réellement les hostilités et il se retira, prétextant une course à faire rapidement, afin de ne pas le savoir.

Aussitôt dans le couloir, Alexandre entendit que la conversation s'engageait en espagnol et que le ton montait. La curiosité le piqua, mais il préféra quitter la maison et marcher un peu. Il descendait l'avenue Villarceau quand une voix l'interpella :

— Alex ! Et ma guitare, putain ?... Tu te balades et moi j'attends.

— Tes deux Espagnoles sont à l'atelier et je devine qu'elles cassent du bois...

— Sur moi, je suppose ?

Alexandre haussa les épaules.

— Tu aurais dû rester pour les accorder...

— Au diapason !...

— Du fascisme, provoqua Lucien qui ne pouvait jamais évoquer l'Espagne sans la réduire à ce sujet.

— Je n'ai pas la bonne oreille ni l'accordeur pour cela.

— On va les laisser bénir Franco... Tu as le temps de prendre un café ? demanda Lucien en se dirigeant vers le bar qui faisait l'angle entre l'avenue Villarceau et la rue Grenier.

— T'es un beau salaud de penser cela pour Elena.

— Mais pas assez pour tuer les femmes et les gosses qu'elles ont dans leur ventre comme le font les fascistes.

— En laissant vivre leur mari, comme tu as laissé vivre Elena tout en ne faisant rien pour épargner ses parents. Tout cela n'a aucun sens.

— Tu m'emmerdes. Tu es comme tous ces gens qui parlent de la guerre d'Espagne tranquillement installés dans un fauteuil pendant que d'autres se font casser la gueule.

— Tu me vois aller me battre pour défendre Madrid alors que je ne comprends plus pourquoi les gens s'entre-déchirent dans le même camp ?

— Alors pour toi, Alex, la guerre est finie ? Il n'y a plus rien à espérer ? C'est trop facile. Je te verrais bien en *dynamitero*, le gars capable de faire exploser un caillou gros comme le poing en sachant combien de morceaux cela fera.

Les deux garçons s'installèrent à une table située près de la fenêtre où le soleil distribuait généreusement sa lumière, et Lucien commanda deux cafés.

— Même en France, Alex, il n'est pas défendu de continuer à lutter contre le fascisme.

— Je ne sais pas comment...

— En cessant de dorloter ces deux nanas qui sont venues chez nous pour sauver leur peau.

— Tu es un vrai salaud.

— J'assume.

Lucien fanfaronnait. Si Estrella l'agaçait, Elena le troublait, l'attirait même. Il se refusait à toute faiblesse et les mots étaient pour lui comme des armes pour se protéger d'un danger. Celui d'aimer et d'être aimé. Celui de choisir et donc de renoncer sans savoir ce qu'il choisissait vraiment et la quantité de ce à quoi il renonçait.

— Tu sais, Alex, il y a deux sortes d'hommes. Ceux qui se battent et ceux qui se couchent.

— Je suis de ceux qui se couchent, car j'ai peur des gens habités par le mal.

Lucien se mit à rire.

— C'est pourquoi il faut les tuer pour éviter qu'ils n'en fassent davantage.

— Tu as tort d'éviter Estrella.

— J'ai vécu trop de bruit à Balaguer, à Lérida.

Alexandre savait que le bruit était pour Lucien messages de brutalité et de violence et il répondit :

— Le bruit venait des deux camps.

— Il ne faudrait pas donner de valeur au temps. Chaque instant est une unité de l'éternité.

— Ne crois-tu pas qu'il serait utile que tu cesses de te laisser encombrer par le monde pour servir la vie ?

— Avec ta philosophie à quatre sous, le monde ne changerait jamais.

— Sans une philosophie, je ne fabriquerais pas de guitares.

— Tu veux dire ?

— Je pense qu'on acquiert plus en laissant agir le monde sur soi que l'inverse… et encore davantage en enregistrant les choses qu'en les rejetant ou plus faiblement en les contraignant.

— Alors, selon toi, toute activité serait néfaste ?

— Non, mais il faut désapprendre à se démener sans cesse. Contempler la netteté des empreintes pour ne pas troubler son miroir intérieur… Avant de fabriquer une guitare, je laisse le désir de me mettre à l'ouvrage monter lentement en moi. Les bois n'offrent leurs sons qu'à ceux qui savent les conquérir étape après étape lors de leur transformation. Rien ne peut s'accoupler avec bonheur si on le prend d'assaut. La vie ne se viole pas.

Lucien était silencieux. Alexandre était son ami et c'était essentiellement pour sa sagesse qu'il l'était. Une sagesse qui lui dictait d'arrêter le temps pour apprendre, pour s'enrichir. Lucien en était pleinement conscient, mais il refusait de s'engager sur ce chemin. Un chemin à parcourir nonchalamment, sans but, et bordé de paysages fanés. Il en dévia avec véhémence, faisant tourner dans sa direction les regards de plusieurs clients.

— Lucidité, Alex ! Un mot que j'accorderais avec dureté. Nul ne peut voyager dans le sens de sa marche personnelle s'il s'encombre de choses et d'hommes qui ne peuvent y collaborer.

— Et tu es prêt à ignorer Estrella, à abandonner Elena et la petite Adela, la musique, la guitare pour continuer à guerroyer en Espagne ?

— L'action des femmes dans la vie des hommes est perturbatrice, clama Lucien.

— Tu as peur de souffrir ?

— Je ne veux pas les laisser prendre ma vie.

— Même par Elena, provoqua Alexandre, puisque Lucien avait faibli avec cette femme et qu'il luttait pour ne pas aller plus en avant avec elle.

— Ce qui s'est passé à Balaguer est comme un grillage entre nous. Je la vois, elle me voit, nos mains se touchent, mais pas davantage.

— C'est ensemble que vous devriez arracher ce grillage. Seule, elle n'y parviendra pas.

— Si je l'avais tuée à Balaguer, nous n'aurions pas cette discussion.

— Ton geste n'aurait pas effacé la présence d'Estrella...

— Et son charme t'empêche de travailler efficacement sur ma guitare, coupa Lucien, qui se détendait.

Alexandre esquissa un sourire. Il commanda deux autres cafés.

— C'est la peur qui a fait venir ces femmes en France, à Besançon, à nous en quelque sorte.

— De visqueuses chenilles que les fascistes exilent par peur que les révolutionnaires ne les empêchent de devenir de jolis papillons. Mais même les papillons de nuit se brûlent les ailes aux flammes de l'injustice.

— Elles sont aussi victimes et c'est pourquoi je me refuse à ne pas m'intéresser à elles.

— Tu as raison, Alex ! Mais bien se connaître, c'est écarter tout ce qui nous détourne de notre voie, nous trompe, afin de se réaliser pleinement. Sa direction clairement identifiée, il faut creuser le sillon de toutes ses forces disponibles et ne laisser personne vous en distraire.

— Et quel sillon traces-tu avec Anita ?

— Toujours le même et avec la même énergie. Celui du creux de ses seins à son sexe, répondit Lucien, qui éclata de rire.

— T'es con !

— Tu l'as cherché... Anita m'a proposé de jouer en duo avec elle...

— Flûte et guitare, un beau mariage, coupa Alexandre.

— J'ai hésité avant de refuser. J'ai toujours mal à mon bras et j'ai peur que notre relation se modifie si l'on joue de la musique ensemble.

— La musique a des vertus insoupçonnées, enchaîna Alexandre en souriant, mais qui s'interrogeait sur la proposition d'Anita alors qu'elle envisageait de quitter la région.

— Il me faudrait trouver une femme qui ne soit pas musicienne.

— Après le départ d'Anita.

Lucien regarda Alexandre, l'air interrogateur.

— Elle ne t'a rien dit ?

— Que tu saches et moi pas, non ! Que sais-tu ? s'impatienta Lucien.

Ce dernier avait parlé sèchement. Anita lui faisait des cachotteries et cela l'agaçait, même s'ils s'étaient promis de ne pas se rendre de comptes. Anita avait sa vie et Lucien la sienne et, entre les interstices, un peu de temps pour le désir et faire l'amour. Malgré ce postulat, Lucien était contrarié. Anita projetait de quitter Besançon et elle ne lui avait rien dit. Anita, son refuge quand rien n'allait plus. Celle dont les lèvres pleines et pulpeuses l'aspiraient en l'empêchant d'errer en ville et de se saouler. Anita ne pouvait le trahir, l'abandonner.

— C'est à elle de te répondre.

— Je préférerais savoir avant de la revoir. Afin de me préparer et de ne pas m'énerver.

Alexandre hésitait. Il détestait ce genre de situation qui le mettait dans l'embarras et, qui plus est, avec Lucien, pouvait tourner au drame. Face au regard d'halluciné de son ami qui portait déjà la couleur de la colère, il se lança en utilisant le conditionnel :

— Anita fréquenterait un garçon de Belfort et envisagerait de le rejoindre pour vivre avec lui.

— La salope ! jura Lucien, qui frappa la table de la paume de sa main en faisant trembler les tasses dans leur soucoupe.

— Tu n'es pas marié avec elle, à ce que je sache !

— Non, mais c'est une trahison, répondit Lucien, qui ne baissait pas la voix.

— Tu plaisantes !

— Pas pour ce garçon quand elle fait l'amour avec moi ?

Alexandre était dépité. Lucien faisait preuve d'un cynisme à désarçonner le meilleur des cavaliers. Il n'y avait jamais eu d'amour en Lucien pour Anita et il n'y avait donc rien à retenir. Alors pourquoi Lucien s'offusquait-il ? À moins que quelque chose existât, si minime fût-il, que Lucien eût envie de garder. Une larme d'amour enfouie au fond de son cœur et qu'il cachait comme un fou furieux pour on ne savait quelle raison. À cette pensée, Alexandre réalisa qu'il était trop généreux sur les sentiments qu'il portait à son ami. La révolte de Lucien était teintée d'égoïsme. La fille qu'il baisait sans l'aimer en aimait un autre. Une femme qui allait partir et le priver du confort du sexe facile, libre de tout lien.

Face au silence de son ami, Lucien demanda :

— De qui tiens-tu ces informations ? D'Anita ?

— Tu imagines Anita me parler et ne rien te dire ? Non, le hasard, Lucien… Une femme est venue de la part d'Anita à l'atelier pour faire restaurer la guitare de son père. Un instrument qu'elle désire offrir à une nièce qui souhaite apprendre. Cette femme est la mère d'une amie d'Anita. Nous avons conversé et c'est ainsi que j'ai appris que sa fille était contrariée du départ d'Anita… Anita serait tombée amoureuse d'un jeune ébéniste résidant à Andelnans, un petit village situé non loin de Belfort…

— Grand bien lui fasse, l'interrompit Lucien.

— Puisque tu ne l'aimes pas et qu'elle le sait, tu ne peux que te réjouir pour elle, rappela Alexandre, agacé.

Déstabilisé, Lucien demanda en baissant le ton :

— Tu sais quand elle a prévu de partir ?

— Je te répète ce que je sais. Si tu désires en savoir plus, questionne Anita.

— Je ne lui demanderai rien. Je veux mesurer le temps qu'elle mettra pour me parler.

— C'est mesquin...

— Oui. Elle est capable de déménager sans m'en aviser. Un soir, je me rendrai chez elle et trouverai la porte close ou son appartement habité par une autre personne.

— Peut-être craint-elle de te parler.

Lucien porta à sa bouche la tasse de café que le serveur venait de poser devant lui et but lentement. Alexandre regarda sa montre.

— Il est temps de reprendre le boulot. Je connais un guitariste qui attend son instrument avec impatience.

— Ne te fous pas de ma gueule.

— Il faut bien que je rentre un peu d'argent pour payer les loyers en retard à mon propriétaire, rappela Alexandre.

— Celui-là est d'une indulgence rare. Un jour, il faudra que tu me le présentes.

Les deux garçons se mirent à rire. Les deux Espagnoles devaient avoir fini de se disputer, du moins l'espéraient-ils, et ils pouvaient rentrer.

XV

TROIS MOIS PASSÈRENT. Anita avait déménagé sans en aviser Lucien, sans même lui laisser un message. Quand Lucien l'avait appris, il était resté deux jours sans donner de nouvelles. Il était rentré ivre en pleine nuit. Il avait fait tant de bruit qu'il avait réveillé tout le monde. Adela avait pleuré longtemps avant de se rendormir.

Adela avait grandi. Adela allait mieux. Elle acceptait plus facilement de manger et faisait désormais ses nuits pour le plus grand soulagement d'Elena. Celle-ci était fatiguée, épuisée. Le poids de son histoire s'alourdissait avec le temps. Elle recherchait la présence de Lucien, mais celui-ci, comme s'il eût peur de tomber dans un piège, avait pris de la distance. Il ne jouait presque plus de guitare, prétextant que son bras droit lui faisait mal. Bien souvent, il partait aussitôt levé pour ne rentrer que le soir ou tard dans la nuit, et nul ne savait où il était allé et ce qu'il avait fait.

Quand Adela dormait, il était fréquent qu'Elena descendît à l'atelier pour regarder Alexandre travailler, pour discuter avec lui et parfois lui jouer un petit morceau de guitare. Des instants qu'Alexandre appréciait, même si la crainte de voir Estrella débarquer était comme une ombre au tableau. Les deux femmes ne s'appréciaient pas et Alexandre devinait que chacune de leur rencontre pouvait tourner au drame. Mais tristement, n'espérant peut-être plus rien en Lucien, les visites d'Estrella se faisaient de plus en plus rares.

En présence d'Elena, Alexandre était bien. La jeune femme aimait l'écouter parler. Alexandre pouvait faire de longues phrases descriptives sur son travail comme se taire. Elena lui répondait d'une voix d'hirondelle, chantante, chargée de soleil. Parfois, elle s'interrompait, cherchant un mot, un adjectif. Une rupture de langage comme on allégeait une souffrance d'un geste de la main avec la honte de ne pouvoir la cacher.

Ce fut un samedi, après deux jours d'errance, que Lucien prit la jeune femme amoureusement en compte. Un jour de soleil espagnol où les mots disaient bonjour au lieu de dire adieu. À la façon dont Lucien, pétri de gaieté, était entré dans l'atelier et à celle dont Elena l'avait embrassé, Alexandre avait compris que l'amour s'invitait. Il y avait des journées dans la vie où tout était permis et qui marquaient le destin des êtres pour plusieurs années. Alexandre avait vécu l'une de celles-ci ce samedi de juillet. Que s'était-il passé pour que Lucien arrivât si joyeux et qu'Elena en profitât ? Le baiser qu'elle avait posé sur sa joue en effleurant ses lèvres était un, tout, plein. Il était peut-être celui qu'attendait Lucien et qui lui manquait. L'instant avait été si délicieux, si chargé d'émotions que Lucien était parti chercher sa guitare pour s'en échapper. Il avait joué plus d'une heure sans discontinuité, sans se plaindre de son bras, comme si Elena l'eût guéri. La séance avait été interrompue par les pleurs d'Adela. Elena était montée s'en occuper et Lucien l'avait accompagnée. Ils étaient restés longtemps à l'étage, avant de redescendre. Que s'étaient-ils dit, qu'avaient-ils fait ? Alexandre l'ignorait. Le fait était qu'ils étaient ensuite sortis avec la fillette pour aller se promener dans le quartier et du côté de Saint-Ferjeux. Depuis, Lucien s'absentait plus rarement et taraudait Alexandre pour qu'il avançât dans la fabrication de sa future guitare.

XVI

ELENA SAVAIT LUCIEN à Miserey. Une soirée musicale privée au château du village. Un spectacle auquel Lucien l'avait invitée, mais qu'elle avait décliné, prétextant Adela indisposée. Elena regrettait et depuis ne tenait plus en place. Elle devait agir, mais elle ne savait comment. Elle pensa demander l'aide d'Alexandre mais, à l'heure qu'il était, il devait déjà être parti pour aider Lucien aux derniers préparatifs du concert. Elena avait entendu Lucien parler du jardinier qui avait taillé les rosiers, tondu impeccablement les pelouses, établi de nouveaux massifs de fleurs pour la circonstance. C'était le même homme qui avait dressé les chapiteaux, mis en place les chemins en caillebotis en cas de pluie. Un employé de maison qui n'avait pas compté ses heures pour satisfaire aux désirs de la maîtresse des lieux qui souhaitait que tout fût beau et parfait pour ses invités.

Rejoindre Lucien était encore possible. Elena s'habilla de circonstance, confia Adela à la voisine et se mit en route en direction de la gare ferroviaire. Une micheline desservait le village de Miserey-Salines matin et soir.

Elena arriva à destination vers 17 h 30 et emprunta aussitôt la route principale menant au centre village. Le chef de gare lui avait dit que le château se trouvait presque en face de l'église, au centre du bourg. Le temps était magnifique. Elena marchait d'un bon pas. Le soir arrivait pourtant avec les caresses du vent et des ombres qui déjà fluaient des coins les plus sombres, le bruit métallique des feuillages. Elena laissa sur sa droite l'usine des Salines[1] et atteignit rapidement une petite place où était sis le monument aux morts. Le mur d'enceinte du château commençait là, à sa gauche. Il longeait la route de Besançon sur une grande longueur, tel un rempart aux intrusions. En son milieu, lui faisant face avec pour seul arbitre la largeur de la chaussée, se dressait l'école communale. Elena s'arrêta là un instant pour contempler le château et l'immense parc planté d'arbres qui, tel un écrin, rassemblait les rayons du soleil couchant pour les projeter sur les vieux murs de l'édifice.

Un grand chapiteau avait été établi au milieu de plus petits en prolongement de la terrasse, et un groupe de personnes s'affairait à placer des tables et des chaises. Elena crut reconnaître la silhouette d'Alexandre. Elle était contente d'être là, de savoir qu'elle allait voir Lucien. Elle ne se sentait plus seule depuis qu'il lui avait parlé gentiment, qu'il s'était excusé pour son comportement et notamment pour son indifférence. Elle avait attendu davantage, mais Lucien s'était rapidement muré dans le silence en sentant les émotions le submerger. Oui, sa vie s'était remise en marche.

Quand Elena passa la porte d'entrée du château, elle eut une hésitation. Celle-ci franchie, elle se projetait dans l'inconnu avec Lucien, dans le chaos peut-être ou alors dans l'accomplissement de ce qui avait commencé à Balaguer. Elena traversa la cour et atteignit le jardin, la lumière dorée du soir. Elle n'était pas dépaysée. L'ambiance lui rappelait les journées festives où ses parents l'emmenaient quand elle était enfant, adolescente. Des journées pailletées d'or, si fleuries, si gaies qu'elle n'avait jamais imaginé qu'il pût en exister de sombres, de tristes avant que la guerre n'arrivât.

Non loin du grand chapiteau, Elena aperçut Alexandre à genoux près de l'estrade. Elle longea l'escalier qui épousait la cour gravillonnée en vagues et l'interpella. Ce dernier sursauta, surpris.

— Qu'est-ce que vous faites là ?

— Je viens vous aider, plaisanta Elena.

---

1. *La saline de Miserey, dans le département du Doubs, exploita un banc de sel gemme de 1866 à 1967.*

Alexandre bougonna comme si la situation le dérangeait.

— Je me suis ravisée.

Elena regardait Alexandre de ses grands yeux vert orangé qui faisaient ressortir la fraîcheur anémone de son visage. Un visage que la lumière du soleil couchant avait capturé pour en effacer les traits, pour le rendre presque transparent. Elle était belle, élégante avec ce tailleur jaune qui lui venait de sa mère. Montrant à peine sa peau mate dans l'arc d'un collier de perles à son décolleté, elle était très femme. Une femme simple, mais d'un charme fou. Tant qu'Alexandre en fut troublé et ne la complimenta pas, ni ne fit de commentaires sur le fait qu'elle ait changé d'avis.

— Comment me trouvez-vous, Alex ? demanda Elena en rejetant de la main ses longs cheveux noirs derrière ses épaules.

— Vous allez pouvoir dîner aux frais de la princesse...

— Grâce au prince Lucien, coupa Elena, qui ne comprit pas l'allusion en français.

— C'est pour lui que vous vous êtes faite si belle ?

— J'avais envie de savoir ce qu'il a vraiment dans le cœur et pourquoi il s'intéresse depuis peu à moi.

— Un jeu dangereux, répondit Alexandre, qui n'osa évoquer le fait que le départ d'Anita correspondait à l'intérêt que Lucien manifestait à Elena.

— Pour qui ?

— Pour vous... et aussi peut-être pour lui, si...

— Si quoi, Alex ?

Ce dernier leva la main au ciel, visiblement contrarié.

— Venez avec moi, puisque vous êtes là, conclut-il en se relevant.

L'attitude d'Alexandre la faisait de nouveau hésiter ; elle se trouvait culottée. Sans compter que sa précipitation à vouloir retrouver Lucien la mettait mal à l'aise. Pourtant, Elena avait le sentiment d'être libre, de faire ce qu'elle voulait et que peu importait si elle allait devoir rendre des comptes à son passé. Elena désirait alimenter le feu de son cœur, comme le disait un philosophe[1] en parlant du

---

1. *Gaston Bachelard : 1884-1962. Philosophe français des sciences, de la poésie et du temps.*

feu au milieu du camp, de celui que l'on regarde vivre dans le foyer de sa maison. Lucien avait soufflé sur les braises de son cœur avant d'épargner sa vie. Elle avait vu la paix du monde dans ce regard. La paix dans les yeux d'un brigadiste, d'un milicien assassin, il n'y avait rien de plus déroutant.

Elena vit Lucien à l'instant même où elle pénétrait dans la grande salle à manger du château, où répétaient les musiciens. Il était beau et semblait heureux de jouer avec cette jeune flûtiste pleine de charme sous le regard d'une femme plus âgée, certainement la chanteuse dont il lui avait parlé. « On ne dérange pas un homme qui est heureux », pensa Elena qui fit aussitôt demi-tour sans prévenir Alex, qui ne s'aperçut de rien.

Une fois à l'extérieur, Elena respira un grand coup en fixant la lumière orangée du soleil à l'agonie. Pourquoi avait-elle oublié de respirer en allant vers Lucien ? Pourquoi avait-elle eu l'impression d'étouffer ? Peut-être était-elle allée trop loin en ayant fait ce déplacement pour retrouver ce garçon ? Il l'avait sauvée, elle l'avait sauvé et ensuite elle avait fui en France pour ne pas laisser se gâcher ce qu'il avait fait pour elle, mais était-il besoin de l'aimer maintenant pour que les comptes fussent soldés ? Il y avait eu comme un rempart dressé devant elle dans la grande salle du château. Un rempart invisible tenu par des mains invisibles, peut-être celles de ses parents, mais réel dans sa pensée. Pourquoi voulait-elle abandonner des mains douces, maternelles, paternelles, pour se saisir de celles d'un autre, d'un inconnu, comme on prendrait la patte d'un chien prêt à mordre ? Un geste qui ne pouvait qu'assombrir le passé et déteindre sur le présent.

Elena marcha dans le parc jusqu'à son extrémité, avant de se réfugier dans le bois qui le capuchonnait à l'ouest. Elle avait besoin de solitude, de penser, de réfléchir encore pour confirmer ses désirs. La veille, alors qu'ils partageaient un café au salon, Lucien lui avait dit qu'il était plus facile de mourir pour une cause que de vivre avec une femme. Lucien avait paraphrasé à sa façon le poète anglais Lord Byron, dont il lui avait brièvement conté l'histoire. Le message était clair et les chemins sur ses terres plus que hasardeux. Pourtant,

Lucien lui manquait, et même beaucoup, depuis qu'il s'était rapproché d'elle.

La cloche de l'église sonna la demie de 19 heures et, peu de temps après, la musique épousa l'air en échos. Elena entendait distinctement la flûte chanter et par intermittence les accords plaqués de la guitare de Lucien. Mais ce fut quand ce dernier accompagna la chanteuse qu'Elena se rapprocha et se mit à pleurer. Elena connaissait le programme : Manuel de Falla et Federico García Lorca. Trois chansons populaires du premier et trois airs plus anciens du second. La voix de la chanteuse l'attirait comme un aimant. Elle chantait en espagnol. Les mots jaillissaient comme des éclairs sur un ciel d'orage, éclataient en mille morceaux en touchant son cœur jusqu'au sang. Lucien joua la *Jota*, l'*Asturiana*, et termina l'œuvre de Falla par *Nana*, la délicate berceuse. Des chansons qui étaient comme des baumes sur le cœur d'Elena. Elles donnaient corps et vie aux reflets qui voyageaient en elle depuis les événements de Balaguer. « Nul ne croit en notre amour, parce que nous le taisons. Mais à ton âme, à la mienne, ils le peuvent demander. » Ainsi commençait la *Jota*. Une plainte qui se mariait avec douleur avec les mots de l'*Asturiana* : « Cherchant qui me consolera, je m'approchai d'un pré très vert. Pour voir s'il me consolerait. » Les choix de Lucien faisaient un tout qui résonnait en elle sans dissonance.

Elena se mêla au public quand la chanteuse et Lucien rendirent hommage à Federico García Lorca.

Ils interprétèrent *El café de Chinitas*, *Nana de Sevilla* et *Zorongo*, une danse populaire qui mit une nouvelle fois les larmes aux yeux d'Elena. « La nuit j'erre dans le patio et pleure à fendre l'âme de ce que je t'aime tant et que, toi, tu ne m'aimes pas. »

Les applaudissements retentirent, puissants, chaleureux. Lucien se leva, souriant, tenant sa guitare par le manche de la main droite. La chanteuse se rapprocha de lui et ensemble ils saluèrent le public timidement, avec réserve, puis avec plus d'amplitude lorsque la flûtiste, avec qui le concert avait commencé, les rejoignit. Elena essuya ses yeux, chassa le néant qui l'habitait au bruit des applaudissements et se montra.

Elle apparut au regard de Lucien aux lumières multicolores des lampions posés à même le sol et qui, tels des vers luisants, filaient l'herbe au murmure des conversations. Elle avançait vers lui avec élégance, d'une grâce timide au milieu de tout ce beau monde habillé de mode et qui se flattait avec condescendance.

Lucien, qui en était déjà à goûter à la nourriture offerte, cessa de manger. Il n'en revenait pas. Il vit Elena enrouler sa silhouette aux guirlandes de fleurs, au feuillage suspendu d'un chapiteau à l'autre. Elle se mariait à merveille avec les festons de lierre et de glycines qui épousaient la nuit. Une nuit radieuse qui ne pouvait offrir que des étoiles. Il écarquilla en grand les yeux quand il l'aperçut s'arrêter près du majordome et saisir une coupe de champagne sur le plateau qu'il réservait aux invités de marque. Elle se faufila parmi eux comme une fée sur un rai de nuit avant de s'installer dans un fauteuil en osier situé entre l'immense table, où était servi le buffet, et la terrasse. Une place un peu à l'écart, peu éclairée et prévue pour un couple. Lucien la rejoignit en sentant quelque chose basculer dans son cœur.

— J'ignorais que vous étiez là.

— Alex ne vous a rien dit ?

— Non.

— Et à quel titre avez-vous été invitée ? demanda Lucien, provocant.

— À celui de vous demander pourquoi vous trouvez amusant de me le demander.

Lucien se mit à rire et quelques convives se détournèrent pour regarder qui était cette jeune femme avec qui le guitariste se divertissait. Lucien n'avait pu que rire pour chasser ce sentiment qu'il sentait se renforcer au lien de leur première rencontre, même si cela avait été sous le signe de la guerre.

— Pour éviter de dire qu'il m'est agréable d'être en compagnie d'une jolie femme ?

Elena but une gorgée de champagne et répondit d'une voix volontairement cassante :

— À qui il vous a été agréable de sauver la vie.

Elena était en colère contre elle. Elle n'était pas celle qu'elle montrait : une femme un peu méchante qui aimait faire souffrir ceux qui n'étaient pas du même monde qu'elle. Faire de la peine à Lucien parce qu'il avait fait du mal à des centaines de gens comme elle, à sa famille, à ceux de son clan. Marquer le regard de cet homme par la mort de ses parents au souffle d'une autre dynastie complice, qui avait fréquenté et s'était entendue avec la sienne pour mieux régner, était ridicule, inutile. C'était le rêve qu'Elena était venue chercher et elle creusait bêtement le fossé qui la séparait de Lucien au lieu de le remplir de tolérance et de quiétude.

Ce fut Lucien qui l'apaisa au front de son humanité.

— L'aventure du voyage, de la vie, de l'amour.

Ce fut ce dernier mot qui fit déplacer sa main à Elena non loin de celle de Lucien. C'était l'aventure qu'elle cherchait et qu'elle avait vue dans le regard de ce garçon, avec la paix autour comme les ailes d'une colombe poignardée à l'écrin d'olivier.

— « L'aventure n'existe pas. Elle est dans l'esprit et, dès qu'il est possible de la toucher, elle s'évanouit. » Mac Orlan, *Le Petit Manuel du parfait aventurier*, précisa Lucien avant d'ajouter : Et quand on la tient, elle ne vaut pas un regard...

— Je ne connais pas Mac Orlan.

— *L'Inflation sentimentale*, *Le Quai des brumes*, cita Lucien.

— Je suis admirative...

— Qu'un musicien soit autant passionné de littérature ?

Elena ne répondit pas. Elle se fissurait. Elle avait la poitrine serrée par le regard de son interlocuteur, à qui elle aurait voulu donner une autre couleur que celle de la vérité parce que cela ne pouvait pas en être autrement. Lucien était une personne singulière comme toutes celles qui partageaient son quotidien et elle devinait qu'il devait avoir souffert à l'être dans l'univers de la guerre.

— Encore une coupe de champagne ? proposa Lucien face au silence d'Elena.

Celle-ci hocha la tête. Elle était étourdie par l'alcool, mais pas seulement. Les mots de Lucien tissaient l'étoffe de ses rêves.

Alors qu'elle s'attendait à voir ce dernier héler l'un des employés de maison qui faisaient le service, elle le vit se lever, se rendre au buffet et ramener deux pleines coupes de champagne.

— À votre santé !

Elena trinqua. Elle avait vu certains invités suivre Lucien du regard et paraître s'étonner du fait qu'il s'intéressât uniquement à une inconnue au détriment d'autres personnes.

— Vous avez surpris...

— Et j'en suis fier, coupa Lucien en frappant une nouvelle fois le verre d'Elena avec complicité.

Elena passa une agréable soirée. Elle but beaucoup trop et ne dansa pas. Personne ne lui demanda qui elle était et qui l'avait conviée. Elle était avec le guitariste, et cela suffisait...

Quand Lucien et Elena rentrèrent à Besançon et réintégrèrent la petite maison jaune, tous deux ressentirent de la gêne. Chacun d'eux avait laissé l'autre aspirer son regard et ne pouvait plus s'en défaire. Une soirée si subitement merveilleuse qu'ils s'interrogeaient en supposant réciproquement ruse ou tromperie. Elena lui avait fait un petit signe amical sur le seuil de la porte de sa chambre. Lucien en avait été à la fois ému et contrarié. Ému d'avoir trop écouté son cœur et contrarié de repartir sans rien de concret pour le nourrir demain. Elena ne lui avait rien dit. Lucien était resté un instant devant la porte en espérant la voir ressortir et l'embrasser, comme cela lui était arrivé plusieurs fois avec certaines filles, pour lui confirmer qu'il était autorisé à rester.

Une fois de plus, le passé l'étranglait. Lucien avait du mal à vivre le présent, même s'il était conscient qu'il était le seul temps qui permettait d'envisager le futur sans la laisse des souvenirs. Il souffrait de penser à Elena en torturant sa mémoire. Elle était lumière, rayon de lune. Il réentendait la voix d'Alexandre lui parler d'elle, le bruit du fauteuil lorsqu'il s'était levé pour avancer lentement vers elle, la brise dans les lampions. Des bruits qui s'étaient effacés l'un après l'autre, en ne lui laissant que le souffle de sa respiration écarquillée sur le noir. Il avait cherché son regard aux aguets, prêt à bondir pour s'échapper. Loin derrière la lumière bleue du lampion qui avait donné à son visage cette beauté où l'innocence cédait le pas à l'insolence. Il avait détourné la chaise qui lui faisait face en sentant son cœur battre la tempête dans sa poitrine. C'était la première fois que Lucien avait été submergé d'émotions si fortes au sujet d'une femme et il s'émerveillait du singulier de la rencontre. Une fille qu'il connaissait à peine, qui, comme Estrella, n'était pas de son milieu et qui ne pouvait que faire tache dans les draps rouges de la révolution.

Pourtant, le soir même, il l'avait trahie pour chasser sa tristesse. Avec une coquette bourgeoise aux cheveux défaits, aux lèvres rouges, aux paupières bleues, à la tenue légère, qui lui avait proposé de la retrouver à Besançon après le concert. Ils avaient parlé littérature, musique. Ils avaient écouté Bruckner, Brahms, Mendelssohn, en buvant du whisky. Ils avaient attendu que tout cela fasse effet pour s'embrasser, se caresser. La belle avait déliré sur l'Orlando de Virginia Woolf, ce personnage étrange, homme et femme, qui épuisait et fixait en vain les sensations dans l'écriture. Lucien avait entendu parler de l'écrivaine anglaise, mais jamais il n'avait eu la curiosité de se renseigner pour savoir si elle avait été traduite en français et la lire. « Encore une bourgeoise », avait pensé Lucien, qui avait préféré, afin de masquer son inculture sur cette auteure, ôter les plis de son ivresse sur les cuisses de la belle. Il avait goûté à sa bouche, à sa gorge, à ses seins en sueur et tendres comme des éponges. Tout avait fini en apothéose. Il fallait jouir...

XVII

ESTRELLA PROFITAIT DE LA VIE. Elle avait passé la semaine à flâner à Besançon, à s'user les yeux à regarder le ciel bleu pleuvoir sur les maisons en réveillant leur charme. Le temps était estival. Avec sa mère, elles avaient pris le tram pour faire les magasins, avant de pique-niquer sur les berges du Doubs. Estrella avait aussi joué de la guitare le soir et parfois très tard dans la nuit. Seule face aux notes, elle voyageait dans l'espoir au milieu d'un tumulte d'interrogations ou dans le silence. Le silence des partitions, mais aussi celui de Lucien qui s'immisçait dans son esprit en l'enroulant de ouate et de temps arrêté. Elle jouait médiocrement depuis qu'elle attendait un signe, un mot, une lettre, une visite du garçon. Elle s'en voulait d'attendre, de n'avoir pas fait davantage pour en raccourcir la durée, après avoir tant investi. Mais certains jours, elle estimait qu'elle avait déjà beaucoup agi, et peut-être même détruit, quant à l'ambiance de son quotidien avec sa mère, à cause de Lucien. Il appartenait désormais à ce dernier de montrer qu'il s'intéressait à elle. Mais comment ne pas accepter la peine, la douleur, même la désespérance lorsque l'envie de le voir se manifestait du lever au coucher du soleil et durant l'obscurité de ses rayons. Estrella faisait alors de la musique et ce temps-là était comme une longue conversation avec elle-même aux sources du traumatisme. Un remède pour éviter le déchirement avec la communauté espagnole, mais aussi une façon de s'en extraire pour assembler les notes avec rigueur, justesse, silence. Un péril qu'Estrella vivait au quotidien avec sa mère qui refusait de savoir, de l'écouter. Une mère qui était dans l'impossibilité de comprendre que l'amour n'avait de sens que s'il était en résonance avec soi-même, que la vérité n'était pas que là où l'on pouvait assurément être en sécurité.

Les mots attendus furent ceux qu'elle attendait le moins. Ils arrivèrent au courrier du mercredi par une belle journée ensoleillée. Un temps propice à la joie avec un peu de lumière orangée dans la profondeur du ciel pour ne pas la gâcher à penser trop à l'automne.

Sa mère lui remit l'enveloppe sans dire un mot, le visage fermé. Elle devinait qui lui écrivait et cela la contrariait. Estrella s'empara du courrier et se réfugia dans sa chambre pour l'ouvrir, le lire. Elle le fit lentement, par peur que toute précipitation eût pu effacer ou changer les mots. Ce n'était pas Lucien qui lui avait écrit, mais Alexandre. Quelques phrases rédigées au dos d'une carte postale représentant le quartier de Battant en pleine effervescence. Alexandre voulait lui parler et l'invitait au restaurant. Il l'attendrait vendredi, *Café du Tramway*, en haut de la rue de Vesoul, un peu avant midi. Il avait signé : « Bien à vous. Alex. » Estrella avait lu entre les mots, dans les enlacements de cette écriture fine, un peu penchée qu'elle trouvait agréable et facile à lire, le désir qu'elle acceptât. Elle irait...

Toute la matinée, Estrella pensa à son rendez-vous, empreinte d'une peur irrationnelle. Elle avait trop lu sur l'amour, sur ce qu'en disaient ou pensaient les philosophes, les écrivains, pour ne pas redouter de le vivre pleinement envers et contre tous. L'amour humain permettait pourtant d'en finir avec l'angoisse. Estrella refusait d'y renoncer pour ne pas être blessée, même si certains auteurs assuraient que la souffrance était source de créativité. La création musicale à ce prix, c'était trop cher payé pour une exilée espagnole en quête de repères. Elle rejoignit sa mère, qui rangeait des papiers administratifs et n'attendit pas qu'elle la questionnât.

— Je ne déjeunerai pas ici ce midi. Je suis invitée par un ami...

— Espagnol ? coupa sa mère.

— C'est Alexandre Hillier, le luthier de l'avenue Villarceau, chez lequel je vais souvent. Nous nous étions promis de déjeuner ensemble pour parler de la guitare que je lui ai demandé de me fabriquer, mentit Estrella.

— Qu'est-ce que c'est que cette histoire ?

— Je t'en ai parlé, maman, mais tu ne m'écoutes jamais. Tu m'as conseillé d'en parler à papa, et il m'a donné son accord.

— Tu as déjà une guitare. C'est de l'argent gaspillé.

— Ce luthier est talentueux. Ses guitares sont non seulement très belles, mais faciles à jouer et dotées de qualités sonores exceptionnelles.

— Deux guitares. Une pour chaque main !

— Tu es ridicule, maman !

— Ton père n'a jamais su te refuser quoi que ce soit. Tu es trop gâtée, ma fille !

— J'avais envie de faire travailler ce luthier.

— De l'argent pour des gens qui cautionnent la cause révolutionnaire, je ne suis pas d'accord. L'as-tu dit à ton père ? J'en doute !

— Qui t'a parlé de ces garçons ?

— Vu que tu ne me dis rien, que tu ne me parles pas, je me suis renseignée… et je n'ai pas obtenu de bons retours.

— Et tu l'as mal été. Si les personnes qui t'ont parlé avaient été honnêtes, elles t'auraient dit que ces garçons hébergent une réfugiée espagnole dont les parents, des proches de la famille Primo de Rivera, ont été assassinés par des miliciens.

Rosalba Havel remua nerveusement la tête d'insatisfaction. Elle savait sa fille sérieuse, mais une intuition maternelle lui faisait craindre de mauvaises surprises à fréquenter ce groupe d'artistes aux mœurs dissolues et politiquement marqué. Elle laissa échapper le document qu'elle était en train de lire. Ce dernier tomba par terre et vola aux pieds d'Estrella, qui le ramassa.

— Une fille de phalangiste vaut bien un minimum de considération pour ceux qui la protègent, lança Estrella en redonnant le document à sa mère.

— Certainement, ma fille ! Mais même les plus belles mouches se laissent attraper avec du vinaigre.

— Ce que tu dis n'a pas de sens, maman ! Avec du miel... On attire plus facilement les gens avec des mots doux qu'avec des mots aigres, précisa Estrella, qui reprenait souvent sa mère sur cette formule qu'elle utilisait à mauvais escient.

— J'espère que tu n'es pas amoureuse de ce garçon.

— Et si tel était le cas ? biaisa Estrella en pensant à Lucien.

— Eh bien, il ne serait pas inutile de penser que ce flirt ne te mènerait à rien. Ce garçon va s'amuser avec toi et, quand il se sera lassé de son jouet, il le jettera pour en trouver un autre.

— Qu'en sais-tu ? se révolta Estrella, qui n'avait pas envie de raviver le noir de ses pensées sur le sujet.

— Mon expérience, ma fille ! Ce garçon préférera une jeune fille de son milieu, éduquée aux mauvaises manières du communisme, et ce n'est pas avec ton esprit de jeune bourgeoise insatisfaite et ton envie de luxe que tu feras pencher la balance de ton côté.

— Qu'en sais-tu ?

— Ne change pas de couleur qui veut. Et d'ailleurs, nous allons bientôt repartir. La guerre va être gagnée par Franco. Il est donc inutile de créer des attachements ici. Ton père et moi avons d'autres projets pour toi.

Estrella esquissa un sourire feint. Elle voulait faire croire à sa mère que la situation l'amusait. Elle allait déjeuner avec un luthier et ami de Lucien, et de bien d'autres personnes du groupe du *Café de l'Espérance*, ô combien sulfureux. Il y avait quelque chose de jubilatoire à vivre cela, à savoir que cette aventure risquait de tout bousculer, de mettre sens dessus dessous le petit monde de son quotidien.

— Je te raconterai quand je reviendrai.

Rosalba Havel haussa les épaules en pensant qu'elle devait agir, faire tout pour que cela cessât.

Estrella arriva au rendez-vous bouleversée, contrariée, prête à sortir les griffes. Puisque Alexandre désirait la voir, lui parler, elle allait en profiter pour le questionner sur cette Elena dont l'histoire comportait de nombreuses zones d'ombre. Une curiosité subite et malsaine la taraudait. Elle devait en savoir plus. Elle voulait repartir avec davantage de bagages et mettre Alexandre à l'épreuve, savoir s'il était sincère ou s'il avait menti au sujet de cette femme. Estrella regrettait de ne pas avoir parlé avec sa mère, d'avoir entretenu le doute, le secret quant à ses fréquentations. Tout dire, c'était ternir, réduire le désir qu'elle avait de revoir Lucien. Ce garçon lui avait piqué le cœur comme une épine de roses le doigt. Une goutte de sang pur qui était ce désir qui vivait en elle avec l'impression qu'elle ne se trompait pas.

Alexandre dégustait une bière quand Estrella passa la porte du *Café du Tramway*. Il la vit et se leva pour venir à sa rencontre.

— Je suis surprise de cette invitation, lança Estrella, nerveuse.

— Pourquoi pas... Vous êtes-là, c'est l'essentiel. Et je sais que vous aimez le poisson. Il est au menu aujourd'hui.

Estrella opina du chef. Alexandre commanda les repas. Il cherchait les reflets de son émotion dans le bleu vert des yeux de la jeune fille. Le visage d'Estrella était merveilleux. Coloré de cette audace qui la caractérisait et qui rendait vivants et lumineux tous ceux qui l'approchaient. Alexandre eut envie de lui dire qu'il la trouvait belle, qu'il était logique qu'il s'intéressât à elle, mais il se retint.

— Je vous écoute, s'impatienta la jeune fille en prenant place à la table près de la fenêtre qu'Alexandre avait réservée.

— Vous serait-il possible de me verser un acompte pour la guitare ?

Estrella cessa de boire le jus de fruit qu'elle avait demandé en apéritif.

— Vous m'avez fait venir jusqu'ici pour me demander de l'argent ?

— Pas seulement. Je voulais aussi vous parler...

— De Lucien, coupa Estrella qui n'avait pu se retenir.

Alexandre fut déstabilisé.

— Oui, mais aussi de votre mère. Savez-vous qu'une résidente de la rue Grenier la fréquente et va souvent chez vous partager le café ?

Estrella avait aperçu plusieurs fois une Française dans le salon sans savoir qui elle était et d'où elle venait, et elle fit le rapprochement.

— Je sais qu'elle nous espionne et je devine ce qu'elle doit raconter à votre mère.

Estrella acquiesça. Elle en voulait à Alexandre d'avoir engagé la conversation sur le sujet avant elle. Cela l'incommodait et la mettait de mauvaise humeur. Quelque chose lui échappait et la mettait en danger. Elle en avait l'intuition.

— Les gens jasent, ajouta Alexandre.

— Voir une étrangère venir parfois deux fois par jour dans un repaire de brigands, il y a de quoi !

Alexandre ne répondit pas. Il contemplait Estrella boire son jus de fruit. Elle pinçait un peu les lèvres en avant pour éviter de massacrer son rouge à lèvres, comme le faisaient certaines bourgeoises.

— En avez-vous parlé à Lucien ?

— Non ! Et je pense que c'est une bonne chose pour la santé morale de cette espionne. Lucien serait capable de lui pourrir la vie au quotidien.

— Elle doit aussi s'interroger sur la présence de cette autre Espagnole à demeure chez vous.

— Une jeune fille épatante, intelligente, pleine de vie et passionnée de danse et de musique...

— Est-ce tout ? coupa Estrella, agacée.

— Elle a voulu connaître votre nom, quel était le métier de votre père...

— Et qu'avez-vous répondu ?

— La vérité. Il n'aurait servi à rien de mentir. Cette femme voit avec le cœur. Elle est comme une fleur. La moindre parcelle de lumière ou d'ombre joue sur sa bonté à l'égard des autres...

Alexandre rassura Estrella au sujet d'Elena, qui n'avait manifesté aucune hostilité à son encontre. Celle-ci avait été d'une curiosité bienveillante et nullement surprise que Lucien s'intéressât à une autre femme.

Estrella l'écouta avec attention. Le tableau qu'il dressait de cette femme ne correspondait pas à l'impression qu'elle avait eue lors de leur dernière rencontre. Une rencontre houleuse où réciproquement les mots leur avaient échappé. Elles s'étaient disputées sans raison, ou alors inconsciemment, se reprochant mutuellement de s'être exilées.

— Parlez-moi d'elle, enchaîna Estrella, insistante.

— Elle s'étiole depuis qu'elle est ici. Elle joue beaucoup la comédie pour paraître heureuse, pour plaire à Lucien. Elle me fait penser à ces fleurs que les gens plantent dans la mauvaise terre en s'étonnant de les voir végéter... Elle a choisi l'exil, mais je ne suis pas certain qu'elle soit faite pour cela. Elle veut s'en persuader, mais quelque chose cloche, et maintenant qu'elle voyage et explore l'univers de Lucien, elle se désaccorde.

Alexandre dévoila à Estrella comment Elena et Lucien s'étaient rencontrés, et le lien qui les unissait à la petite Adela.

— Si cette histoire est vraie, je ne peux que m'en réjouir, répondit Estrella en souriant.

— Lucien, c'est l'écho d'Elena, et le mensonge ne pousse pas dans ces cœurs-là, osa Alexandre pour pousser son pion sur l'échiquier du cœur d'Estrella.

— L'avenir le dira, lança la jeune femme, qui accusait le coup.

Alexandre chercha un mouchoir dans la poche de sa veste et s'essuya discrètement le nez pour masquer son embarras.

— Vous avez prévu de revoir Lucien ?

— C'est vous qui m'avez invitée... répondit sèchement Estrella avant de revenir au sujet. Je pense effectivement que la chose est sérieuse pour que cette fille accepte de venir jusqu'ici pour revoir Lucien.

— Sérieuse, je ne sais pas, mais suffisamment troublante pour s'interroger, poursuivit Alexandre.

Ce dernier pensait que les femmes se trompaient souvent quand elles croyaient ne pas aimer. Elena et Estrella aimaient Lucien. Alexandre attendit la fin du repas pour conseiller la jeune femme, pour lui dire de faire attention, de garder les pieds sur terre et surtout de ne pas céder facilement si d'aventure les choses tournaient à son avantage.

Estrella le rassura, mais Alexandre ne la crut pas. Il s'était retenu de lui dire que, dans l'histoire qu'elle voulait vivre avec ce garçon, il ne voyait que l'intolérance, la méchanceté, la manipulation, un fond de lutte des classes qui n'amènerait rien de bon de part et d'autre.

— Que dirait votre père s'il savait que sa fille fréquente un anarchiste rouge comme une pivoine ?

— Mon père, s'il osait l'affronter, le détruirait.

— Comme il détruira la révolution avec sa bêtise, sous l'égide de la mégalomanie de Franco, provoqua Alexandre.

Estrella se mit à rire de colère.

— Il faut savoir choisir son camp. Un jour ou l'autre, les amis de Lucien le lâcheront pour ne pas mourir avec lui, provoqua Estrella à son tour.

Les paroles de la jeune femme étaient tombées comme un couperet. Alexandre commanda deux cafés. Il n'avait pas la verve ni l'énergie de Lucien pour faire face au mal. Il était comme des milliers de personnes qui préféraient garder le silence par peur des représailles. Il refusait de se laisser embarquer sur un sujet qui le perturbait. Il devinait Estrella prête à monter au créneau, à polémiquer, à débattre à n'en plus finir des heures durant comme elle l'avait fait avec Lucien. Un brûlot avec des morts sous un couvercle en plein soleil. Pour Alexandre, la révolution était perdue. Qui et quoi aurait pu abattre Franco, soutenu par les fascistes italiens et le régime nazi ? Le faire vaciller, peut-être, mais le détruire ! À moins qu'il ait les pieds malades, gangrenés par l'immobilisme, le manque d'hygiène. Mais Franco savait changer le vernis des ongles de ses amis et alliés quand il commençait à craqueler.

— Si Lucien ne lâche pas avant… en se tuant.

Estrella eut un petit rire sarcastique

— Si seulement Lucien cultivait les femmes comme il cultive son espoir en la révolution.

— L'amour comme un projet de société. Pour Lucien, rien ne peut exister en dehors de l'espoir de voir une société s'épanouir, s'instruire, progresser afin de s'élever socialement. Pour lui, chacun doit pouvoir mieux gagner sa vie afin de réaliser ses rêves, et notamment celui de la liberté.

— De l'utopie ! C'est de l'utopie, Alex.

— Nous avons tous besoin d'un idéal, de pouvoir rêver d'améliorer nos conditions de travail et de vie.

— J'ai l'impression d'entendre Lucien parler.

— Je suis à bonne école.

Estrella esquissa un sourire de circonstance. Elle n'était pas bien et regrettait d'être venue. Connaître l'histoire de cette femme et comprendre que Lucien s'y intéressait la contrariait. Elle avait dépensé tant d'énergie pour séduire Lucien. Il s'était montré disponible, bienveillant au début, mais tout avait basculé depuis son dernier retour d'Espagne.

Estrella était tellement aveuglée par son désir qu'elle ne voyait pas qu'elle avait en face d'elle un garçon prévenant, lui aussi bienveillant, qui ne demandait qu'à l'aimer. Lucien occupait l'intégralité de son champ de vision mais, depuis qu'elle était dans ce restaurant, un gros nuage noir trouait le paysage comme une cigarette allumée au centre d'une feuille de papier. Pour tenter d'apaiser ce qui lui faisait mal, elle changea de conversation.

— Pour la guitare, combien voulez-vous ? demanda-t-elle sans délicatesse.

Estrella était irritée par cette demande d'argent qu'Alexandre mêlait au reste sans qu'elle comprenne pourquoi. D'autant qu'elle lui avait proposé de verser un acompte à la commande et qu'il avait refusé. Ce brusque revirement cachait quelque chose et ajoutait à son malaise.

— Si vous pouviez me verser un tiers du prix, ce serait bien...

— Je vous l'avais proposé, coupa Estrella en affichant un regard suspect.

— Je sais. J'ai voulu rembourser Lucien d'une avance qu'il m'avait faite il y a plus de six mois pour acheter des bois de résonance dans le Jura, et aujourd'hui la trésorerie me manque. Vous comprenez, je ne peux pas toujours vivre à ses crochets. J'espérais du travail, mais la situation politique et économique actuelle nuit aux investissements.

Alexandre mentait, certes partiellement, mais le prétexte qu'il avait choisi pour attirer Estrella dans ses rais le contraignait à le faire. Ce n'était pas très glorieux, mais utile.

— Je m'occuperai de cela dès demain. Un mandat à votre nom dont vous pourrez aller retirer le montant à la poste, cela vous va ?

— Parfait...

— Et quand comptez-vous terminer l'instrument ? questionna Estrella, qui ne voulait pas être en reste sur ce coup-là.

— Je l'ignore. J'attends que le temps change, que le taux d'humidité soit bon pour fermer la caisse. Trop sec, la table pourrait se fendre, et trop humide, votre guitare fera le gros ventre.

Estrella acquiesça.

— Un autre café ? proposa Alexandre.

— Non, merci, répondit la jeune femme en regardant sa montre.

— Vous êtes pressée ? interrogea Alexandre.

— J'ai promis à ma mère de l'accompagner en ville, mentit à son tour Estrella en se levant.

Alexandre n'insista pas. Il interpella le garçon pour demander l'addition et reconduisit la jeune femme jusqu'à la porte. Ils se saluèrent et s'engagèrent à se revoir, sans joie. Alexandre la regarda s'éloigner. Estrella était belle, pleine d'espérance pour l'amour de la vie.

Rosalba Havel, la surprise passée de voir sa fille si tôt revenue, ne posa pas de questions. Elle attendit de dîner pour le faire.

— Tu n'as donc rien à étudier pour aller flirter en public ?

— Comment le sais-tu ? Ton amie de la rue Grenier qui ne sait pas tenir sa langue ?

Rosalba Havel feignit l'indifférence.

— J'aime partager avec les gens que j'aime, enchaîna Estrella.

Rosalba Havel hocha lentement la tête en faisant une moue de désapprobation. Elle se demandait qui sa fille pouvait aimer qui ne soit pas espagnol. Elle n'était pas convaincue par les paroles d'Estrella. Comment aurait-elle pu l'être, elle qui n'avait jamais aimé, ou si peu ? Un sentiment qui, à aucun moment de sa vie, n'avait eu une quelconque résonance. Rosalba Havel aimait par intérêt, recevant et acceptant d'être reçue par convenance et politesse. Elle se demandait si son turbulent mari l'avait véritablement aimée et s'il l'aimait toujours. Il était tendre et respectueux avec elle tant qu'elle ne le contrariait pas dans ses idées. Ils avaient passé un contrat il y avait plus de vingt ans et l'avaient respecté jusqu'à ce jour pour construire une famille comme il faut, aux normes de la bourgeoisie espagnole, qui ne déteindrait pas dans l'album du destin. Havel n'avait pas vu grandir Estrella, n'avait que très rarement joué avec elle. Il avait passé sa vie à creuser le sillon de l'avenir de sa famille au soc de la politique. Une voie unique, sans se douter un seul instant que son épouse et sa fille puissent un jour ne pas coller à sa roue. Le temps de la confrontation était arrivé. Rosalba Havel le devinait, et ces garçons, que de toute évidence Estrella allait voir, allaient en être le déclencheur.

— Il te faut cesser de rendre visite à ces musiciens. Tu perds ton temps ! Ton avenir n'est pas en France ni avec ces gens.

— Je vois qui je veux... et je ne t'autorise pas à supputer sur mon avenir, rétorqua Estrella, qui regarda fixement sa mère, la colère dans les yeux.

— J'ai demandé à un ami policier de faire une enquête au sujet de ces garçons... et sur cette fille, s'il sait quelque chose.

— Tu espionnes les gens, maintenant ?

— Je n'espionne personne. Mais savoir qui ma fille fréquente et si cela peut compromettre son avenir me regarde. Je te l'ai dit, ton père et moi avons des projets pour toi.

— M'avez-vous déjà demandé quels sont mes projets ?

Rosalba Havel accusa le coup. Un morceau du miroir se brisait.

— S'ils se résument à flirter avec ces garçons et jouer de la guitare, dépêche-toi d'en changer.

— Pourquoi m'empêcheriez-vous de m'amuser tant qu'il ne me vient pas à l'idée de me marier à l'un d'eux ?

Rosalba Havel ricana. Elle était sans voix. Estrella n'avait aucune certitude quant à ce qu'elle venait de dire. Lucien était si solidement ancré en elle qu'elle ne pouvait plus le libérer. Rien que de penser à lui, de le rêver, elle se sentait pleine de force, d'énergie, de vie. Une contemplation qui, depuis les premiers jours, fleurissait sans discontinuité, et cela malgré les déceptions.

Comme si elle eût deviné les pensées de sa fille, Rosalba Havel attaqua :

— Je suis fort aise de t'entendre parler ainsi. Sans la richesse matérielle, ma fille, le bonheur n'est que mirage. S'il suffisait d'y penser pour parvenir à en jouir, cela se saurait. La jeunesse nous fait parfois décoller de terre. Il faut y revenir, voir ce qui nous empêche de raisonner. Quand ton père viendra cet été, s'il le peut, il te faudra parler de cela avec lui. Ensemble, nous n'avons pas toujours choisi, mais nous avons vite compris que, dans la vie, il fallait éviter de s'accrocher à quelque chose que l'on perdait très vite de vue... Il serait trop long de te raconter l'histoire de certains amis que nous avons vu disparaître dans la vie comme le soleil d'un nuage.

Le discours de Rosalba Havel agaçait Estrella. Elle paraphrasa Lucien lorsqu'il s'emportait :

— La liberté a un prix et il n'y a pas de plus grande joie que de la conquérir sans se décourager. Je préférerais être libre en n'ayant rien que le contraire.

Rosalba Havel se leva d'un coup ; elle n'en pouvait plus.

— Ce groupe d'anarchistes pollue ton esprit, ma fille !

— Maman, ton café est trop fort et va m'empêcher de dormir, conclut Estrella, qui quitta la table.

XVIII

APRÈS DEUX JOURS de vagabondage et de folie avec la coquette bourgeoise qui lisait Virginia Woolf, Lucien revint à la maison. Une visite éclair pour laisser à Alexandre un petit mot à remettre à Elena. Alexandre n'avait pas eu le temps de demander à son ami d'où il venait et où il repartait. Il l'avait vu en vie, apparemment en forme et heureux, et il s'en était satisfait.

Lucien avait donné rendez-vous à Elena à 19 heures devant le *Café du Commerce*, à Besançon, qu'elle avait découvert récemment. Celle-ci était contente et mécontente lorsqu'elle réfléchissait à ce qu'elle était prête à faire. Elena était tombée amoureuse de ce garçon, et apaiser sa souffrance d'aimer, que les souvenirs espagnols aiguisaient au fer rouge, lui paraissait désormais urgent. Un soir, elle avait failli frapper à la porte de la chambre de Lucien pour dormir avec lui. Elle était restée plusieurs secondes derrière la porte, bras ballants, pensive, face à une situation qui la retournait en elle-même.

Elena se garda bien de montrer sa joie à Alexandre. Elle tergiversa, s'agaça sur le fait que Lucien n'avait pas eu souci de la garde d'Adela et la laissait se débattre pour s'organiser. Tout cela était du cinéma, puisque Alexandre s'était spontanément proposé de s'occuper de la petite.

Alexandre et Elena discutaient lorsque la sonnerie de la porte d'entrée tintinnabula. Alexandre se précipita pour ouvrir. Suzanne, l'air affolé, pénétra dans le hall sans y être invitée. C'était la première fois qu'Elena la rencontrait et elle la détailla de pied en cap. C'était une belle femme, la trentaine passée. Svelte, de taille moyenne, habillée modestement, des cheveux châtain clair coupés court, un visage doux avec des yeux gris très clairs, Suzanne dégageait un charme agréable, flatteur. Quand elle parlait, les deux fossettes de ses joues se creusaient légèrement en donnant l'impression qu'elle souriait.

— Sais-tu où est Lucien ? Il est venu vers 16 heures chercher Paul, à qui j'ai oublié de donner ses médicaments. Je ne sais pas où j'ai la tête en ce moment.

Suzanne parlait vite, sans prendre le temps de respirer. Depuis le drame qui avait endeuillé sa famille, elle n'était plus la même. Elle avait peur de tout, s'inquiétait pour un rien. Plusieurs fois, Alexandre et Lucien étaient intervenus pour l'aider, la rassurer et atténuer la souffrance qui certains jours la prenait à la rendre folle. Pierre, le mari de Suzanne, était décédé accidentellement à l'usine où il travaillait. Une défaillance du système de sécurité de la presse sur laquelle il œuvrait. Les mâchoires de la machine lui avaient happé et arraché le bras. Pierre avait perdu beaucoup de sang avant l'arrivée des secours et il était mort d'un arrêt du cœur lors de son transfert à l'hôpital. Il était parti une veille de congé, un jour de soleil, de ciel bleu sans nuages, en laissant dans le cœur des siens plein de promesses pour profiter de la vie. Paul, alors âgé de six ans, était resté trois jours sans parler. Suzanne avait été courageuse, même très digne, le jour de l'enterrement malgré le poids des larmes qu'elle n'arrivait pas à cacher. Des larmes si lourdes qu'Alexandre n'avait pu se retenir de pleurer. Lucien était arrivé en retard, comme d'habitude, mais c'était lui qui avait pris le bras de Suzanne pour l'accompagner au cimetière. Suzanne n'avait plus de famille. Pierre était de l'Assistance publique et la mère de Suzanne, veuve, âgée, n'avait pas fait le déplacement. Pas de frère, plus de sœurs. Celles-ci, au nombre de deux, étaient décédées de la tuberculose à l'adolescence. Suzanne avait aussi contracté la maladie, mais le destin l'avait fait guérir et elle s'était souvent demandé pourquoi.

Lucien avait été à la hauteur avec Suzanne. Depuis la mort de Pierre, sauf lorsqu'il s'absentait, il était rare qu'il manquât de visiter la jeune femme. Il se rendait chez elle pour partager un café, discuter. Il était toujours là pour elle quand le mal de la solitude la reprenait. Alexandre soupçonnait Lucien de l'aider financièrement, et cela ne le surprenait pas. Celle-ci et son fils mangeaient à leur faim. Paul était vêtu proprement et ne manquait de rien en matière de matériel scolaire. Suzanne faisait quelques heures de ménage, mais cela ne suffisait pas. Elle avait répondu favorablement à la proposition du directeur de l'usine où travaillait Pierre pour un poste en fabrication, mais elle n'avait pu rester. Trop de bruit, de fatigue… et surtout trop de souvenirs. Tous les copains de Pierre étaient là et ne cessaient d'évoquer sa mémoire, sans omettre les avances que certains ouvriers lui faisaient en la sachant disponible. Suzanne s'était donc habituée aux visites de Lucien et à son aide, que celle-ci fût morale ou financière. Tant qu'elle s'était attachée à lui et l'appelait au moindre souci. Alexandre devinait qu'il s'en faudrait de peu, d'un petit signe de faiblesse de la part de Lucien, pour que Suzanne acceptât de refaire sa vie avec lui. Lucien en était conscient, mais il avait une vie bien trop mouvementée pour se caser avec Suzanne et risquer de lui faire de la peine. Paul aussi était très lié à Lucien. Il ne se passait pas un jeudi, un dimanche ou un jour férié, une période de vacances, sans que le gamin rappliquât, et Lucien ne le rejetait pas. Il n'était pas rare de le voir débarquer le soir, après l'école, pour demander à Lucien de l'aider à faire ses devoirs. Lucien s'exécutait sans rechigner, même s'il lui arrivait parfois de se lamenter de ne pas voir l'enfant s'intéresser à la musique. Il n'y avait donc rien de surprenant à ce que Paul et Lucien se fussent retrouvés pour déambuler dans Besançon ou dans les environs. Lucien emmenait souvent Paul aux Glacis pour apprendre les arbres ou dans le quartier de Battant, places Bacchus et Bouchot, où jouaient des myriades d'enfants de pauvres. « Un spectacle, un véritable cirque ! » disait-il à Alexandre avec un enthousiasme communicatif.

Alexandre était confus d'avoir oublié que c'était jeudi et d'avoir été dans le flou quant à l'agenda de Lucien. Alexandre vivait comme

Lucien, au jour le jour. Il lui arrivait de travailler le dimanche et de se reposer un jour de semaine. Il tenait mal son agenda et confondait parfois les jours avec des conséquences malencontreuses. Il s'empressa de rassurer Suzanne après avoir présenté les deux femmes. Suzanne serra la main d'Elena sans la regarder, tellement elle était préoccupée par son souci.

— C'est jeudi. Lucien a dû accompagner Paul à Battant. Paul adore y aller. Je crois qu'il a des copains là-bas.

Elena connaissait le quartier de Battant et celui des Glacis, situé à proximité, pour avoir été y promener Adela les jours qui avaient suivi son arrivée. Adela pleurait sans cesse et c'était le seul moyen qu'Elena avait trouvé pour la calmer quelques heures et bien souvent l'endormir dans ses bras.

— Confiez-moi votre médicament. Je vais aller le remettre à Lucien, qui le fera prendre à votre fils, proposa Elena, qui ne souhaitait pas attendre l'heure de son rendez-vous et qui trouvait là l'occasion de précipiter son désir à retrouver Lucien.

— Volontiers. C'est gentil. Je me fais un tel souci. Paul est très anxieux depuis la mort de son père, et sans ce médicament il lui arrive de faire des crises d'épilepsie.

Suzanne regarda enfin Elena et la trouva belle. Quelque chose venait de se briser en elle. Elena Praxedes n'était-elle pas la femme qu'aimait Lucien et qui empêchait ce dernier de se rapprocher d'elle ? Prise dans son tourment, Suzanne n'avait même pas eu l'idée de dire qu'elle irait elle-même porter le médicament à Paul. Elle avait été moins rapide en pensée, et puis elle n'était pas une femme à calculer pour parvenir à ses fins. Il était maintenant trop tard pour revenir sur sa parole. Les pauvres gens n'en avaient qu'une et ils n'avaient pas suffisamment de temps pour parler afin de la reprendre.

Suzanne remit deux cachets enveloppés dans un carré de papier à Elena en lui demandant de se munir d'une petite bouteille d'eau pour aider Paul à les avaler. Paul buvait beaucoup et Alexandre savait que Lucien ne partait jamais avec lui sans emporter de l'eau. Toutefois, il ne contraria pas Suzanne, qui était inquiète.

— Vous gardez Adela, Alex ? osa Elena.

— Je peux la prendre si vous voulez, proposa Suzanne, confuse de laisser cette femme, cette étrangère, s'occuper de son fils.

Elena marqua la surprise, ce qui n'échappa pas au regard d'Alexandre. Elle ne connaissait pas cette voisine et elle la trouvait trop perturbée pour lui confier Adela.

— Pourquoi ne la prendriez-vous pas avec vous ? Cela lui ferait du bien de sortir par ce temps et Paul sera heureux de la voir, proposa Alexandre.

— C'est vrai que mon Paul, il l'aime, votre petite ! s'exclama Suzanne, un timide sourire aux lèvres.

Elena se prépara aussitôt. Alexandre avait rejoint son atelier et Suzanne sa maison quand elle sortit avec Adela. Il faisait chaud, presque trop sous le soleil et les passions. Adela jasait. Elena se sentait fragile et forte à la fois. Elle descendit l'avenue Villarceau d'un pas alerte, rapide, puis réduisit la cadence au sommet de la rue Roy afin de la descendre avec précaution. La rue de Dole était calme, presque sans véhicules, et elle la traversa à l'ombre apaisante des grands marronniers. Elena aimait les arbres. Elle tenait cela de son grand-père maternel, qui lui racontait qu'il levait le mal qui était en lui, avant que celui-ci ne le tue, en se frottant les mains contre le tronc d'un vieil arbre solide, très solide. Les chênes étaient idéals pour cela, mais il n'était pas facile d'en dénicher de suffisamment forts pour qu'ils ne crèvent pas de ce que l'on déchargeait sur eux. Elena désirait rencontrer un tel arbre pour se débarrasser du mal qu'elle avait parfois envie de faire à Lucien. Ce serait vital, salutaire, ouverture à l'avenir. Elle longea la rue d'Arènes, puis monta la rue Battant jusqu'à la place Bacchus, où elle fit une halte pour chercher en vain Paul et Lucien. Une place qui grouillait d'enfants bruyants et téméraires. Des enfants négligés, habillés de guenilles. Certains d'entre eux jouaient avec des charrettes constituées d'une planche munie de deux essieux en bois sur lesquels avaient été fixées des roues métalliques qui n'étaient autres que des roulements à billes. Les gamins descendaient les trottoirs du haut de Battant, traversaient la place Bacchus et empruntaient sur la gauche la rue Champrond dans un vacarme épouvantable qui ne semblait déranger personne. C'était la course, et gare aux piétons qui ne s'écartaient pas. Les gamins criaient, hurlaient, riaient, les pieds posés sur l'essieu mobile situé à l'avant de leur bolide comme seuls guides de leur direction.

Adela s'était tue face au tintamarre ambiant. Place Bouchot, une centaine d'enfants endiablés jouaient, couraient dans tous les sens. Jamais Elena n'en avait vu autant à la fois et elle ne se sentait pas vraiment en sécurité. C'était un sentiment ridicule, elle en avait conscience, mais la peur était souvent en elle depuis les sinistres événements de Balaguer. Ces enfants n'étaient pas différents de ceux d'Espagne, mais la guerre n'avait pas encore diminué leur joie, leur innocence, au profit de sentiments plus noirs. Plusieurs d'entre eux la suivaient du regard avec curiosité, l'observaient. Ici, visiblement, tout le monde se connaissait et elle était une étrangère. Deux petites filles et un très jeune garçon la suivirent, la rattrapèrent et s'agrippèrent au landau pour contempler Adela en demandant comment elle s'appelait. Le prénom ne les surprit pas et ils se mirent à rire en essayant de la toucher avec leurs mains sales, ce qu'Elena ne put empêcher, malgré son désarroi. Rapidement, une quinzaine de gosses s'agglutinèrent autour d'elle, l'empêchant d'avancer. Au milieu de ce tumulte de voix, de rires, de cris, d'onomatopées, Adela était aux anges. Elle animait ses membres, gesticulait. Ses jambes se soulevaient pour frapper avec ses pieds le matelas du landau au rythme de son bonheur. Les enfants les plus grands questionnaient Elena. Ils voulaient savoir qui elle était, d'où elle venait. Nul ne se promenait au hasard dans ce quartier malfamé où habitaient les familles les plus pauvres de la ville. Elena ne répondait pas. Elle ne voulait pas dévoiler qui elle cherchait, car elle souhaitait faire la surprise à Lucien. Ce dernier devait être connu dans le quartier, et prononcer son prénom aurait été comme lancer des dizaines de projectiles au-devant d'elle pour l'informer qu'une dame et une petite Adela le demandaient. Elena força le passage et, peu à peu, face à son silence, le groupe d'enfants se désagrégea, chacun retrouvant ses jeux.

Sur les *buttis* de terre couverts d'herbe qui permettaient l'accès au-dessus des portes de Battant, les garçons les plus âgés faisaient de la luge d'été. Munis de morceaux de tôle légèrement relevés sur l'avant, ils glissaient en direction du Petit Battant. Un jeu dangereux, car leur parcours passait à une dizaine de centimètres du vide, du talus soutenu par un mur que des grilles de défense aux piques acérées surmontaient. Beaucoup passaient sur la droite en toute sécurité, mais d'autres, malhabiles, au pilotage incertain, rasaient le précipice qui faisait froid dans le dos. Ici non plus, les adultes ne semblaient pas se formaliser du risque que ces enfants prenaient. Une erreur de trajectoire et c'était la chute avec la malchance de s'empaler deux mètres cinquante plus bas. Ce fut pourtant là, tranquillement assis au pied de la butte droite, qu'Elena aperçut Lucien et Paul en compagnie de quelques autres personnes. Un petit groupe d'adultes qui regardaient des adolescents s'amuser avec le danger.

Elena avait ralenti le pas. Elle s'approchait lentement, avec même une certaine appréhension. Lucien était un homme qu'elle n'arrivait pas à cerner, et d'instinct elle restait méfiante. Sa crainte se dissipa lorsque, après un parcours rapide et sans faute d'un lugeur qui suscita quelques applaudissements, elle assista à un échange de tendresse entre Paul et Lucien qui la troubla profondément. Paul avait passé son bras gracile par-dessus les épaules de Lucien, et ce dernier, en guise de réponse, venait de l'embrasser sur les cheveux. Lucien s'était comporté avec Paul comme un père avec son fils, et c'était un événement qui la réjouissait. Des images qui étaient belles comme les jours de grand beau temps. Des images qui lui disaient que Lucien aimait la vie, tout simplement, et que quelque chose en lui l'inclinait au bonheur et non au renoncement. Cela n'excluait pas son combat et ne signifiait pas qu'il était délivré du mal qui le rongeait, mais l'espoir vivait.

« Je ne peux pas faire de mal à cet homme, je ne peux plus lui en faire, il est trop tard », pensa Elena, qui était derrière Paul et Lucien, ces derniers ne s'étant aperçus de rien. « Je dois lui dire que je l'aime, mais que je n'oublie pas. Je ne sais pas faire de peine. Je ne suis pas meilleure qu'une autre, mais le mal me fait souffrir. Je ne pourrais pas vivre avec une personne qui aurait tué quelqu'un.

Non, mais Lucien n'a pas envoyé volontairement mes parents à la mort. »

Elena s'approcha de Lucien et lui caressa délicatement la joue par l'arrière. Lucien eut un léger sursaut avant de la reconnaître, et Paul aussi dans le mouvement que celui-là avait fait en se retournant.

— Je suis venue apporter les cachets de Paul. Suzanne a oublié de les lui donner. Vous avez de l'eau ?

Elena extirpa les cachets de son sac et Lucien lui tendit la demi-bouteille en verre posée entre ses jambes. Paul prit son médicament sans rechigner et but une gorgée d'eau pour l'avaler.

— Donnez-moi la petite Adela et venez vous asseoir près de nous, invita Lucien.

— Je préfère la laisser dans son landau ; je n'ai pas de chapeau pour elle et le soleil est encore fort.

— Le soleil se couche. Laissez-la-moi cinq minutes.

Elena s'exécuta. La petite Adela gazouillait, gesticulait dans les bras de Lucien, qui n'était nullement emprunté pour la tenir. Il parla et, durant quelques secondes, Adela se tut avant de se remettre à bouger plus amplement. Visiblement, elle était contente.

— Elle reconnaît votre voix… Elle vous aime…

Paul contemplait Adela en silence, un peu gêné, avec l'envie de la toucher.

— Me voilà bien embarrassé, répondit Lucien, qui s'écarta un peu afin qu'Elena prît place à ses côtés.

— Il faut vous habituer car, quand elle sera en âge de savoir et de comprendre, cet amour augmentera, répondit Elena en s'asseyant.

Lucien l'observa, mais elle fit celle qui ne le voyait pas, fixant ses yeux sur les garçons et leurs luges. Elle ne le décevrait pas. Elle rayonnait comme le jour où il avait épargné sa vie. Elle lui accorda enfin un regard et Lucien croisa ses grands yeux vert orangé que des mèches de cheveux récalcitrantes zébraient de noir. Elle souriait et ce sourire, à lui seul, évoquait toute la douceur du jour.

— Elle vous aime, insista Elena.

Lucien ne répondit pas. De cet amour-là, il avait peur. Il esquiva :

— Je suis content que vous soyez venue. Avant l'heure, et avec Adela, c'est une belle surprise.

— C'est Alex qui m'a dit que je vous trouverais ici.

— Alex sait accorder les gens pour faire de la belle musique.

— Si vous parlez de nous, il serait important de savoir dans quelle tonalité nous sommes, renchérit Elena, qui sentait Lucien rempli de bonté.

Un jour exceptionnel, accordé à la fragilité pour vivre à l'écart des forces hostiles du monde. Elena avait compris qu'avec Lucien tout pouvait d'un seul coup se briser comme du verre et qu'il ne fallait jamais remettre la parole.

— Puisque je suis à vos côtés, peut-être pourriez-vous me dire pourquoi vous m'avez donné rendez-vous ?

— Et à mon tour de vous demander pourquoi vous n'avez pas attendu 19 h 30 pour le savoir, rétorqua Lucien sans ménagement.

Elena fut troublée et Lucien regretta d'avoir parlé ainsi. Une fois de plus, il réalisait combien cette femme était fragile, combien le cristal dont elle était faite le désorientait.

— Il faut remettre la petite Adela dans son landau, suggéra Lucien, qui se leva pour le faire.

— Vous ne répondez pas ? insista Elena.

— Et vous ?

— Il ne vous vient pas à l'idée que je ne puisse trouver personne pour garder Adela, mentit Elena, puisque Alexandre lui avait donné son accord pour la soirée.

— Je ne vous ai pas demandé de venir seule, renchérit Lucien.

— À cette heure, je me prépare à coucher Adela.

— Je souhaitais vous faire une surprise, céda Lucien, qui comprenait qu'Elena ne lâcherait rien.

— Je n'aime pas les surprises.

Lucien n'eut pas le temps de répondre, car un adolescent vint le saluer. Un garçon très excité qui lui parla d'un nommé père Garnot qui arrivait avec ses chevaux. Lucien connaissait le rituel et il se mit à rire.

— Venez, nous allons assister à une petite bataille sans grand danger, lança Lucien, qui s'éloigna de quelques mètres des portes de Battant en invitant Paul et Elena à le suivre. Au virage qui ouvrait sur la place Bouchot, lorsqu'on arrivait de la place Bacchus, apparut un équipage constitué d'un char funéraire tiré par deux gros boulonnais noirs aux pattes énormes. Un homme coiffé d'un bicorne les guidait. C'était le père Garnot, l'ordonnateur des pompes funèbres. Sur le haut des portes de Battant, un groupe de gamins s'étaient camouflés et, munis de frondes, attendaient que l'équipage approchât pour viser les fesses des chevaux afin de tenter de les faire galoper.

Le convoi passa sous les portes et, lorsqu'il réapparut de l'autre côté, une pluie de projectiles s'abattit sur les animaux qui se mirent à hennir, à s'agacer, à frapper plus fortement leurs sabots sur le sol. Le père Garnot leva le poing, menaça, et parvint à calmer ses animaux pour éviter qu'ils ne s'emballent.

Paul resta muet durant toute la durée de la scène, puis il demanda à Lucien :

— Ça arrive que les chevaux courent ?

— Une fois, ils ont galopé, mais je n'étais pas là pour assister au spectacle ! Le fils Garnot était de la partie et il paraît qu'il a reçu une sacrée volée en rentrant à la maison.

— Et vous trouvez cela amusant ? intervint Elena, qui estimait non seulement le jeu dangereux, mais également irrespectueux à bien des égards.

— Tant que les enfants s'amuseront, le ciel restera bleu, répondit Lucien, pensif.

Lucien avait vu tant d'enfants perdus, apeurés, blessés, tués durant ses séjours en Espagne. Des petits, mais aussi des grands, âgés de dix-sept à dix-huit ans, qui se prenaient pour des hommes. Il en avait vu mourir des centaines au sein de la 27e division, dite la Sorcière, du 18e corps de l'armée de la République, lors de l'attaque sur Balaguer fin mai 1938. Des gamins qui mouraient sans avoir eu le temps de comprendre ce qu'était la guerre. Et penser à eux, c'était se revoir au même âge et tenter de se souvenir de ce que représentait la mort à l'époque. Une mort sans véritable angoisse, mais qui questionnait. Ils allaient peut-être mourir, mais qu'était-ce que mourir, et souffrait-on ? Et qu'y avait-il là-haut, après la vie ? Était-ce une vie différente de celle-ci ? Lucien ne s'interrogeait plus. Depuis qu'il avait accepté de mourir pour la liberté, il s'était comme retiré en lui-même. « Ils ne passeront pas ! » scandaient les républicains. Mais les nouvelles n'étaient pas bonnes. Les armées franquistes passaient par-dessus la liberté, perçaient les fronts un peu partout.

— Que dites-vous ? questionna Elena.

— Que je suis impatient de vous faire partager cette surprise que vous n'aimez pas déjà.

— Vous vous moquez de moi !

— Alex acceptera de garder Adela et vous pourrez venir.

— Vous semblez sûr de vous.

— Parce que je devine que vous avez envie de partager.

Elena ne répondit pas.

— Vous serait-il possible de ramener Paul à sa mère ? J'avais prévu de rentrer plus tôt, mais c'était sans compter l'arrivée de l'ordonnateur des pompes funèbres et de la petite bataille qui a suivi.

Elena ne fit aucun commentaire. Elle aurait aimé que Lucien la raccompagnât et qu'ensuite ils se rendissent ensemble en ville. Lucien devina qu'elle s'interrogeait et il ajouta :

— Je suis en retard et j'ai rendez-vous... Paul, cela ne t'ennuie pas de rentrer avec Elena ?

Le gamin hocha négativement la tête. Lucien s'éclipsa aussitôt sans se préoccuper de la gêne qu'il pouvait occasionner. Paul semblait heureux d'accompagner Elena et Adela. Par intermittence, il accrochait sa main à l'arceau du landau pour se lier davantage. Elena éprouvait un peu de fierté à être avec ces enfants. Celle d'imaginer que les gens qu'elle croisait pensaient qu'elle était la mère. Elle n'avait pas encore enfanté, mais déjà avec Adela quelque chose de puissant s'était tissé.

— Tu es l'amoureuse de Lucien ? demanda Paul tout de go.

— Pourquoi ? enchaîna Elena bêtement.

— Parce que tu vis chez lui et que maman le pense.

Elena resta silencieuse. Elle n'avait pas envie de répondre. Le faire aurait aliéné l'avenir, comme refuser d'aimer le monde. « Ne jamais répondre trop vite », lui disait souvent son grand-père maternel. « Il faut laisser du temps au temps pour que les secrets, les petites choses se dévoilent. Tu n'oublieras pas ? » avait insisté son aïeul, et Elena ne s'en était jamais aussi bien souvenue depuis que ce dernier était décédé.

— Maman, elle aime beaucoup Lucien. Elle dit que sans lui la vie n'aurait pas de saveur.

— Lucien va souvent voir ta maman ? interrogea Elena, que la curiosité piquait.

— Elle est triste quand il ne vient pas... Elle a beaucoup pleuré quand il est parti en Espagne.

— Et toi ?

— Je suis resté un jour sans manger. Maman a dû se fâcher pour que je ne boude plus les repas.

— Tu l'aimes, Lucien ?

— Oh oui ! Tu sais que je n'ai plus de papa... eh bien, lui, il le remplace dans mon cœur.

Elena passa la main dans les cheveux de Paul avec tendresse.

Arrivé à destination, Paul insista pour qu'Elena et la petite Adela vinssent dire bonjour à sa mère. Elena hésita – elle venait de voir Suzanne –, mais elle ne sut refuser face au bonheur qu'exprimait le gamin à cette perspective. Suzanne paraissait fatiguée, comme si elle avait mal dormi. Son visage était pâle sous ses grands yeux gris. Elle força un sourire en prenant Adela dans les bras. Celle-ci se figea en entendant une voix étrangère lui parler, mais cela ne dura pas.

— Elle vous ressemble ! s'exclama Suzanne.

Elena comprit que Lucien n'avait rien dit ou qu'il avait menti. Elle ne se formalisa pas. Le mensonge faisait désormais partie de sa vie depuis qu'elle avait rencontré Lucien.

— Si vous le dites...

— Elle a vos yeux, mais il est vrai qu'avec l'âge ils peuvent changer... Vous voulez entrer ?

— Merci, c'est gentil… mais j'ai rendez-vous à Besançon et il faut que je m'organise avec Adela. C'est Alexandre qui la garde.

— Ça sera pour une autre fois.

Elena se retirait quand Suzanne l'interpella :

— Attendez ! J'ai fait une tarte aux pommes pour Lucien. Vous lui direz de la partager avec vous et Alex. Je la prépare avec une pâte très fine et presque pas de bord, car Lucien n'aime pas la pâte cuite.

Suzanne s'éclipsa dans la cuisine et revint avec une tôle à gâteau recouverte d'un linge afin de protéger la tarte.

— Vous lui remettrez aussi cette lettre.

Elena s'empara de l'ensemble, qu'elle posa sur le panier chromé fixé sous le landau.

Dans la maison de Lucien, sa chambre rejointe, elle ne put s'empêcher de décacheter la lettre que Suzanne n'avait pas pris la précaution de fermer correctement. Elena avait besoin de savoir quelle relation Lucien entretenait avec cette femme. Elle lut.

Bonjour Lucien,

Ce mois-ci, je ne pourrai pas payer intégralement le loyer. Pourrais-tu me faire une avance que je te rembourserai dès que possible ?

Ta Suzanne.

Elena fut déçue de ne pas y trouver des mots plus complices, même si le tutoiement et l'emploi de l'adjectif possessif la troublaient. Suzanne était-elle une amante de Lucien ? La question subsistait. Elena referma l'enveloppe et la posa à côté de la tarte aux pommes sur la table de la cuisine…

Alexandre travaillait sur la fileterie de la guitare d'Estrella lorsque Elena le rejoignit. Il œuvrait sur le filet de tasseau décoratif qui recouvrait le joint de collage des deux éclisses rassemblées. Un travail de précision quant à la découpe et à l'évidement du sillon au ciseau à bois. Elena le regarda faire durant un instant avant de lui dire qu'Adela était couchée et qu'elle s'était endormie. Elle avait préparé tout ce dont il aurait éventuellement besoin en cas de souci et il n'aurait qu'à la surveiller de temps en temps. Alexandre lui demanda de laisser les portes ouvertes afin qu'il entendît l'enfant pleurer, et ainsi la rassurer quant à sa vigilance. Elena pouvait sortir tranquille.

Ce fut au *Café de l'Espérance* que Lucien invita Elena. La surprise était totale. Une sorte de *tertulia* où il avait réuni tout le groupe des Somnambules rouges : anarchistes, marxistes, socialistes et syndicalistes. Toute une clique de jeunes hommes et de femmes qui prônaient la révolution et la lutte armée pour abattre le fascisme en Europe. Pierrot, le patron, ne fut pas étonné de voir Lucien entrer en compagnie d'une nouvelle princesse. Pierrot trouvait Elena moins jolie qu'Estrella, mais plus racée, plus authentique. Lucien était empreint de sentiments mitigés. Il n'avait pas convié Elena dans ce café, cet endroit qu'il appelait « le repaire aux idées pures » une fois la porte refermée au public, pour lui parler politique, la provoquer, la contrarier comme il l'avait fait avec Estrella, mais pour l'enchanter, la séduire. Il avait apporté sa guitare de la veille et sollicité la collaboration d'un ami guitariste et chanteur et d'une danseuse de flamenco, tous les deux réfugiés d'Espagne. Il avait prévu de jouer du folklore andalou pour Elena : *seguidillas*[1], *fandangos*[2], *sevillanas*[3] et, en toute modestie, de jouer et danser du flamenco. Une interprétation copiée, évidemment moyenne, car même les Andalous et les bons musiciens étaient incapables de le jouer correctement. Seule une minorité au métissage complexe pouvait véritablement faire vivre l'âme du flamenco. Un style de musique qui plaisait beaucoup à Lucien, car il représentait à ses yeux le peuple espagnol dans sa pureté et sa révolte.

Lucien installa Elena à l'une des tables les plus proches de l'estrade, puis il rejoignit le comptoir pour quérir deux verres de vin. Beaucoup de personnes étaient déjà présentes et Lucien serrait des mains, saluait, étreignait, échangeait quelques mots. Sa voix était

1. *Danse espagnole d'origine andalouse.*
2. *Style musical et danse de couple d'origine espagnole.*
3. *Danse populaire espagnole originaire de Séville.*

chaude, pleine de vie, et elle murmurait à l'âme sauvage d'Elena avec douceur. Une voix qui la rassurait car, même si elle entendait parler espagnol à plusieurs tables, elle se sentait étrangère. « Sans Lucien, je serais invisible ici. Un peu de soleil et de vent d'Espagne, mais avec cela je n'arriverai pas à vivre mieux. Depuis que j'ai rencontré ce garçon, je ne sais plus où il m'est possible de vivre sans me morceler. La nuit couvre mon cœur à Balaguer et je ne peux penser à mon village sans revoir les visages de ceux qui l'habitaient, sans imaginer des centaines de cadavres chevaucher l'obscurité hors de la vie, sans distinguer ces donneurs de mort tranquilles rêvasser en changeant de couleur, de camp, et progresser indéfiniment. Je me demande ce qu'est devenue l'effigie du Christ dans la salle à manger de mes parents. J'aimerais jeter des roses sur leur tombe. »

Elena était dans ses pensées quand Lucien s'installa en face d'elle avec le vin.

— Vous allez bien ? Vous êtes toute pâle.

— Je pensais à mon pays...

— Avec une aiguille dans le cœur.

— Comme une banderille de matador.

— Plutôt une pique de picador fasciste...

— Fasciste ou milicien ? rétorqua Elena, agacée.

Lucien ne répondit pas. Il réentendait Alexandre lui dire d'arrêter de tout raccrocher à la politique, de gâcher à cause d'elle les meilleurs moments, et il bifurqua.

— Pénétrer dans un lieu étranger est une aventure, lança-t-il comme s'il eût deviné le mal-être d'Elena. Ici, l'atmosphère est parfumée par le caractère et la vie des clients et, dès l'entrée, un étranger est assailli par des vagues d'émotions nouvelles. Ici, les gens se parlent, se querellent et tentent de refaire le monde.

— Un spectacle et des sons d'une qualité bienfaisante, commenta Elena, qui goûta au vin sans trinquer.

— Pour l'avenir ! lança Lucien, qui prit soin de faire tinter son verre sur celui de son interlocutrice avant de le porter à sa bouche.

— Avons-nous un avenir ? En ce moment, il semble envahir notre paix. Et pour atteindre la paix avant d'envisager l'avenir, il nous faut contempler le passé afin d'éliminer les éléments d'incertitude.

— Évoquer le passé pour retrouver la sérénité du temps avant que tout ne commence.

— Il me faudra tôt ou tard revenir sur mes pas, retrouver ma ville, habiter à nouveau ma maison, me recueillir sur la tombe de mes parents et attendre.

— Attendre que la guerre soit terminée.

— Ou avant, si elle s'éternisait…

— Alors, je vous accompagnerai…

— Vous feriez cela ?

— Je ne peux plus vous laisser faire seule ce chemin-là, répondit Lucien, qui avança sa main vers celle d'Elena.

Celle-ci ne lui offrit pas la sienne. Elle n'avait pas envie de lui dire oui de cette manière et si rapidement. C'était ridicule, puisqu'elle avait accepté de sortir avec cet homme et qu'elle était décidée à le découvrir vraiment, à l'apprendre et même à le goûter pour donner sens à son désir d'aimer. Elena était toujours en conflit avec elle-même. Conflit qu'elle laissait grandir.

Lucien désirait faire l'amour avec Elena, mais une petite voix intérieure lui clamait que le temps était à l'orage avec cette femme. Il en était si conscient qu'il avait invité une autre fille à la soirée – elle venait d'ailleurs d'arriver – afin d'achever la nuit dans ses bras. Une soirée musicale ne pouvait pas se conclure sans une partie de jambes en l'air aux vapeurs d'alcool. Une fille avec qui il était déjà sorti lorsque Anita était absente ou indisponible. Une fille facile qui ne posait pas plus de questions qu'il ne s'en posait. C'était pourtant pour Elena qu'il avait organisé ce tableau musical aux couleurs et parfums d'Andalousie.

Elena s'apprêtait à répondre qu'elle désirait faire le chemin seule lorsque le patron du bar monta sur scène pour annoncer le programme et dévoiler que l'initiative en revenait à Lucien Lanoir, que beaucoup connaissaient, et dont l'engagement pour combattre les forces du mal était entier. Un engagement de combat, mais aussi d'accueil pour les réfugiés espagnols au sein de la communauté bisontine militante de la liberté. Il remercia le public d'être venu si nombreux, puis déclina la thématique de la soirée et les œuvres qui allaient être jouées.

Elena éprouva du bonheur à entendre l'Espagne et surtout l'Andalousie conter son folklore. Lucien avait eu une bonne idée. Elle fut charmée quand elle apprit que la soirée lui était dédiée en tant que nouvelle réfugiée.

Elena chercha le regard de Lucien, mais il s'était retourné pour faire face à l'estrade. Un regard qu'il avait entraperçu, mais auquel il ne répondait pas, afin de laisser le silence tisser un voile sur eux comme une araignée sa toile.

— Je vais devoir vous laisser seule, car je joue pour vous.

— Une fois de plus, comme à Lérida, non plus pour sauver votre vie, mais pour que je vous pardonne, répondit Elena, qui se sentait menacée dans cette partie d'elle qui refusait d'être heureuse avec ce garçon.

— Vous avez accepté de me pardonner à l'instant même où vous avez menti pour sauver ma vie.

— Et vous pour une fille de phalangiste acquise à la cause nationaliste en épargnant la sienne.

— Nous sommes quittes et la musique peut s'exprimer librement.

— Librement dans la paix de nos âmes et de nos cœurs.

— Je l'espère, conclut Lucien, qui se leva pour aller chercher sa guitare.

Lucien joua avec brio plusieurs airs du folklore andalou, puis une *malagueña* et un *fandango* en première partie. Il avait bu une bonne gorgée de gnôle clandestine avant de monter sur scène afin d'atténuer son tract et d'oublier sa douleur au bras. L'important était de s'euphoriser pour le concert sans penser au lendemain, aux maux, à la paralysie de la tendinite. L'essentiel était de plaire à Elena en musique, de tout donner à celle-ci et à celle-là, puis de finir par une nuit d'amour avec la jeune fille qu'il avait conviée pour la circonstance… à moins qu'Elena…

En seconde partie, deux autres artistes montèrent sur scène pour servir le flamenco avec Lucien. La *bailaora*[1] portait la tenue traditionnelle : des chaussures à haut talon et une longue robe rouge parée de volants à la jupe et aux manches. Un large châle à franges, très aérien, recouvrait ses épaules. Une femme racée, mâtinée d'Andalouse et de Gitane, les cheveux attachés en chignon, qui regardait le public avec fierté.

Elena était surprise que Lucien restât sur scène pour servir la prestation en tant que *tocaor*[2]. Le *tocaor*, non espagnol, même de bonne volonté, éprouvait beaucoup de difficulté à donner de la force et la flamboyance fascinante au flamenco. Notamment dans cet enchantement, ce charme mystérieux et ineffable qui en émanait et que les Gitans appelaient le *duende*[3]. N'était pas flamenco qui veut. Elena n'était toutefois qu'à moitié surprise, car Lucien était un homme révolté, épris de liberté, or le flamenco avait tout d'abord été reconnu et revendiqué par les exclus et les déshérités. Son chant dissimulait des critiques d'ordre politique. Un acte de création, un spectacle qui incitait à la rébellion et dont Federico García Lorca s'était servi pour dénoncer la répression et la censure des libertés. Une arme particulièrement redoutable et subversive, mais aussi une danse de l'amour par ses mouvements collés et vivaces. Lucien jouait pour elle, mais lequel de ses messages souhaitait-il faire passer en elle ?

Ce fut ce dernier qui ouvrit le passage avec un *toque*[4] vif, métallique, brillant, que le second guitariste accompagna peu de temps après. La *bailaora* se tenait immobile, tendue comme un arc, tel un toréador au centre d'une arène aux vibrations de l'arrivée du taureau. Elle se mit à avancer doucement en claquant des mains, puis à frapper l'estrade des talons dans un jeu de percussions alternées qui imitait un *zapateado*[5]. Le rythme s'accéléra, puis s'enflamma dans

1. *Danseuse.*
2. *Joueur de guitare, musicien de flamenco. Déformation du mot espagnol* tocador.
3. *Charisme biblique et psychosocial.*
4. *Jeu de guitare.*
5. *Danse espagnole sur un rythme à trois temps.*

un feu d'artifice fusionnel de rasgueados, de voix chaudes et profondes et de percussions corporelles.

Elena sentit des frissons parcourir son corps. Les trois artistes se débrouillaient bien. Elena trouvait leur prestation plus qu'acceptable et elle cria un « *ola !* » pour manifester son enthousiasme et encourager. Une interjection qui fut reprise plusieurs fois par le public pour partager et animer le spectacle. Elena dansait le flamenco et se retenait de monter sur scène. Elle l'avait appris avec sa mère, une Andalouse de Séville, mais plus sérieusement avec sa grand-mère maternelle qui avait vécu sa jeunesse dans le quartier Triana, berceau du flamenco. Son mariage consommé avec un Catalan, sa mère avait cessé de danser. Quant au père d'Elena, même si le flamenco avait été canalisé et contrôlé pour vivre au grand jour, il avait toujours estimé ce mode d'expression dangereux. Le mode d'expression des pouilleux, des prolétaires, paysans et marginaux. Elena s'était souvent disputée avec lui sur le sujet. Elle avait continué à danser jusqu'au décès de sa grand-mère, puis elle avait pris des cours de guitare. Son père, sa mère, ses grands-parents, tous les siens étaient désormais morts. Elle était en France, exilée, et plus personne ne pouvait l'empêcher de danser. Elle avait croisé à plusieurs reprises le regard de Lucien et il lui avait souri comme pour l'inviter à partager, comme s'il eût deviné son envie. Peut-être fallait-il danser avec ce garçon avant de lui faire l'amour ?

Elena entendit la voix de sa grand-mère maternelle, puis elle la revit danser les couleurs du flamenco. Malgré l'âge, elle le faisait avec beaucoup de grâce, de volonté, de sensualité. Elle était comme un reflet aux mouvements de la *bailaora*. Un reflet qui se brisait à sa voix en mille facettes. Plusieurs fois, Elena ferma les yeux et eut l'impression qu'il y avait non pas une danseuse, mais deux, et que les *toques* de Lucien et de son ami n'étaient que les divisions de celui du guitariste que sa grand-mère conviait à la fin des repas pour danser et ravir ses invités.

Elena n'était plus seule. Sa grand-mère lui tendait la main pour monter sur scène, pour exprimer sa peine, sa colère, son amour et raconter son histoire mieux qu'avec des mots. C'était le rythme du cœur de sa grand-mère qui battait en elle. Elena se leva et se mit à claquer des mains pour accompagner les percussions que la *bailaora* faisait avec ses pieds. La surprise fut totale dans le public, et bienveillante chez les musiciens. La *bailaora* avança vers Elena pour l'inviter à la rejoindre. Elle était arrivée vers Elena en jouant un *zapateado* que celle-ci avait aussitôt accompagné sans difficulté. Lucien n'en revenait pas. Il avait failli en perdre son jeu en voyant Elena se mouvoir, découper l'espace de figures très travaillées à l'aide de ses mains et de ses doigts. La *bailaora* se dédoublait et la première comprenait que celle qu'elle invitait savait, était des leurs.

Elena n'était plus la même femme quand elle dansait le flamenco. Elle oubliait tout. Elle se transfigurait, elle renaissait. Lucien jouait et la contemplait en se posant une multitude de questions. Qui était-elle vraiment ? Qui aurait pu croire cela d'une fille de phalangiste ? Elena dansait merveilleusement bien et ensemble les deux femmes fusionnaient. Non seulement les mouvements de leurs corps, mais leurs âmes. Ces âmes espagnoles intimistes qui désarçonnaient les non-initiés. Et Lucien était désarçonné. Une fille de bourgeois et une fille de paysan pour marier le toreo de salon et la danse du ventre aux rythmes de leurs guitares. Des guitares qui ressemblaient à leurs corps et dont les notes s'échappaient de leurs doigts pour les prolonger amoureusement. Les *floreos*[1] d'Elena étaient d'une grande beauté. Celle-là devinait qu'elle fascinait Lucien et, à plusieurs reprises, elle vint vers lui pour réchauffer l'air alentour. Des souffles de vie qui s'agitaient en musique afin d'aiguiser le désir des cœurs et des corps.

Le spectacle s'acheva avec brio sous des applaudissements nourris. Elena rejoignit sa place. Lucien était sorti avec la danseuse et le guitariste pour prendre l'air, fumer, discuter un peu de leur prestation. Il devinait qu'Elena l'attendait, mais il lui fallait encore un peu de temps pour digérer ce qui venait de se passer. Cette facette d'Elena, il la découvrait, mais elle était si belle, si troublante qu'il en était bouleversé jusqu'au tréfonds de son être. Il consomma deux

1. *Figures très travaillées des mains et des doigts.*

cigarettes avant de la retrouver, sagement assise, avec un verre de manzanilla de contrebande à la main. Il commanda la même chose et contempla Elena en silence. Ce n'était plus la même personne qu'il avait en face de lui. Une femme qui avait osé danser devant des étrangers, qui avait joué de son corps, dévoilé sa sensualité. Une femme à l'opposé de l'idée qu'il s'en était faite : une femme timide, fragile, qu'il devait protéger. Et c'était justement cette erreur de jugement qui venait de briser une barrière, la dernière qu'il dressait encore pour s'empêcher de l'aimer, de faire l'amour avec elle. Elena avait ouvert une porte en dansant et Lucien s'apprêtait à la franchir.

— C'était inattendu mais époustouflant.

— Ça vous a plu ?

— Tant que j'en ai encore des frissons par tout le corps.

— J'ignorais que je vous faisais tant d'effet.

— Quelque chose qui est en vous et qui se montre salvateur certains jours.

— Comme à Lérida ?

— Oui... et aujourd'hui pour gagner quelque chose que vous désirez.

— Et vous tout autant, répondit Elena, qui de ses doigts caressa tendrement la joue de Lucien.

Elena n'en revenait pas d'avoir osé, elle avait déjà trop attendu, mais l'alcool l'avait aidée. Son geste n'était pas passé inaperçu. La fille que Lucien avait invitée avait souri. Elle-même flirtait avec un garçon fort beau et elle ne semblait nullement offusquée que Lucien l'ignorât. Une fille volage comme l'était Lucien.

Lucien prit la main d'Elena et lui embrassa les doigts.

— Une manière comme une autre d'épouser les jolis *floreos* que vos mains ont gravés dans mon esprit.

— Je danse mieux que je ne joue de la guitare.

— Vous avez le *duende* en vous.

Elena louvoya. Elle ne voulait pas parler de cette notion de charme mystérieux et ineffable qu'évoquait le *duende*, de son rapport au miracle pour la religion catholique en Espagne.

— Mes premiers accords de guitare, je les ai appris avec le guitariste que ma grand-mère maternelle invitait à la maison pour danser. Un véritable joueur de *toque*. Mais un jour, il est parti sans explications et je n'ai plus bénéficié de son précieux enseignement. Bien des années plus tard, en discutant avec ma mère – je ne sais plus à quel propos –, je l'ai questionnée sur le sujet et j'ai appris que ma grand-mère avait eu une liaison avec ce musicien. Mon grand-père le sut et les choses cessèrent.

— Votre second professeur ne pratiquait pas le flamenco ?

— Son enseignement était plus classique. Il n'était pas andalou.

— Dommage pour la guitare flamenca, car si je me réfère à ce que je viens de voir en matière de danse, vous l'auriez servie avec talent.

— Je ne suis pas à l'aise avec cet instrument. Je le trouve difficile, ingrat. Il faut beaucoup travailler pour parfois un maigre résultat.

— Comme tous les instruments, le talent ne peut être servi que par une exigence de travail régulier.

— Je n'ai pas assez de patience. Je n'ai pas de regret, car jamais mes parents – même s'ils aimaient la musique – ne m'auraient poussée dans ce sens. J'ai suivi des études de droit et j'ai passé mon diplôme d'avocat... Je devais reprendre l'étude de mon oncle à Barcelone...

— Vous deviez ? l'interrompit Lucien, que le sujet n'intéressait guère.

— Mon oncle et sa femme ont été assassinés par des miliciens sur une petite route à la sortie de Barcelone. Ils se savaient menacés et ils s'enfuyaient quand ils ont été capturés. J'ignore ce qu'est devenue l'étude, si elle a été reprise et par qui.

— Votre oncle était franquiste ?

— Un partisan de la première heure, et il ne se cachait pas pour le dire.

— Cela lui a coûté la vie...

— C'était un homme de conviction, et même la perspective de la mort ne l'aurait pas fait se renier, répondit Elena en haussant le ton, comme pour faire comprendre à Lucien que, dans sa famille, il y avait aussi des gens de tempérament, prêts à se battre et à mourir pour leurs idées.

Lucien se retenait de répondre. Il savait qu'il pouvait ruiner la soirée à parler de politique et il ne le voulait pas. Elena était en lui et il la désirait.

Le reste de la soirée se passa agréablement. Le patron leur servit un repas, leur offrit les boissons, et le dîner fut régulièrement entrecoupé d'interludes musicaux. Lucien reprit sa guitare un peu avant minuit et joua *Rumores de la Caleta* et *Asturias*, d'Albéniz. Il trébucha plusieurs fois de la main droite, mais le public ne s'en aperçut pas.

Ce fut dans l'obscurité des rues bisontines que Lucien prit la main d'Elena et qu'elle la lui laissa… Elena s'étonnait d'un si rapide consentement. À la sortie du café, elle avait failli passer son bras sous celui de Lucien, comme pour lui dire : « Vous voyez bien que je ne suis pas si farouche », mais elle s'était retenue. Ce geste aurait été lui dire trop rapidement je suis là, je suis à vous. C'était ridicule, puisqu'elle avait décidé de partager l'amour intimement avec lui. Un désir qu'Elena avait laissé grandir toute la soirée, s'adapter aux murmures des conversations, au rythme émouvant de la musique. Lucien avait parlé de tout et de rien, de banalités pour ne pas parler d'eux, mais face au peu d'empressement d'Elena à lui répondre, à ce silence qu'elle avait tissé sur lui comme on coud un vêtement, il avait fini par se taire. Un silence qu'Elena avait épousé par fatigue, pour éviter d'évoquer le passé, l'Espagne, Balaguer, Lérida, ses parents… et de réveiller la politique.

Lorsque Lucien était retourné sur scène pour jouer de la guitare, elle avait fermé les yeux et revu ceux-ci avec un chagrin ravivé. C'était stupide d'essayer d'être heureuse et d'avoir envie de pleurer. Durant le dîner, Lucien s'était penché vers elle à plusieurs reprises pour mieux la voir et promener son regard sur ses paupières, sur sa bouche fraîche aux lèvres un peu fendillées comme la peau d'un fruit mûr. Il s'était retenu de poser un baiser sur sa joue droite, là où la lumière s'était réfugiée en colorant de roux le duvet de sa peau. Elena n'avait rien changé pour lui, pour essayer de le séduire. Elle n'avait pas acheté de vêtements, de bijoux, ne s'était pas parfumée, mis de rouge aux lèvres, de poudre sur le visage ou elle ne savait quel autre apparat que d'autres femmes de son âge auraient usé à volonté pour s'embellir. Elena était restée telle que Lucien l'avait vue la première fois à Balaguer, et cela le troublait. Elena était belle, d'une suavité végétale qui le charmait.

Durant le trajet, Elena retira plusieurs fois sa main de celle de Lucien de manière peu glorieuse, mais celui-ci la lui reprit en la regardant se tendre. Son visage était pourtant comme une main qu'elle lui tendait. Une main pour lui offrir il ne savait quoi vraiment, puisqu'une histoire de meurtre vivait entre eux. Et c'était le sang versé qui les forçait à changer de point de vue. Changer pour donner un sens au destin. Il n'y avait pas de hasard. Tous les deux n'étaient plus les mêmes, et c'était justement parce qu'ils mutaient qu'ils se cherchaient. Elena semblait heureuse d'être avec Lucien. Elle était partition, notes de musique sur le velouté de la nuit que de minuscules étoiles rythmaient de silence. Une pièce de musique approchait. Elle réveillait la nuit dans les cœurs les plus sombres. Des ombres s'y accrochaient, cachées à la blancheur des jours, bleuies par les souvenirs des ans passés au relief des saisons. Le temps du temps se comptait, éternel. Les rues de Besançon les guidaient, complices, pour suspendre la vie à la pendule de l'amour.

Elena demeurait silencieuse et regardait autour d'elle avec une lueur tendre dans les yeux. Lucien se sentait étourdi, comme les soirs où il avait trop bu et qu'il faisait face au Doubs avec l'envie de s'y noyer. Il s'approcha d'Elena, lui passa le bras autour de la taille et dit :

— Elena.

Cette dernière le dévisagea un instant avant de parler d'une voix à peine audible :

— Oui.

Sans réponse, elle approcha son visage de celui de Lucien et l'embrassa sur la joue. Lucien posa son étui de guitare sur le trottoir et lui baisa le haut du front, à l'attache des cheveux, en lui enserrant la tête dans les mains. Elena sentit sa peau vibrer là où Lucien posait ses lèvres. Et elle fit une chose qu'elle n'aurait même pas imaginé oser quelques jours ou quelques heures auparavant, même si elle y avait fortement pensé. Elle enlaça Lucien et l'embrassa sur les lèvres. Ce dernier fut pris de vertige. Quelque chose venait de cesser de couler dans son cœur. Il serra convulsivement, presque sauvagement, le corps d'Elena, avant de lancer :

— Tiens, assieds-toi là, je vais te jouer un peu de musique.

Lucien l'avait tutoyée. Une immense barrière était tombée. Sur la dernière marche de l'escalier enroché ouvrant sur les champs que traversait le sentier menant au plus court à l'avenue Villarceau depuis la rue de Dole, Lucien s'installa. Elena prit place non loin de lui, quelques marches plus bas. Lucien sortit délicatement sa guitare de son étui, l'accorda tranquillement, puis regarda Elena tout en réfléchissant à ce qu'il allait jouer. « Le mal ne nous sépare plus, l'art peut donc s'exprimer », pensa-t-il. Voyant qu'il hésitait à choisir, elle lança, sans oser le tutoyer :

— Jouez-moi *Adelita*.

Lucien eut un léger tremblement. Il n'avait pas joué cette pièce de Tárrega depuis les événements de Lérida, depuis cet instant si particulier où Elena lui avait sauvé la vie en mentant.

— Je ne l'ai pas rejouée depuis...

— Ce jour rempli de sang.

Lucien hocha la tête.

— Les notes sont encore toutes pointées et leur rythme ne vous habite plus, ajouta Elena.

— Jouer *Adelita*, c'est vous offrir mon cœur.

— Vous ne me tutoyez plus ?

— Je vous ai tutoyée ?

— Oui, à l'instant, en me proposant de jouer pour moi.

Lucien tutoyait facilement et il ne contesta pas. Face à son silence, Elena ajouta :

— Le tutoiement rend plus facile le mal.

Lucien eut envie de crier, de dire à Elena de se taire, mais il n'en fit rien. Le tutoiement, le *salud* espagnol qui unissait l'espoir et les hommes dans la fraternité, il ne les associait pas au mal. Entre révolutionnaires, il y avait de l'obsession à se saluer, à se tutoyer. *Salud* : un mot scandé, abandonné, perdu, ensanglanté, et retrouvé au fil des mois, des semaines, des jours et des heures. Elena pouvait-elle comprendre, imaginer ce qu'était de voir un camarade que l'on avait salué le matin, mort l'après-midi ; voir les cigarettes de ses frères d'armes s'allumer en même temps, en apprenant comment les fascistes l'avaient tué, afin de cacher leur émotion ?

— Alors, excusez-moi de vous avoir tutoyée.

— Ce n'est pas grave...

— Cela semble l'être à vos yeux.

— Je vous demande pardon. Je retire ce que j'ai dit.

Elena se trouvait ridicule. Elle s'était félicitée de voir la barrière du vouvoiement tomber, et maintenant elle en faisait toute une affaire afin d'enlaidir l'instant, le cadeau de Lucien à jouer pour elle. Elle lui en voulait encore. Elle lui en voulait d'autant plus que ce garçon l'attirait et qu'elle l'avait embrassé. Un moment d'égarement avec un paiement en le laissant le faire à son tour pour oser davantage.

Elena contempla Lucien et sourit. Elle le trouvait beau avec ses yeux de bête fauve prête à bondir. Elle devinait qu'il se retenait de parler.

Le regard de Lucien fondit dans le sien et il se mit à jouer *Adelita*. Les premières notes de musique la pénétrèrent comme un couteau. C'était douloureux de les réentendre dans un autre lieu, en d'autres circonstances. Elles lui paraissaient plus aériennes, plus sensuelles, débarrassées de cette peur de la mort qu'ils avaient attendue dans les yeux de l'officier fasciste. C'étaient des couleurs et des timbres différents que Lucien détachait des cordes au bout de ses doigts. Il s'appliquait, non pas pour en modifier l'ambiance, mais pour ne pas se tromper et maîtriser son émotion. Il apportait de la beauté en jouant. Une beauté qui était comme une question posée. Une question posée à l'amour, mais aussi à tout ce qui existait. À quoi rimait quoi que ce soit ? Lucien la lui posait comme un défi. Montrer ce qu'il était capable de faire avec ses mains pour toucher son cœur afin de voir ce qu'elle en ferait. Montrer qu'il pouvait faire de la musique avec les mêmes mains qui avaient tué et blessé. Et il était vrai que les mouvements de celles-ci et de ses doigts autour et sur son instrument touchaient le cœur d'Elena, lui ajoutaient de la vie. Lucien lui parlait musique et il la comblait. Tant qu'elle pensait à lui autrement, plus seulement avec cette envie qu'elle avait depuis plusieurs jours de le toucher, de faire l'amour avec lui. Si Lucien l'avait su, il aurait arrêté de jouer. Il cessa effectivement, car *Adelita* donna son dernier souffle dans un *mi* grave aux couleurs de la nuit. Elena sourit, et ce n'était pas la première fois, alors qu'elle s'était promis de ne plus jamais le faire face à ses parents morts, couchés sur le sol terreux, les yeux béants, vides de toute expression. Et pourtant, elle avait quitté l'Espagne pour la France afin de rejoindre ce garçon et elle était prête à le laisser entrer dans sa chambre. Prête complètement, elle n'en savait rien. Elle avait tant pleuré certains jours. Elle vivait toutefois, espérait, riait parfois avec Alexandre, rageait contre tous, se réjouissait du retour de Lucien, puis se taisait. Le silence pour ne pas compter les morts abandonnés sur le chemin. Et Elena devinait que Lucien refusait aussi ce calcul sur l'autre rive. À eux deux, leurs morts n'étaient qu'un ensemble disparate. Des visages mutilés avec des trous noirs à la place des yeux, des squelettes pansés de morceaux de vêtements et de croûtes de terre. Le néant de leur existence avait une ombre, une saison que la vie cachait.

— Le *Capricho árabe* ? demanda Lucien d'une voix qui doutait.

— J'aimerais rentrer. Tárrega attendra, répondit Elena, qui posa sa main sur l'épaule de Lucien encore assis sur la marche de l'escalier.

Une main que Lucien observa, trouva blanche sur le fil de la nuit. Une main aux doigts fins qui exprima quelque chose de déconcertant, d'inquiétant même.

Lucien rangea sa guitare et suivit Elena, qui déjà le devançait. Elle était silence. Elle était comme une petite lumière sur la sente qui serpentait à travers champs et limites de jardins. La petite maison jaune cliquetait à travers le feuillage des arbres. Elle les attendait, complice, puisqu'elle ne fit pas grincer la porte d'entrée afin de ne pas éveiller Alexandre et Adela. « Tárrega attendra, mais pour qui et pour quoi ? » se questionna Lucien, qui pourtant devinait. Elena le captura avant qu'il eût franchi le seuil de sa chambre et elle le sien. Ce fut un langage d'éclairs, d'orages et de soleil dont parlèrent ses yeux. Le sabir du désir qu'aucun mot n'aurait pu traduire pour parler d'attraction. Lucien posa sa guitare sans bruit.

— Venez ! Et avec votre guitare. Je veux qu'elle soit là, que ce que nous dirons s'ajoute à sa palette sonore.

Lucien reprit son étui et s'approcha. Il n'était pas à l'aise.

— Et puis nous ignorons si Tárrega aura la patience de nous attendre... ou de nous entendre, conclut Elena en constatant l'embarras de Lucien.

Elena entra dans sa chambre, suivie de Lucien, ferma la porte doucement derrière lui pour ne pas faire claquer la serrure et donna un tour de clé. Lucien se sentit comme un étranger dans cette pièce qui avait été sa chambre avant qu'il ne la cédât pour s'installer dans celle d'à côté, qui était plus petite et non chauffée. Un lieu rempli d'objets connus et inconnus, d'affaires de puériculture et dont le lit lui paraissait immense. Son lit. Un lit pour deux alors que celui où il couchait n'offrait qu'une place. Un détail qui n'avait pas échappé à Elena et auquel Lucien n'avait même pas pensé.

— Fais-moi l'amour, susurra Elena.

Lucien avala sa salive, interdit. Il sentit comme une boule brûlante gonflée dans le bas de son ventre. Elena l'avait tutoyé. Une seconde barrière était tombée. Elena avait la volonté de faire l'amour avec lui et, comme le disait Schopenhauer – l'un des philosophes préférés de Lucien –, n'y avait-il pas correspondance entre volonté et tempérament sexuel ? « Je ne suis pas à la fin de mes surprises », pensa-t-il en ne sachant quoi dire et emprunté.

C'était la première fois qu'une fille lui parlait ainsi. Lucien avait toujours pris l'initiative dans ce domaine et même parfois de façon culottée.

— Faites-moi l'amour, répéta Elena en utilisant de nouveau le vouvoiement, une lumière amusée dans les yeux.

— Maintenant...

— Et ne me dites pas que vous n'en avez pas envie. Je sais que vous me trouvez jolie.

Lucien lui posa la main sur la joue avant de commencer à la déshabiller tout en respirant ses cheveux. Il embrassa son front, ses yeux, les ailes de son nez, son cou.

Elena n'en revenait pas que cette Elena qui l'avait tant ennuyée ces derniers temps, qui avait tout fait pour l'éloigner de ce garçon, se fût éclipsée subitement.

Elena prit Lucien entre les mains et lui baisa les yeux, la peau entre le nez et la bouche, les lèvres. Lucien était liquéfié, livré à un mouvement irrémédiable qui avançait comme la guerre à l'heure du combat.

— J'ai peur, murmura-t-il avec un léger sentiment de honte de l'évoquer.

— De quoi ?

— De vous aimer.

— Moi aussi, j'ai peur.

Elena était trop heureuse pour s'indigner de mélanger les sentiments au désir sexuel... et Lucien trop perdu pour en partager la joie.

Elena l'embrassa dans le cou au niveau de l'oreille et susurra avec un brin de malice :

— M'aimez-vous ou me désirez-vous ?

— Et vous ?

Elena n'était sûre de rien. Elle n'était pas tout à fait certaine d'aimer, et encore moins à l'instant, dans le chamboulement du désir.

Lucien déboutonna un à un les boutons de son chemisier et le lui enleva avec son aide. Il la touchait, il l'attrapait. Elle était à lui et c'était ce qu'elle avait souhaité. Un long frisson parcourut le corps d'Elena lorsque Lucien effleura ses seins par-dessus son soutien-gorge. Les premiers gestes étaient faits et l'émotion partiellement maîtrisée. Elena désirait du plaisir et Lucien semblait prêt à le lui offrir. Il se baissa pour porter sa tête au niveau de sa poitrine et jouer avec la sueur qui perlait à sa peau. Sa bouche était comme une compresse chaude aux ronds de son corps, une petite bête folle qui la picorait de partout, la mangeait de baisers courts et rapides en s'éloignant parfois pour revenir encore plus vite. Quelquefois, elle s'acharnait sur son soutien-gorge pour découvrir ces fruits mûrs que le temps gardait encore un peu pour elle. Elena sentit les mains de Lucien s'agripper au creux de ses reins puis remonter dans son dos afin de lui enlever ce morceau de dentelle qui emprisonnait ses seins. Elle dégrafa son soutien-gorge de la main droite, enleva une bretelle puis l'autre, et le jeta au pied du lit qui les attendait au brillant de son métal.

Le cœur battant, Lucien effleura ses seins, les caressa avant de les saisir plus brutalement. Elena ferma les yeux et se laissa aller contre lui. L'amour physique pour vérifier qu'il l'aimait, c'était ridicule. Elle rouvrit les yeux et força Lucien à se relever, à la regarder. Il avait le visage radieux et troublé de celui qui voyage. Il n'échappait pas à sa volonté, elle le savait. Elle détourna le drap qui protégeait le lit et s'allongea.

Lucien la regarda faire, glisser la fermeture éclair de sa jupe puis retirer celle-ci d'un coup de reins et d'un mouvement coordonné des mains et des jambes. Elle était nue et le regardait. Elle le contemplait fixement de ses yeux vert orangé. Des yeux qui buvaient l'obscurité du lieu pour que l'espace autour d'eux soit plus lumineux, leurs corps plus distincts.

— Pourquoi ne vous déshabillez-vous pas ? demanda Elena d'une voix d'oiseau nocturne, d'une voix de caresses.

Une voix que Lucien trouva changée, presque éteinte, affaiblie par quelque chose qu'il ignorait. Il s'exécuta rapidement. Elena esquissa un sourire à le voir agir si vite. Lucien avait un corps bien fait, harmonieux. Elle le trouvait un peu maigre des cuisses, mais c'était un bel homme.

À peine Lucien était-il couché à côté d'elle qu'Elena lui attrapa le visage, le rapprocha du sien et l'embrassa à pleine bouche. Lucien se laissa faire, les yeux fermés. Les lèvres d'Elena étaient douces et tièdes, les caresses de ses cheveux comme une brise sur sa peau. Elena était fraîche, presque froide au creux des reins. Lucien avait commencé à la caresser dans le serpentement du dos en suivant cette moiteur, cette troublante sueur qui menait vers ses fesses et qui naissait de savoir l'amour sexuel arriver. Elena se laissait capturer par les forces lumineuses de l'attraction. Elle avait tellement espéré cet instant qu'elle ne songeait même pas à reculer. Elle ne savait si elle l'avait souhaité pour que cessassent ses rêves ou, pire, pour que l'Elena qu'elle n'aimait pas, l'Elena vengeresse, qui haïssait, gâchât tout. Lorsque Lucien se serra plus fortement contre elle en se montrant entreprenant, elle sentit qu'elle se raidissait un peu. Elle avait même serré les jambes, les cuisses, comme pour les empêcher de la trahir. Pourtant, sa respiration s'était accélérée et ses seins régnaient en maîtres.

Elena était une belle femme, bien faite, avec une chair délicate, nacrée de soleil. La lumière sombre de la chambre s'était posée sur elle pour en atténuer la brillance, les reflets. Lucien se lova pour lui embrasser de nouveau les seins. Des seins bien ronds qui fondaient dans sa bouche avec une complicité doublée, et dont le goût et l'odeur l'enivraient. Elena s'étonnait de participer si activement à cultiver le rythme des baisers sur sa poitrine, sur ses seins, en leur centre et au creux de leur fatigue. Le temps jouait avec perversité avec elle, avec cette obligation de toucher, de sentir, mais aussi en associant le questionnement sur la nécessité ou non de parler. Parler pour dire des mots d'amour décalés, ridicules, qui ne lui ressemblaient pas. Si ! Dire qu'elle voulait que Lucien vît son âme à travers elle en prenant son corps. Des mots qui lui firent penser à la phrase qu'elle avait lue dans un livre citant saint Paul et qu'elle fut surprise de se rappeler à l'instant : « La prudence de la chair est la mort des âmes. »

Elle ne fit aucun geste pour retenir Lucien lorsqu'il glissa sur son ventre, étreignit ses cuisses et colla sa tête à son sexe gonflé. C'était la première fois qu'un garçon l'embrassait là. Jamais ceux avec qui elle avait flirté ne l'avaient fait. Lucien plongea ses lèvres dans le sexe d'Elena pour le goûter, le boire. Il était comme enragé à la sentir céder, s'ouvrir. Il s'abreuvait d'un parfum âcre, puissant, auquel une sueur sauvage donnait une tiédeur sensuelle.

Elena sentit son sexe fondre et comprit qu'à ce rythme elle ne pourrait lutter longtemps. Elle posa les mains sur la tête de Lucien pour le ramener à elle, mais l'intensité de l'émotion le rendait insensible. Elle dut rassembler toutes ses forces pour l'extirper de ses cuisses afin de lui faire réaliser qu'il devait cesser de précipiter les choses. Lucien leva la tête, la regarda, les yeux comme ensommeillés, les lèvres mouillées de son désir.

— Je suis à vous.

Lucien sentit qu'il perdait pied. Elena avait deux voix. Celle qu'elle avait en public avec un soupçon de volonté et de timidité, et celle qu'elle prenait avec lui, sauvage, indomptable, qu'il craignait toujours de voir s'emballer. Et c'était la timide, celle habitée par l'amour transcendé, les souvenirs d'enfance, les rêves, les appels lointains, qui l'invitait à entrer en elle.

Lucien chercha ses marques, la frontière du corps d'Elena et son silence, alors qu'ils étaient proches. Elena sentit des mains la parcourir, la dessiner si précisément qu'elle en devina ses formes. Elle était une braise incandescente, brûlante. Elle émit un petit cri lorsque Lucien la pénétra et bougea en elle d'un mouvement lent et puissant. Il avait déjà été trop loin pour que la vitesse ne s'invitât pas au festin. Elena et Lucien avaient trouvé leur danse et ils se suivaient comme s'ils se connaissaient depuis longtemps. Lucien continua ses allées et venues jusqu'au point critique, obsédant. Il percevait que de seconde en seconde Elena s'éloignait de lui et que bientôt tout allait basculer. Elena n'était plus qu'un feu attisé qui chantait au vent du désir. Elle céda d'un coup au fluide des flammes et Lucien peu après. Ils étaient ensemble bouleversés, ébouriffés, rouges, naufragés. Ils s'étaient aimés malgré le sang qui les séparait.

XIX

Ils se réveillèrent le lendemain au roucoulement d'une tourterelle. Le soleil brillait et ses rayons soulignaient les interstices des volets pour chercher les murs.

— Tu as bien dormi ? demanda Elena à Lucien en le tutoyant.

— Oui... Et toi ? répondit instantanément ce dernier que les grands « vous » avaient toujours ennuyé.

— Je suis bien...

Lucien s'approcha, posa la tête entre les seins d'Elena, les yeux perdus sur le plafond. Il était heureux. Il n'en revenait pas que le bonheur pût s'immiscer si facilement dans une vie au moment où l'on s'y attendait le moins.

— Qu'as-tu prévu de faire aujourd'hui ? questionna Elena en caressant le visage de Lucien du bout des doigts.

— Rien, murmura Lucien.

Elena ne commenta pas. Le vent s'était levé et bousculait l'oblique des rais lumineux du soleil à travers les volets.

Elena quitta Lucien, le lit, pour s'approcher de la fenêtre. Le mur de la maison d'en face était sombre, mais son toit auréolé d'un halo doré, gemmé de petits feux follets. Une ambiance qui lui rappelait les premières lueurs du jour à Balaguer. Elle pensait à la douceur de l'aube au jardin de la maison familiale, à ses parents, alors qu'elle venait de faire l'amour avec l'homme qui avait participé à leur assassinat. Des pensées qui ouvraient son cœur comme une longue cicatrice. Des songes qui lui traversaient le corps en brûlant tout sur leur passage et qui étaient comme un mensonge. Et c'était bien le mensonge qui rendait vides et blancs les paysages d'Espagne. Elle était désormais une autre femme et elle ne pouvait plus revenir en arrière. C'était peut-être la culpabilité qu'elle cherchait à la lumière matinale. Celle d'avoir pardonné alors qu'elle avait juré de ne jamais y songer. À présent, elle pouvait pleurer sur elle-même, sur ses errements, sur sa vie d'avant. Elle pleurait sa mère, son père, les moments perdus, oubliés et fracassés en mille morceaux sur le chemin de la guerre civile. C'était si fragile une vie. Elena s'était endurcie pour avoir la force d'aimer Lucien.

Au rez-de-chaussée, des bruits sourds résonnaient. Alexandre était levé et devait s'occuper de la petite Adela qu'elle entendait gazouiller par intermittence. Elle avait promis à ce dernier de s'en occuper et pourtant elle ne descendait pas. Elle l'avait entendu monter la chercher, ouvrir doucement la porte pour l'appeler, puis la refermer encore plus discrètement en constatant qu'elle n'était pas seule au lit. Encore endormi, Lucien ne s'était aperçu de rien.

— Adela t'attend, lança Lucien, qui avait lui aussi entendu la gamine osciller entre joie et impatience.

— Je sais.

— Alex saura se débrouiller. Il n'y a rien de compliqué à préparer un biberon...

— C'est pour ça que tu ne l'as jamais fait.

Lucien resta silencieux quelques secondes avant de répondre :

— Tu devrais descendre ; je te sens inquiète.

— Je n'ai pas envie de voir Alex à l'instant.

— Pourquoi ? Parce qu'il sait pour nous ?...

— Tu l'as entendu monter ? enchaîna Elena qui se retourna.

Lucien marqua la surprise et Elena ajouta :

— Il est venu me chercher dès qu'Adela s'est réveillée... Il nous a vus...

— Et alors ? Il sait...

— Que les filles auxquelles tu t'intéresses finissent dans ton lit et n'y restent pas.

— Je n'ai jamais chassé aucune d'elles.

Elena était à vif. Elle ne regrettait pas d'avoir fait l'amour avec Lucien, mais elle s'en voulait d'avoir trahi celle qui refusait le bien ou le mal. Une dualité qui était comme une douleur et qui croisait sa poitrine avant de pénétrer son cœur, son âme. Une douleur ou une maladie de l'âme ? Elena s'interrogeait.

— Viens vers moi, invita Lucien.

Elena s'exécuta et s'allongea face à Lucien. Ce dernier joua avec ses cheveux, s'amusant à les enrouler autour de ses doigts. Il les prenait, les baisait, les respirait comme pour s'assurer qu'ils étaient bien à elle. Brusquement, il la regarda, lui plaqua les cheveux sur les seins, le cou, la bouche et l'embrassa à travers eux. Elena le serra fortement contre elle et ils s'aimèrent une nouvelle fois. Avec une violence désespérée, mais rapidement apaisée. Ils oublièrent le soleil, le vent et les petits cris d'Adela…

Alexandre était agacé, énervé. La petite Adela refusait de boire son biberon autrement que dans les bras d'Elena. Il en voulait à Lucien d'avoir fait l'amour à Elena. Il en voulait à celle-ci de s'être laissé piéger. Il s'en voulait à lui-même d'avoir participé à cela en acceptant de garder Adela pour la soirée. La suite, il ne l'avait pas imaginée. Il était bientôt 9 heures et aucun d'eux ne descendait. Que faisaient-ils encore, puisque Alexandre avait perçu des grincements de bois malgré les pleurs d'Adela ? Il était impossible qu'ils ne l'aient pas entendue. Et le fait qu'ils agissent comme si rien ne se passait irritait Alexandre au plus haut point. D'autant qu'il avait un boulot à finir à l'atelier et que le temps impitoyable de l'horloge le stressait. C'était surtout la venue d'Estrella qui l'angoissait et non ce travail d'entretien qui, tout réfléchi, aurait pu être reporté. La jeune femme était venue la veille pour demander à Alexandre de changer les cordes de sa guitare, ce qu'elle savait d'ailleurs faire. Une excuse pour tenter de voir Lucien et à défaut d'avoir de ses nouvelles. Alexandre était fatigué de la situation, des compromis, des mensonges des jeunes femmes qui pimentaient la vie turbulente de Lucien. Estrella allait arriver et il était bien décidé à lui dire la vérité, à la lui montrer s'il le fallait…

Estrella arriva en joie. Elle était magnifique avec ses cheveux noirs défaits. Elle parla aussitôt de sa guitare afin de savoir si le travail était fait puis, comme Alexandre s'y attendait, demanda si Lucien était là. Elle aperçut la petite Adela qui suçait son pouce en sanglotant légèrement, en cherchant le sommeil.

— C'est vous qui la gardez ?

Alexandre opina de la tête et répondit :

— Lucien est encore au lit... et il n'est pas seul.

Estrella marqua la surprise d'un haussement de sourcils et une grimace de la bouche. « Si tu savais comme je te trouve jolie et comme Lucien s'en fout... mais je sais que tu es là pour lui et non pour moi », pensa Alexandre.

— Il est important pour vous de le voir ? insista-t-il.

Estrella hocha la tête. Alexandre lui proposa de le suivre, mais s'assura que la petite Adela, qui finalement avait bu la moitié de son biberon, commençait à s'endormir. En montant l'escalier, Alexandre eut comme la nausée. Il n'était pas très fier de ce qu'il faisait, mais il était temps de mettre un terme à cette partie de cache-cache destructrice. Casser du rêve pour éloigner le malheur. Ils arrivaient sur le seuil de l'étage lorsque Lucien sortit à moitié nu de la chambre d'Elena, suivi de la jeune femme en chemise de nuit. Estrella eut comme un sursaut, resta un quart de seconde paralysée, descendit l'escalier à toute vitesse et sortit en claquant la porte.

— T'es content de toi ? cria Lucien.

— Depuis des semaines, tu l'évites, tu l'ignores. Il était temps qu'elle sache !

— Qu'elle sache quoi ? Tu n'es qu'un con, Alex !

— Certainement, pour avoir mis autant de temps pour agir, conclut Alexandre, qui à son tour quitta l'étage pour s'enfermer à l'atelier.

Elena était restée figée, interdite. Elle n'osait le croire. Estrella était amoureuse de Lucien, et celui-ci feignait de l'ignorer tout en répondant méchamment à Alexandre. La première impression qu'elle avait eue de Lucien n'était-elle pas la bonne ? Un de ces hommes dont la femme se méfiait d'instinct. Ce qui venait de se passer l'affectait et elle préféra épouser la solitude de sa chambre que de parler.

— Elena ! cria Lucien, le nez à la porte de la chambre de la jeune femme, en entendant tourner la clé dans la serrure.

— Elena, ouvre-moi ! Je t'en prie. Je ne suis pas responsable de tout cela. Il n'y a rien entre cette fille et moi. C'est elle qui me court après, mentit Lucien, qui oubliait un peu vite les premiers jours avec Estrella avant son nouveau départ pour l'Espagne.

— Je dois me préparer, m'habiller… et m'occuper d'Adela, qu'Alex n'a pas dû changer. D'ailleurs, il me semble l'entendre de nouveau pleurer. Estrella a dû la réveiller en claquant la porte.

Lucien n'insista pas. Certaines de ses affaires étaient restées dans la chambre d'Elena, et notamment sa guitare. Rien n'était donc perdu puisque tout commençait.

Lucien débarqua à l'atelier dans le quart d'heure qui suivit, le temps d'un brin de toilette, de se vêtir et de se donner un coup de peigne. Alexandre était à son travail et ne leva pas la tête. De cette brusque apparition, il n'était pas surpris, mais quand il réfléchissait à ce qu'il venait de faire, il se trouvait courageux. Il attendait les mots et il devinait qu'ils allaient être aussi coupants que la lame du rabot qu'il tenait.

— Tu as l'intention de faire monter toutes les filles qui veulent coucher avec moi au moment où je suis avec une autre ?

— Tu n'aimes pas les surprises ? piqua Alexandre en regardant fixement Lucien.

— Il y en a de mauvais goût.

— Et celle-là te fait pressentir que ton petit déjeuner va te rester sur l'estomac ? poursuivit Alexandre, qui ne se laissait pas impressionner.

Lucien ne voulait pas de dispute. Pas aujourd'hui. Elena était descendue chercher la petite Adela pour s'en occuper. Elle était remontée dans sa chambre, mais il la savait à l'écoute et il ne voulait pas la perdre. Il baissa le ton :

— Pourquoi cette colère, Alex ? Avec Elena, ce n'est pas un flirt.

Alexandre doutait. Lucien, malgré un romantisme naturel, ne s'attachait pas facilement. Il devinait que le destin de son ami n'était qu'un fleuve tumultueux avec quelques passages plus calmes. Des lieux comme des échos lointains au cœur de son cœur pour essayer de vivre, de respirer, de marcher sur terre. Lucien était devant lui comme écrasé par un lourd fardeau qui pesait sur ses épaules et sa conscience.

— Tu devrais parler à Estrella...

— Pour lui dire quoi ? Que je ne l'aime pas, que je ne veux pas coucher avec elle ?

— Que tu ne veux plus... Si tu avais pu la mettre dans ton lit le premier jour de votre rencontre...

— Je l'aurais fait, coupa Lucien qui se détendait.

Alexandre esquissa un sourire.

— Et aujourd'hui elle t'aurait quitté et j'aurais perdu une cliente.

— La semaine dernière, une femme mariée qui chante et joue un peu de guitare m'a fait des avances. Elle m'a même laissé son numéro de téléphone. Je peux la rappeler et lui dire que je suis d'accord sous réserve qu'elle achète des cordes et entretienne sa guitare chez toi.

— Pour Elena, tu ne devrais pas plaisanter sur le sujet.

— Que je plaisante ou pas ne changera rien. Elena est une énigme et j'en suis une pour elle, et cela tient aux circonstances de notre rencontre.

— Vos vies et celle de la petite Adela sont liées. Tu les as fait venir ici et il est temps de prendre tes responsabilités.

— Tout cela a un coût en temps et en argent... et je ne sais pas encore si je suis prêt à me sacrifier.

Alexandre ricana.

— Pour toi seul, tu ne manques de rien, mais pour une famille de trois personnes, il te faudra peut-être travailler, rappela Alexandre, narquois.

Ce dernier savait que Lucien avait hérité de sa mère, mais ignorait qu'il avait touché une coquette somme d'argent de feu un oncle paternel célibataire. Des héritages qui lui avaient permis de conserver la petite maison jaune et de vivre bien. Les années étaient passées et les dépenses avaient parfois submergé les recettes annuelles. Lucien dispensait de façon sporadique des cours de guitare et Alexandre pensait que le temps de compter approchait, d'autant que son ami était dépensier.

— Je ne vais pas penser à gagner de l'argent. En Espagne, j'offrais la moitié de mon paquet de cigarettes et les dix pesetas qui nous étaient octroyées par jour à Luigi.

— Il n'y a que ceux qui n'en ont jamais manqué qui peuvent parler ainsi.

— Je ne manque pas d'argent. Mais le jour où cela arrivera, je n'aliénerai pas pour autant ma liberté. Dostoïevski disait que l'argent était la liberté frappée.

— Mais sans un minimum, c'est aussi sa dignité et son humanité que l'on perd.

Lucien se planta devant la fenêtre, pensif. Ses parents avaient tant travaillé pour acquérir et payer leur petit hôtel à Bar-sur-Aube. Lucien était en rupture avec cet historique et il souffrait. Il en était conscient, mais faire la révolution, pratiquer la lutte armée n'autorisait pas à intégrer de telles considérations contingentes. Il y avait effectivement une réalité dans l'histoire de Lucien et donc la possibilité de continuer ou non celle-ci. Quelque chose de fragile, mais le lieu obligé d'une véritable existence. Une vision de l'esprit, concrète, afin d'assumer ses conditions sociales et culturelles. Lucien se souvenait avoir rendu visite à son ancien professeur de philosophie peu de temps avant son engagement au sein des Brigades internationales. Avoir l'avis d'un sage, d'un homme, d'un père. Son professeur lui avait parlé de contingence, d'éventualité, de possibilité, de ce qui pouvait ou non arriver : la mort des camarades, la sienne, tuer l'ennemi, les souffrances et les traumatismes engendrés par la guerre. Ils avaient voyagé ensemble avec la pensée de Hegel et Lucien était parti en Espagne comme coupé en deux.

— Gagner de l'argent avec un maximum d'approbation pour un minimum de risques, cela dédouane, répondit Lucien lentement.

— Et tout cela s'effondre lorsqu'on vient à en manquer, enchaîna Alexandre.

— Alors, j'apprendrai la pauvreté, le dénuement ou le simple embarras d'argent si cela est nécessaire. Je reviendrai à mes origines, dans ce pays où ont voyagé mes parents une partie de leur vie...

— Et aujourd'hui tu agis pour la révolution, pour que ceux qui vivent la misère, les injustices, les humiliations, retrouvent leur dignité.

— C'est un beau projet, mais parfois je doute en me demandant si ce n'est pas pour moi, égoïstement, que je me suis engagé, pour fuir une vie qui m'ennuie, la solitude.

— Tu n'es pas seul.

— Je sais. Tu es là. Il y a Suzanne, Paul... et maintenant Elena et la petite Adela.

— Et Estrella, qui ne demande qu'à partager avec toi, rappela Alexandre, qui trouvait Lucien injuste avec cette jeune femme.

— Une fille de riches qui n'apprend qu'à travers le prisme de son univers...

Lucien s'interrompit, se retourna et observa Alexandre comme s'il eût voulu qu'il parlât. Ce dernier leva légèrement la tête mais resta silencieux. Il devinait que Lucien attendait qu'il cite Elena, mais le sujet était trop délicat pour qu'il l'engageât.

— Il en était de même pour Elena avant ce terrible jour à Balaguer, continua Lucien.

— L'argent, le luxe comme des écrans de fumée sur la vie...

— La brièveté de la vie, murmura Lucien, qui regardait de nouveau par la fenêtre.

Lucien s'était toujours senti inattaquable, solide comme un roc. L'expérience l'avait rendu inébranlable. Lucien avait toujours refusé de comprendre, d'apprendre dans certains domaines. Son énergie, il la conservait pour la lutte, pour la défense de ses idées. Il commençait pourtant à changer, à douter, et Elena en était la cause. Un tremblement nerveux agita ses doigts et il s'approcha de l'établi sur lequel la guitare d'Estrella était restée.

— Elle est partie sans, constata Lucien en s'en emparant.

— À qui la faute ?

Lucien ne répondit pas et s'installa pour jouer.

— Tu as un sacré culot.

— Entre de bonnes et saines mains, elle chantera mieux, provoqua Lucien, qui vérifia l'accord avant de jouer l'*Étude n° 11* d'Heitor Villa-Lobos[1].

Une pièce de circonstance, un peu sombre, énigmatique, qui illustrait merveilleusement la situation. Une partition qui datait de 1929, non publiée en France, mais que Lucien avait eu la chance de trouver en Espagne auprès d'un guitariste brésilien en voyage.

Alexandre l'écouta sans travailler. Lucien était doué.

— Je la lui rapporterai avant midi avec ta facture. Et puisqu'elle désire que je lui donne des cours afin de me voir régulièrement, j'en profiterai pour lui donner mon accord.

Alexandre sourcilla de surprise. Cela faisait des semaines qu'Estrella avait formulé sa demande et aujourd'hui Lucien lui apportait une réponse, sans explication, si ce n'était qu'elle savait qu'il avait couché avec Elena. C'était de la provocation, une déclaration de guerre.

— Tu es incorrigible.

— Et dans quelques mois, je demanderai sa main à sa mère pour assurer mon avenir en millions de pesetas…

Alexandre esquissa un sourire tout en se demandant si Lucien plaisantait ou non.

— Tu as peu de chance de l'obtenir.

— Même avec notre enfant dans son ventre ? rétorqua Lucien en ricanant.

— Qu'ils tueront comme la révolution.

Lucien s'assombrit. La révolution se mourait. Les nationalistes étaient victorieux partout et assassinaient les rêves par milliers.

— La fin est proche, répondit Lucien avec une voix d'outre-tombe.

1. *Heitor Villa-Lobos : 1887-1989. Compositeur brésilien.*

— Mais le destin t'a fait ramener ici une partie du bonheur que tu espérais vivre là-bas.

— Elena ! s'exclama Lucien en rangeant dans son étui la guitare d'Estrella.

— Tu ne veux plus jouer. C'était bien agréable.

— Je ne peux plus après ces mots qui saignent.

— Va retrouver Elena. Je devine qu'elle t'attend pour parler.

— Parler de la révolution ?

— Parler simplement de tendresse, d'amour, de courage et de révolte pour construire de la joie de vivre avant que le ciel ne s'obscurcisse.

Lucien posa la main sur celle d'Alexandre en signe de remerciement, puis monta à l'étage.

XX

LUCIEN AVAIT UN PEU ATTENDU pour venir chez Estrella, mais il s'était dit que s'il ne le faisait pas maintenant, après ce qui s'était passé, il ne le ferait jamais. Il était à un tournant de sa vie et il devait agir pour lui donner du sens. Agir pour la vivre mieux et qu'elle n'en soit que plus belle. Une pensée qui lui avait été soufflée par Albert Camus et qui venait de trouver une résonance.

Lorsque Lucien eut franchi la porte d'entrée et s'engagea dans l'escalier qui menait à l'appartement que la famille Havel avait loué, il se sentit mal. Ce n'était pas de la peur, mais quelque chose qui la remplaçait. Et maîtriser ce sentiment, ce quelque chose d'étrange, d'indéfinissable, c'était contrôler ses émotions, et Lucien savait que cela serait nécessaire pour parler avec fermeté. Il allait peut-être fuir au bout de quelques phrases, perdre le désir d'en finir avec cette fille afin de savoir ce qu'elle avait vraiment sur le cœur, ce qu'elle était prête à sacrifier pour lui. Ce n'était pas raisonnable, et dangereux, mais nécessaire pour ne pas rester désaccordé.

Lucien marqua un temps d'arrêt sur le seuil du palier des Havel et frappa. Ce fut Rosalba Havel qui lui ouvrit. Elle eut un instant de surprise, puis reconnut le garçon qu'elle avait espionné avec la complicité d'une voisine. Elle effaça son sourire bienveillant.

Lucien se présenta en tendant la main à Rosalba Havel :

— Lucien Lanoir.

— Je sais qui vous êtes, enchaîna Rosalba Havel d'un ton cassant.

— Je viens rapporter la guitare d'Estrella. Est-elle là ?

C'était la première fois que Lucien voyait Rosalba Havel en pleine lumière, de si près. Une belle femme, avec de longs cheveux noirs et de grands yeux foncés qui paraissaient indigo sur le fond très maquillé de la peau de son visage. Son regard était dur et la noirceur de sa chevelure distillait une ombre de tristesse à son expression.

— Entrez. Estrella est là. Je vais aller la chercher.

— Je peux vous laisser sa guitare... et vous lui direz que je suis passé, proposa Lucien, qui n'avait plus envie de rester.

— Vous ne voulez pas la voir et la lui donner vous-même ? rétorqua Rosalba Havel, qui n'était pas pressée d'aviser sa fille de la présence du jeune homme.

Elle savait que celle-ci le lui prendrait aussitôt pour l'emmener dans sa chambre, mais plus vraisemblablement à l'extérieur afin de le soustraire à son analyse. Rosalba Havel voulait parler un peu avec ce garçon. Par curiosité, mais aussi parce que le vain combat qu'il menait la fascinait. Elle éprouvait une certaine jubilation à se trouver face à un homme que son époux aurait fait exécuter sur-le-champ.

Rosalba Havel avait fait sa petite enquête. Le tempérament volontaire, impétueux de Lucien, des traits de caractère qu'elle refusait d'attribuer aux révolutionnaires, la dérangeait. Un jeune homme intelligent, avec de la personnalité, de l'originalité, de nobles qualités que malheureusement le rouge de ses idées annihilait. Elle devinait qu'il était de ces hommes de la nuit – Rosalba Havel détestait la nuit –, qui pénétraient dans les maisons de l'ennemi pour le mordre jusqu'à la mort. Elle ne comprenait pas que sa fille puisse s'amouracher d'un tel personnage et elle désirait l'aider à l'oublier. Elle en avait fomenté le projet avec perversité depuis une semaine, lorsque sa fille était rentrée bouleversée, en pleurs. Rosalba Havel avait attendu le lendemain pour questionner sa fille, pour tenter de savoir ce qui s'était passé. Estrella avait été peu bavarde, mais le peu qu'elle avait appris l'avait fait s'engouffrer dans la faille. Un précipice pour se débarrasser de ce garçon au sens propre comme au figuré. Un plan diabolique, un peu à l'image de ceux que son mari mettait en œuvre avec succès, mais qui prenait du temps. Elle en commença l'exécution à l'instant.

— Asseyez-vous. Je vous sers un café ou une autre boisson ?

Lucien fut surpris de ce basculement de ton, mais il ne se méfia pas outre mesure.

— Un café avec un peu de lait s'il vous plaît, répondit-il en s'installant confortablement dans le fauteuil du petit salon qui jouxtait l'entrée et dont la fenêtre ouvrait sur le jardin en contrebas.

Rosalba Havel commanda une femme de service pour préparer le café. Une femme que Lucien avait déjà vue, mais il ne savait où. Rosalba Havel prit place sur le second fauteuil, face à son hôte.

— Je sais que vous êtes guitariste. Ma fille vous admire, complimenta-t-elle en minaudant. J'aimerais qu'Estrella profite de votre savoir et de votre expérience en matière de musique. Pourquoi refusez-vous de lui donner des cours ?

Lucien fut étonné qu'elle sût. Il n'était pas à l'aise. Il se sentait en danger. C'était ridicule, mais une petite voix intérieure lui commandait d'abréger la conversation, de partir. Rosalba Havel avait beau avoir donné à sa fille la même couleur de cheveux, la même intensité de lumière dans le regard et le grain de beauté qu'elle avait dans le cou, c'était l'ennemi que Lucien avait en face de lui. Un ennemi chez qui il était entré et dont les mots l'empêchaient de le distinguer vraiment. Lucien avait toujours choisi ses ennemis, et à l'instant c'était l'inverse qui se produisait. Il répondit pour chasser de mauvais pressentiments.

— Depuis, je me suis organisé et je suis prêt à accepter si Estrella travaille régulièrement et avec sérieux.

— Vous doutez de son investissement ?

— Non, mais je ne suis pas certain que l'étude de la guitare en soit la seule raison.

Rosalba Havel afficha un sourire de circonstance. Elle se faufilait dans les eaux troubles du mal avec aisance puisque rien dans l'immédiat ne l'arrêtait, même de souffrir à réentendre de la musique espagnole, de la guitare. Encore une carte ou deux à abattre, et cet anarchiste serait à sa merci.

— Votre prix sera le nôtre.

— Ce n'est pas une question de prix, mais d'honnêteté.

— Son contraire n'existe pas dans la famille.

Lucien doutait, mais il se garda de faire un commentaire.

— Si vous êtes d'accord, je mettrai une seule condition à cette collaboration musicale... Que les cours se déroulent ici, à la maison.

Lucien ne répondit pas. La chaleur de l'air de la pièce lui collait à la peau. Il n'y avait rien d'exceptionnel dans cette demande, mais une fois de plus il ressentait un danger à accepter. Ce fut pourtant ce qu'il fit, tout en portant à sa bouche le café voilé de lait que venait de déposer sur la table basse la femme de service. Un nuage de lait comme une ombre tapie au coin de la vie.

Rosalba Havel parlait de musique espagnole, cherchait à amener Lucien sur des terrains glissants, lorsque Estrella apparut. Elle avait dû entendre causer, reconnaître la voix de Lucien, car elle s'était habillée et maquillée comme pour sortir. Elle était d'une beauté inattendue. Si troublante que Lucien regretta de s'être refusé à lui faire l'amour. « Si j'avais su me raisonner, je n'en serais pas là aujourd'hui », pensa-t-il.

Si Lucien avait tenté d'effacer le sang qui le séparait d'Elena, il lui était impossible d'oublier que les parents de cette fille étaient des fascistes dangereux, des assassins de la liberté et de l'égalité, de la fraternité. Le visage de son ami Luigi lui apparut en pensée et il grimaça en ressentant comme une douleur dans le ventre. Il se concentra, mais son expression ne passa pas inaperçue.

— Votre café est trop chaud ? demanda Estrella.

— Je devrais cesser d'en boire, se justifia Lucien.

— Nous le faisons toujours très fort dans la famille, ajouta Rosalba Havel avec un air de conquérante.

Cette phrase n'était pas anodine. Rosalba Havel avait choisi ses mots avec déjà en elle la victoire à venir du fascisme. Lucien le lisait dans ses yeux. Toutefois, il savait que la ruse était de ne pas courber les épaules, de ne pas céder et de rester silencieux. Ne pas accepter que les idées du fascisme se logent dans les détails. Lucien devait se reposer sur leur souffle, comme si elles eussent été des camarades, se fondre en elles pour ne pas chuter ou se retrouver un soir avec un couteau planté dans le dos. La ruse était de sympathiser avec cette fasciste pour se préparer à mieux la combattre.

Depuis ce qui s'était passé à Balaguer et Lérida, Lucien avait compris qu'il y avait des choses auxquelles on n'échappait pas, contre lesquelles on ne pouvait rien : le mal et la politique du mal... et les déceptions qu'ils engendraient. Lucien avait subi la chaleur, le froid ; vécu la peur, la souffrance, la mort des autres ; s'était aliéné au tabac, à l'alcool, à l'amour sauvage. Un mélange explosif qui lui avait laissé des stigmates à l'âme, au cœur et au corps. Du fouet cinglant de la tragédie, Lucien en ressentait toujours la morsure. Ces deux femmes n'étaient pas responsables de tout, mais Lucien les voyait comme l'incarnation du fascisme. Un petit morceau de ce dernier en France, en Franche-Comté, à Besançon, dans son quartier, à quelques pas de sa maison. Leur présence était une infection qui l'avait gagné sans qu'il s'en aperçût. C'était peut-être pour cela que, après avoir rencontré Estrella, il avait essayé de s'acclimater au mal, d'oublier ses origines, d'où elle venait, qui étaient ses parents, sa famille. Il avait essayé. En vain, au grand dam d'Alexandre, qui ne comprenait pas. Lucien était incapable de dire à quel moment l'espoir avait déserté son cœur. Alors qu'il désirait Estrella, il s'était peu à peu éloigné d'elle comme pour sauver sa vie. Il l'avait abandonnée alors qu'elle le recherchait... et pour bêtement choisir une autre femme de la même couleur politique, dans des circonstances dantesques. C'était une erreur. Il le sentait au creux de son estomac. Sa présence chez les Havel, son accord pour donner des cours de guitare à Estrella. Du début à la fin, c'était une stupide erreur. Lucien gaspillait son temps d'être là. L'amitié d'Alexandre valait bien quelques sacrifices. Perdre son temps pour ne pas garder que fureur en soi.

Estrella, qui était d'une grande sensibilité, se rendit compte que Lucien n'était pas à l'aise, que quelque chose le dérangeait et que, tôt ou tard, il s'en débarrasserait et que cela serait dangereux. Elle détourna la conversation.

— J'ai fait beaucoup d'éloges de votre jeu à ma mère. Joueriez-vous quelque chose pour nous ?

Lucien sentit comme une épine de rosier lui piquer la peau, la lui déchirer au sang. Du sang dont l'odeur métallique lui revenait aux narines.

— Si vous acceptez de me prêter votre guitare, répondit Lucien, qui n'avait pourtant pas envie de jouer pour Rosalba Havel.

Il était trop tard pour reculer. Estrella agissait comme si elle avait ignoré qu'il venait de passer la nuit avec Elena. C'était peut-être cette facilité qu'avait cette jeune femme à effacer le passé, à confondre le bien et le mal, qui fascinait Lucien. Le bien et le mal comme unique cicatrice de l'âme, du cœur ou de la peau et qu'Estrella soignait avec des onguents de bonne humeur, de pardon, de tolérance. Non pas pour effacer le bien et le mal, mais pour les recouvrir de chair et de peaux neuves afin de mieux vivre. Pour Estrella, il était évident que rien n'était incurable. Il y avait de l'innocence, de l'espoir à le croire. Estrella devait faire partie de ces personnes capables de vivre une vie complètement différente de la sienne. Et c'était certainement pour cela qu'elle croyait en l'amour avec Lucien. Cette fille distillait la paix, mais Lucien la refusait. Il déclencha les hostilités en proposant de jouer la musique de Regino Sáinz de la Maza. Un musicien dans l'air du temps espagnol. Un compositeur talentueux qu'il avait rencontré à Grenade et qui depuis l'avait déçu en œuvrant sous les rais bienfaisants et salvateurs des nationalistes. Enfin, c'était ce qui se racontait dans les milieux musicaux. La présence affichée de Regino Sáinz de la Maza au côté des fascistes, ses prestations musicales au profit de Franco assis au premier rang l'avaient classé dans les rangs des collaborateurs aux yeux des révolutionnaires. La musique aussi savait changer harmoniquement, renverser les accords, respecter la mesure du temps actuel pour se garantir un avenir.

Lucien mélangeait également le bien et le mal, tout en étant conscient qu'il pouvait facilement glisser vers le second.

— C'est un choix pertinent, répondit Rosalba Havel, qui n'était pas dupe.

— Sa *Habanera*, enchaîna Estrella sans malice et par erreur tout en donnant son instrument à Lucien.

Estrella aimait cette pièce de musique. Ce n'était pas la première fois qu'elle lui demandait de l'interpréter pour elle, sans oublier qu'elle la jouait aussi avec talent.

— La *Habanera* a été composée par son frère Eduardo... Mais c'est un bon choix, Estrella, qui vous rapproche de la République, et je vais vous la jouer, rectifia Lucien.

Ce dernier s'empara de la guitare de la jeune femme et détourna une chaise du salon pour prendre place. Il était fébrile. C'était la deuxième fois qu'il allait jouer pour les fascistes – il ne valait guère mieux que Regino Sáinz de la Maza –, mais pourquoi, pour quoi ? Non pour sauver sa vie. Pour plaire à Estrella ? Pour rassurer sa mère quant à son accord pour donner des cours à sa fille ? La musique d'Eduardo Sáinz de la Maza ne pouvait que changer de couleur.

Lucien accordait sa guitare lorsque subitement la partition s'afficha dans son esprit comme s'il l'eût sous les yeux. Cela lui arrivait souvent lorsqu'il pensait à un morceau de musique ou les nuits d'insomnie, mais aujourd'hui, c'étaient les nuances, les annotations du compositeur qui ressortaient le plus, la dédicace à son frère : « *A mi hermano Regino.* » Eduardo Sáinz de la Maza avait lui aussi mêlé le bien et le mal en n'annulant pas sa dédicace. Si son frère avait choisi le camp du fascisme, lui était resté proche de la République. Parfois, la musique avait décidé pour eux et Lucien ne pouvait leur en vouloir vraiment pour cela. C'était ce qui expliquait son accord. Faire un don à Estrella pour se faire pardonner, même s'il n'y avait rien à pardonner, satisfaire sa mère et surtout ne pas trop s'abîmer dans une période où il faiblissait à cause d'Elena. Lucien s'étonnait de son manque de courage, de cette force vitale perdue qu'il possédait avant sa blessure et les événements de Balaguer. Avant sa rencontre avec Elena, il aurait joué une adaptation pour guitare de la musique d'Antonio José[1],

1. *Antonio José : 1902-1936. Musicien très doué. Ravel avait dit de lui : « le grand musicien espagnol qu'attend notre siècle ».*

ce musicien fusillé en octobre 1936 par la Phalange à Burgos. Ce temps-là était révolu. Il aimait Elena.

Lucien joua la *Habanera* en pensant à elle. Le transfert était fait. L'air de la pièce lui collait toujours à la peau, mais il se sentait libre.

XXI

CELA FAISAIT PLUS DE TROIS MOIS que Lucien dispensait des cours de guitare au domicile d'Estrella. Il en revenait souvent fatigué et Elena s'interrogeait. Œuvraient-ils pour la musique ou pour une autre chose qu'elle n'osait prononcer ? Les premières semaines, elle avait questionné Lucien afin de savoir ce qu'il faisait étudier à Estrella, ce que celle-ci jouait et si elle progressait. Lucien s'était soumis à ces interrogatoires sans rechigner, sans réserve, et Elena avait vite compris qu'il ne lui cachait rien. C'était ainsi qu'elle avait appris que les cours, qui pouvaient durer une ou deux heures selon les besoins, se terminaient toujours par un café ou un thé préparé par Rosalba Havel en personne. Un moment de partage qu'Elena jalousait, d'autant que Lucien n'aimait pas cette femme. Pourquoi alors acceptait-il ? Pour l'argent, pour Estrella... ou pour nourrir la colère qui sommeillait en lui ?

Elena se rassurait. C'était avec elle qu'il vivait, dormait, faisait l'amour. Il l'avait même fait alors qu'elle saignait. Elle s'en souvenait. C'était depuis qu'elle avait rencontré cet homme qu'une vie nouvelle avait commencé. Elle était donc devenue une autre femme sans savoir si celle-ci était ou non meilleure que la précédente. Certains jours, sa culpabilité était sans fond. Elle pleurait ceux qu'elle avait perdus, sur le sort de la petite Adela, sur elle-même. C'était si fragile, une vie ! Et encore plus quand l'âme était malade. Mais depuis quelques jours, ce n'était plus sa santé qui la préoccupait, mais celle de Lucien. Elle se dégradait doucement, et cela, étrange coïncidence, depuis qu'il donnait des cours de guitare à Estrella. Il dormait mal ou peu la nuit. Il lui avait dit sentir une pression à l'intérieur de son corps. Un corps qui souffrait et qui le faisait se tourner et retourner sans cesse dans le lit jusqu'au lever du jour. Il s'était remis à boire des alcools forts pour s'étourdir, s'anesthésier et rompre ainsi le fil de sa conscience. Tout près de lui, Elena avait entendu son cœur cogner à tout rompre et le sang lui battre aux tempes. Elena s'inquiétait et ne comprenait pas ce qui se passait. Le docteur était venu l'ausculter à plusieurs reprises sans véritablement établir de diagnostic. Le mal persistait...

Ce fut un matin, alors que Lucien, vaille que vaille, se préparait à partir pour se rendre au domicile des Havel, qu'Elena eut comme un éclair, une lumière qui souligna le doute qu'elle cultivait intuitivement dans son esprit.

Dans la nuit, Lucien avait failli lui échapper. Il avait perdu connaissance. Il s'était mis à râler, ses yeux pâles avaient blanchi de douleur pour se clore pour la première fois. Elena l'avait secoué, giflé, avant de paniquer et d'appeler Alexandre au secours. Ce dernier était tombé dans l'escalier en se précipitant. Il était arrivé avec une bosse sur le front. Adela, réveillée par le vacarme, s'était mise à pleurer. Elena et Alexandre avaient soulevé le corps brûlant, tremblant de Lucien pour lui faire prendre un bain tiède. Après l'achat de la petite maison jaune, Lucien avait fait installer à grands frais une salle de bains à l'étage. Un ensemble plus moderne pour remplacer le tub en zinc, le bain de siège et le cylindre chauffe-bain qui dataient du début du siècle... Lucien avait roulé des yeux fous, respiré par saccades lorsqu'ils l'avaient aidé à se déplacer. En pyjama dans la baignoire, Elena l'avait aspergé délicatement d'eau tempérée avant de le dévêtir, de le frotter vigoureusement avec une serviette, puis, aidée d'Alexandre, de le rhabiller et de le recoucher dans des draps propres, les premiers étant trempés de sueur. Elena n'avait pas quitté Lucien une seconde. Elle lui avait tenu les bras, les mains. Elle lui avait caressé le visage, les épaules, le torse. Elle lui avait posé régulièrement des gants mouillés d'eau froide sur le front en guettant la fin de la fièvre. Lucien avait essayé de parler, en vain.

Il avait entendu le murmure des voix d'Alexandre et d'Elena. Des voix lointaines, assourdies. Des voix bien réelles qui stridulaient en changeant leurs timbres, en se désaccordant selon la distance. Parfois, elles disparaissaient et Lucien s'agitait, bougeait pour tenter de les réentendre. Et cela fonctionnait car, à chaque fois, celle d'Elena revenait, s'approchait en déposant sur lui des mots, des mains, des doigts et un souffle apaisant. Toute la nuit, la petite maison jaune avait été secouée par une fièvre qui n'en finissait pas. Alexandre n'avait pas dormi davantage. Il s'était occupé d'Adela et l'avait installée dans sa chambre pour libérer Elena.

— Après la nuit que tu viens de passer, tu devrais rester ici pour te reposer, conseilla Elena.

— Je vais mieux... et puis je n'ai jamais manqué un cours.

Lucien mentait. Il était chancelant. Un mal de tête et des nausées le taraudaient.

— Tu n'es pas raisonnable...

— Je le suis bien de trop... alors que mes camarades meurent sous les balles des fascistes.

Elena ne répondit pas. Elle savait le sujet davantage sensible et explosif lorsque Lucien allait mal.

— Je vais mieux, Elena. Ne t'inquiète pas. J'écouterai Estrella jouer et je reviendrai sans prendre le café. De toute façon, je ne le supporte plus.

— Tu n'aurais jamais dû aller chez ces gens ; ils te font du mal, lança Elena, qui savait que rien dans ce qu'elle disait n'était étayé par la moindre preuve.

— Pour équilibrer celui que j'ai fait à Estrella en la courtisant sans rien lui offrir. Cela m'amusait et, vu que je me suis endetté sur le sujet, il me faut rembourser.

— Ces gens te font du mal. Je le devine, je le sens, insista Elena, qui embrassa Lucien sur le front.

— Tu es jalouse. Tu t'inquiètes pour rien. Fais-moi confiance.

— Tu sais que je ne suis pas jalouse.

Lucien embrassa Elena.

— Après tout ce que j'ai fait avant que je te rencontre, je devais réparer. Alexandre me l'a conseillé et je sais qu'il est satisfait.

— Que s'est-il passé ?

— Rien de ce que tu imagines. Je me suis toujours interdit de coucher avec cette fille… et tu sais pourquoi.

— Et pourquoi l'as-tu fait avec moi ?

— Nous avons vécu ensemble une histoire que nul autre ne peut comprendre… Et tu as su faire la part des choses pour lui donner un avenir. Et en cela, tu me ressembles. Nous avons été chacun à tour de rôle l'instrumentiste et l'instrument.

— Certains diraient que c'est de la bonté.

— Nous avons tout fait pour qu'il ne nous reste pas que cela.

— La bonté pour adoucir la peur, la souffrance, pour éloigner la mort, poursuivit Elena.

Sa voix était comme une musique à l'oreille de Lucien. Il eut envie de lui jouer quelque chose à la guitare, mais il était trop faible et l'heure de son rendez-vous approchait.

— As-tu des regrets ? demanda Lucien.

— Plus maintenant.

— Alors, dès que je serai à ton diapason, nous pourrons vivre sereinement.

— Heureux, ajouta Elena en souriant.

Lucien ne répondit pas. À ce mot, il associait le mot bonheur, une notion indéfinissable et qui s'éloignait dès que l'on tentait de s'en rapprocher.

— Je ne prendrai pas de café après le cours… Je rentrerai vite pour te jouer un peu de guitare. J'en ai envie.

— Un choros ou une sérénade ?…

— Les deux.

— Avec plaisir, ajouta Elena, qui baisa Lucien sur les lèvres.

Ce dernier prit la jeune femme par la taille et la serra du plus fort qu'il put contre lui. Encore faible, Lucien fut obligé de s'asseoir. Elena ne fit aucun commentaire.

Lucien termina de se préparer. Il était lent. Il enfilait une veste lorsque Elena lui demanda :

— Pourrais-tu ramener un peu de ce café que tu aimais tant et que maintenant tu ne digères plus ?

— Tu veux que je rapporte du café des Havel ?

Elena hocha la tête. Elle était confuse de demander cela, mais le pressentiment qui la taraudait lui donnait du courage.

— Je veux le goûter… et comparer son arôme à celui que nous consommons ici, mentit Elena.

— J'en demanderai à Estrella, mais elle va trouver cette requête surprenante.

— Dis-lui que nous n'en avons plus et que nous avons des invités cet après-midi.

Lucien marqua la surprise. L'esprit encore ennuagé par la fièvre qui aiguisait toujours ses couteaux dans sa tête, il ne comprenait pas. Elena voulait-elle vraiment goûter ce café ou en manquait-il à la maison ? L'épicerie du quartier en vendait, certes fort cher, et il était facile de s'en procurer en cas d'urgence.

— J'en rapporterai, conclut Lucien.

— En toute discrétion vis-à-vis de Mme Havel. Je ne veux pas qu'elle croie que nous n'avons pas les moyens de nous en offrir ou que nous le volons.

Lucien n'en revenait pas. Elena sollicitait la complicité d'Estrella. Il mit cela sur le compte de la fatigue, de la nuit qu'il venait de lui faire passer, et partit sans emporter sa guitare.

Elena s'était retenue de parler de ses doutes, de nommer ce qu'elle soupçonnait. Lucien était trop faible pour qu'il supportât un nouveau choc. C'était étrange comme un événement datant de son adolescence avait ressurgi dans sa mémoire pour illustrer ce qui se passait dans le corps de Lucien. Une tragique et funeste histoire de famille. Un cousin, plus âgé qu'elle, mort prématurément dans des circonstances inexpliquées. Les années étaient passées avant que son père n'évoquât l'événement en mettant des mots sur le mystère pour l'éclairer, en citant les noms des coupables. Tout concordait. Ce qu'avait subi ce cousin dans son corps, Lucien le vivait.

Il y avait tout d'abord eu ce premier mois d'euphorie. Trente jours tonifiants. Lucien avait été habité d'une force extraordinaire.

Il s'était levé chaque matin en pleine forme, le teint frais, sanguin. Suzanne et Alexandre lui en avaient fait la remarque, notant même qu'ils le trouvaient rajeuni. Face à Alexandre, Lucien avait plaisanté en disant que c'était Elena qui lui faisait cet effet. Il s'était exprimé en sentant son cœur battre puissamment dans sa poitrine, et il avait trouvé cela peu habituel et donc anormal. Un cœur qui, depuis plusieurs semaines, s'emballait sans raison. En se regardant dans la glace, Lucien s'était également étonné de voir la couleur de ses cheveux se raviver et d'apercevoir une lueur perçante dans ses yeux. Lucien se transformait et la musique en profitait. Il avait certains jours joué de la guitare du matin au soir sans fatigue, sans douleur au bras droit, à la main. Elena et Alexandre avaient vécu de sublimes instants de bonheur à l'écouter.

Elena se souvenait qu'il l'avait émue aux larmes en jouant deux arrangements qu'il avait écrits pour guitare de la célèbre valse de Brahms et de *Tristesse*, de Chopin. Une soirée tout en douceur qu'ils avaient conclue en faisant l'amour. Lucien, qui habituellement était si doux, si tendre et attentif au plaisir de l'autre dans ce domaine, l'avait aimée avec une férocité qui l'avait surprise. Il l'avait embrassée avec fougue en écrasant ses lèvres. Il avait fouillé sa bouche de sa langue jusqu'à buter sur ses dents. Elena l'avait imité avec une certaine appréhension de ce qu'il allait advenir dans les minutes suivantes. Elle était allée chercher le voile du palais pour goûter à son haleine qu'elle avait trouvée suspecte. Elle n'avait rien pu vérifier, car Lucien avait glissé sur elle pour caresser son sexe avec sa langue. Il l'avait menée à un orgasme rapide et profond. Elle était encore toute frissonnante lorsque Lucien l'avait pénétrée pour chercher son propre plaisir. Il l'avait chevauchée avec sauvagerie et une nouvelle fois l'avait fait jouir. Il s'était tant excité qu'il avait étrangement et abondamment sué sur le dos et le torse. Des gouttes de sueur qu'elle avait senties tomber sur ses seins avant qu'ils ne se séparent, les lèvres gonflées d'avoir trop embrassé, la peau chauffée à blanc, les entrailles remuées. Elena s'était sentie comme vidée. L'acte ne la remplissait pas. Elle avait été réduite en cendres après le feu qui l'avait dévorée. Le corps vide comme l'esprit, avec ce sentiment de nostalgie, de spleen qui l'envahissait à chaque fois en de telles circonstances. Abandonnée par Lucien, elle avait un instant somnolé. Elle avait flotté quelques minutes dans les eaux tièdes d'une mer étrange, avec l'impression que sa vie allait s'arrêter et qu'elle ne ferait rien pour l'en empêcher. Elle avait alors doucement ri avant de se lover contre Lucien, qui s'était plaint d'avoir froid.

— Ma petite musique, parle-moi, avait-il lancé d'une voix presque éteinte.

Elena aimait beaucoup quand Lucien l'appelait ainsi. C'était rare, mais toujours dans les moments tendres, intimes. Pourtant, depuis qu'il se sentait malade et peut-être en danger, il le faisait plus fréquemment, même devant Alexandre.

Elena avait respiré Lucien en se rapprochant de lui et elle avait reconnu avec frayeur l'odeur de sa bouche dans ses cheveux. Cette odeur qui l'inquiétait en lui faisant réentendre les paroles de feu son père en parlant du cousin. Elena soupçonnait Estrella ou sa mère, ou les deux de connivence, de faire du mal à Lucien. Une intuition qui lui faisait comprendre qu'elle tenait à Lucien. Jamais elle n'aimerait quelqu'un comme lui : avec perplexité, égarement, volonté et peur à la fois. Les défenses qu'elle avait rodées au fil des ans jusqu'à devenir des armes redoutables ne lui étaient plus d'aucun secours. Son esprit rebelle, ses paroles tranchantes ne lui servaient à rien. Elena était nue, ouverte aux sensations, aux vibrations de la souffrance de Lucien.

Elle avait alors parlé à Lucien, non pas d'amour, de tendresse, de poésie, de musique, mais de ce qui la préoccupait. Elle l'avait fait subitement et Lucien ne l'avait pas interrompue. Elle avait insisté pour l'entendre répéter la chronologie du cours de guitare avec Estrella. Par quoi commençait-il ? Comment finissait-il ? Elle le savait, mais aborder le sujet du café, de cet instant que Lucien partageait avec Estrella et sa mère, était primordial.

Lucien s'était montré docile, prolixe, peu avare de détails. C'était Rosalba Havel qui préparait le café, l'apportait, le servait. Elle s'était adoucie à l'égard de Lucien comme pour anesthésier sa méfiance.

Il n'était pas rare qu'elle assistât au début du cours ou aux derniers instants avant qu'il ne se conclût. Elle lui apportait parfois sa veste avant son départ. Elle avait même un jour poussé l'attention à lui tendre une brosse à cheveux pour qu'il se coiffât, arguant qu'il avait dû oublier de le faire. Lucien s'était exécuté sans malice, sans penser à mal. Lucien ne sortait jamais sans se coiffer, et ce détail n'avait pas échappé à Elena.

XXII

1939

ROSALBA HAVEL AVAIT TÉLÉPHONÉ plusieurs fois à son mari pour lui demander conseil, pour l'entendre la rassurer quant aux fréquentations de leur fille. Havel avait d'autres préoccupations que les amours clandestines de sa fille, mais le fait que celle-ci s'intéressât à des communistes, des rouges qui se droguaient, se saoulaient avec l'espoir de voir la révolution espagnole triompher, ne le laissait pas indifférent. D'autant que son épouse, lorsque Estrella lui échappait, noircissait le tableau. Il s'agissait de dangereux brigadistes. L'un d'eux avait combattu à Balaguer et projetait de retourner en Espagne pour rejoindre l'armée du peuple. Havel avait tranché dans le vif en envoyant à sa femme un petit sachet de poudre d'arsenic. La poudre de succession, comme l'appelaient les ancêtres. Rosalba Havel avait reçu la consigne d'en mettre autant que faire se peut dans l'eau que Lucien buvait, dans sa nourriture, sur ses vêtements, sur sa brosse à cheveux. La chose était peu aisée, mais Rosalba Havel avait commencé son œuvre avec le café qu'elle servait à Lucien, le cours de guitare d'Estrella achevé. Et depuis peu, elle se réjouissait d'entendre Lucien dire qu'il avait froid. « Son sang deviendra plus fluide et il aura froid tout le temps. Il s'affaiblira, il perdra ses cheveux et mourra lentement », lui avait dit son époux. Rosalba Havel avait ricané nerveusement. Elle aussi combattait pour l'armée nationaliste. Il fallait en finir avec la révolution.

Il fallait, partout où se trouvait un Espagnol croyant en l'avenir de l'Espagne, lutter pour écorcher la bête, retourner sa peau comme son slogan, « Ils ne passeront pas », afin de se l'approprier.

Quand Lucien, sans se soucier des recommandations d'Elena vis-à-vis de Mme Havel, avait demandé à cette dernière un peu de café en dépannage, celle-ci s'était empressée de le moudre pour y mêler un peu de poison. Toute la bande d'anarchistes de l'avenue Villarceau allait débiliter, tomber malade et disparaître, et c'était salutaire. Personne ne saurait rien. Personne ne la soupçonnerait. Sans compter que son mari avait prévu de les rapatrier prochainement, la guerre étant en passe d'être définitivement gagnée. La situation l'enthousiasmait, mais Estrella ne la partageait pas. Elle se plaisait à Besançon, y avait pris ses habitudes. Elle s'était même aventurée à se montrer à des soirées festives organisées par des réfugiés espagnols. Une fois, elle avait aperçu Lucien avec une fille qu'elle ne connaissait pas et elle s'était dépêchée de partir. Pour garder l'anonymat, ne pas se trahir, Estrella avait beaucoup menti. Elle s'était inventé un prénom, une famille, un lieu de résidence, une histoire semblable à celles et ceux qui avaient fui l'Espagne pour des raisons politiques. Elle y avait rencontré des gens sympathiques, attachants, aux discours dérangeants. Des idées, des paroles, des faits, des constats, des déséquilibres, des injustices. Une kyrielle de situations que personne de sa famille n'avait jamais évoquée ni discutée. Des paysages nouveaux, partagés par beaucoup, ce qui en faisait l'intérêt, la curiosité, et que Lucien lui avait laissé entrevoir lors des premiers mois de leur rencontre. Deux pesetas par jour de salaire pour une journée de travail agricole alors que sa mère lui donnait dix fois plus en argent de poche et son équivalence en francs depuis qu'elle vivait à Besançon, la différence l'interrogeait. « Nous sommes pauvres... et il n'y aura pas de futur pour nous si nous ne gagnons pas », lui avait dit un jour une femme dont le mari, ouvrier agricole, avait été assassiné par des gardes civiles.

Estrella était consciente que fréquenter ces gens la tiraillait, allait tôt ou tard la déchirer, mais elle en ressentait le besoin, comme si leur présence l'eût aidée à comprendre Lucien et accepter son éloignement. Pourtant, en son for intérieur, elle savait qu'elle ne changerait pas vraiment, qu'elle n'était pas prête à quitter son confort pour plonger dans l'inconnu. Et dans ce sens, elle jalousait Elena, si l'histoire qu'elle avait vécue était vraie. Son départ de Besançon était proche. Un mois, peut-être deux tout au plus. Elle devait en profiter. Elle trouvait qu'elle avait été un peu trop farouche avec Alexandre, qu'elle soupçonnait être amoureux d'elle. Puisque Lucien ne voulait pas d'elle, c'est avec lui qu'elle deviendrait femme. La guitare qu'il lui fabriquait n'en serait que plus belle. Il y avait une certaine fatalité dans son envie. Une inclination troublante qui pouvait l'épanouir ou la détruire. Estrella n'avait toutefois pas envie d'être prudente. Elle désirait qu'on la vît, qu'on le sût, que Lucien surtout fût au courant. Estrella s'étonnait de s'intéresser subitement à Alexandre et de lier ce fait à la perspective de son départ. Alexandre était beau, mais, à l'inverse de Lucien, son charme était imperceptible au premier abord. C'était en sa présence, en le regardant longuement travailler sur une guitare, qu'il se dévoilait. Un sentiment subtil d'attraction qui en elle réveillait et remuait des choses enfouies et secrètes qui repoussaient le raisonnable et l'utile en vigueur dans son monde. Estrella était décidée à agir. Elle ne doutait pas de l'attrait qu'elle exerçait sur Alexandre. Elle se réjouissait à l'idée de rendre Lucien jaloux.

Ce fut le lendemain de son cours de guitare, sachant Lucien, Elena et la petite Adela en villégiature sur les rives de l'Ognon, qu'Estrella rendit visite à Alexandre. Ce dernier œuvrait sur sa guitare quand elle entra. Estrella n'était plus aussi sûre d'elle et elle parla pour apaiser ses doutes.

— Que faites-vous ? demanda-t-elle en s'approchant.

Alexandre expliqua son travail. Il ouvrageait les sillets de la guitare de la jeune femme. Il évoqua l'os brut de pied de bœuf qu'il avait nettoyé, dégraissé minutieusement avant de le découper et de le polir à la bonne dimension.

Estrella regarda les petits rectangles d'os ajustés et marqués de la hauteur des cordes. Alexandre lui tendit l'un d'eux et la jeune femme s'en saisit maladroitement, ne sachant comment elle devait l'observer et si sens il y avait. Alexandre le lui montra et leurs doigts se touchèrent. Des doigts, une main qu'Alexandre regarda avec l'envie de les embrasser. Estrella le remarqua et éloigna sa main dans un mouvement de retrait qu'elle contrôla rapidement en s'approchant de nouveau. Son cœur se mit à battre et elle se demanda pourquoi. Était-ce parce qu'elle cédait à l'idée d'aimer ce garçon ou parce qu'elle angoissait de savoir ce qu'elle était prête à faire et pour une raison qui n'était pas claire dans sa tête ?

Alexandre aussi avait le sang qui courait, avec le sentiment que quelque chose allait se passer et qu'il ne resterait pas spectateur.

— Et comment faites-vous pour faire les rainures ?

— Avec des limes de différentes épaisseurs ou une seule pour ensuite mettre la rainure à la cote de la corde à l'aide de papier à polir.

— Pour que les cordes soient à la bonne hauteur et la guitare pas trop difficile à jouer ?

— Oui, et tout ce travail est à réaliser avec précision et délicatesse.

Délicatesse, le mot allait bien à Estrella. Il lui plaisait. Il était élégant et Estrella aimait l'élégance. C'était aussi avec distinction qu'Alexandre travaillait, et elle se demanda s'il faisait tout de la même manière. Elle était décidée à le vérifier, à s'amuser comme elle l'avait toujours fait en matière de sentiments. Désirer, obtenir, consommer et se libérer. C'était ainsi qu'elle avait été élevée. Sans exigences secrètes, sans intransigeance avec le mal et le faux. Pourtant, elle jugeait pour mesurer le fardeau de la famille. Et parfois, elle se demandait d'où lui venaient ces certitudes morales qui jaillissaient quelquefois en elle. Peut-être naissaient-elles uniquement pour le plaisir de transgresser les lois de sa redoutable famille. Elle en était désormais éloignée et la perspective de la retrouver, amputée ou non par la révolution, la laissait indifférente. Elle avait remplacé ceux qui l'épiaient, une grand-mère paternelle acariâtre, une tante célibataire et bigote, des gens encombrants, égoïstes, par quelques membres des Somnambules rouges du *Café de l'Espérance* et ces anonymes en exil qui la fascinaient et dont les histoires s'emboîtaient à la sienne dans une couleur différente. C'était ridicule, peut-être seulement mystérieux, mais cela avait du sens pour se libérer de l'influence toute puissante de son groupe social. Celui dans lequel elle avait grandi et qui lui avait semblé le seul valable pour y parvenir. Il avait fallu la révolution, la guerre, pour que son univers basculât d'un coup. Un voyage en enfer. Le mal, la peur, la mort, la fuite, l'exil, l'inconnu, le doute, l'amour sans majuscule. Un embrouillamini de mots, de sensations, de sentiments qui faisait qu'elle était là auprès de ce Français, de ce luthier qui fabriquait sa guitare et qu'elle désirait par défaut. Un luxe de bourgeoise.

— Ces filets bruns et blancs seront pour la rosace ? questionna Estrella, qui furetait sur l'établi situé en face de celui où travaillait Alexandre.

— Oui... Je les disposerai en cercles concentriques autour d'un motif géométrique. Et je pense insérer en son centre de petits carrés de nacre, comme le faisaient José Ramirez et Francisco Gonzales. Cela vous conviendra-t-il ?

— Je vous fais confiance. Cette guitare sera belle.

— Comme je vous l'ai dit, je vous la fabrique en érable blond, en contraste avec la couleur de vos cheveux et en harmonie avec celle de votre peau.

Estrella esquissa un sourire. Alexandre était sa proie. Il était captif de son visage en attendant plus, et elle le savait. Celui-là était troublé de se sentir observé dans ses gestes, et cela l'empêchait de voir que son interlocutrice n'était guère plus à l'aise, même si elle se sentait à l'instant plus forte. Il y avait des assurances qui venaient de l'éducation, du milieu social et qui aidaient dans certaines circonstances.

Alexandre se tenait au côté du silence. Il ne craignait pas le manque de conversation. Il travaillait seul de longues journées. Lucien était souvent absent, même si depuis peu la présence d'Elena et d'Adela faisait vibrer la petite maison jaune. Alexandre fit le calme en lui comme à chaque fois qu'une opération s'annonçait. Du calme pour apaiser le désir. S'il s'était écouté, il aurait embrassé Estrella, l'aurait entraînée dans sa chambre pour la caresser. Il devinait qu'elle le désirait aussi. Il en était certain, sans s'expliquer pourquoi. Estrella était prête, alors que jusqu'à ce jour elle avait été distante, sottement froide. Alexandre se demandait pourquoi ils attendaient, pourquoi ils retardaient l'issue ou un événement la contrariant. Mais Alexandre était un homme délicat et, à l'inverse de Lucien, qui était souvent incapable de se mettre à la place de l'autre, prêt à se plier aux affres de l'attente. Il regarda la pendule. L'heure du déjeuner approchait.

— Accepteriez-vous de déjeuner avec moi ? Tout est prêt. J'ai cuisiné hier soir. Il n'y aura plus qu'à réchauffer.

— Volontiers ! Mais permettez-moi d'utiliser votre téléphone pour prévenir à la maison...

— Votre mère ?

— Elle est de sortie. Non ! Notre femme de service, qui doit attendre mon retour pour le repas.

Alexandre entendit décrocher le combiné du téléphone placé dans le couloir, composer un numéro et parler en français puis en espagnol. Bien trop longuement pour justifier une absence. Estrella parlait-elle de lui, d'elle, de cette idée saugrenue de rester et que tout cela devait rester secret ?

Ils bavardèrent de musique, de lutherie, et le repas s'éternisa. Ce fut au moment où Alexandre servait le café qu'Estrella se leva, lui fit face et l'embrassa. Alexandre lui rendit son baiser avec une certaine retenue. Tout allait trop vite, mais le temps n'était pas aux interrogations. Il baisa les yeux d'Estrella, les ailes de son nez, respira ses cheveux. Il sentit que la jeune femme se détendait, qu'elle se fluidifiait lorsqu'il la prit dans ses bras.

— Je ne sais pas si tout cela est bien raisonnable, dit-elle.

— Vous avez peur ?

— De quoi ?

— De vous.

— Peut-être de découvrir une femme que je ne connais pas.

Alexandre exprima un petit rire qu'il réprima aussitôt.

— Il y a si longtemps...

— Quoi ? Que vous m'aimez ? osa la jeune femme.

Alexandre ne voulait pas lui dire qu'il l'aimait. À quoi cela aurait-il servi à cet instant ? Du temps était passé et il n'était plus certain de rien. Il voulait simplement embrasser cette fille, la caresser. Il le fit tout en faufilant ses mains sous son corsage. Estrella le laissa agir. Quelque chose s'apaisait en elle. Une étape était franchie, une obsession retournée. Alexandre était à elle et réciproquement. Ils n'avaient désormais plus que les gestes pour s'exprimer. Ils devaient se toucher, s'aimer. Estrella prit la main d'Alexandre en lui faisant comprendre qu'ils devaient s'isoler. Ils montèrent l'escalier côte à côte sans se regarder, et franchirent furtivement le seuil à mi-niveau de la chambre d'Alexandre, comme s'ils eussent voulu que personne ne les vît. Estrella s'installa assise sur le lit et ferma les yeux. Elle entendit Alexandre fermer la porte et donner un tour de clé. C'était en route.

— Fermez les volets, s'il vous plaît.

Alexandre s'exécuta et rejoignit Estrella dans l'obscurité. Elle s'était levée et il commença doucement à la déshabiller. Il n'était pas très à l'aise, il était maladroit. Il devinait qu'elle le regardait agir de ses grands yeux bleu vert. Il les croisa dans la pénombre et il les trouva plus foncés, bleuâtres, comme s'ils eussent bu une partie des ténèbres et le désir.

Estrella restait immobile, silencieuse. Elle redressait parfois la tête pour fixer son regard sur son partenaire. Elle avait posé ses mains sur ses épaules pour l'encourager à continuer et aussi se rassurer. Alexandre lui baisa le cou, les épaules et la poitrine par-dessus son vêtement. Elle le laissa le déboutonner, puis l'aida à le retirer. Pendant qu'il s'occupait de sa jupe, elle dégrafa habilement son soutien-gorge. Alexandre s'était agenouillé et caressait ses jambes, ses cuisses. Il les trouvait chaudes, odorantes, et il s'y attarda. Estrella attendait, les mains posées sur son crâne, ses doigts accrochés à ses cheveux, prête à agir, à battre en retraite si nécessaire. « Ce n'est pas maintenant que tu vas reculer. Il est trop tard. C'est ce que tu voulais », pensa-t-elle tout en imaginant Lucien à ses côtés. Envahie par la peur ou une poussée de désir, elle recula, obligeant Alexandre à se relever. Elle chercha son regard, lui caressa le visage et le couvrit de baisers si rapides qu'Alexandre fut dans l'impossibilité de les lui rendre. Les longues mains d'Estrella s'acharnaient sur lui, sur ses vêtements. Elles jouaient habilement la partition de l'envie, de l'amour avec des accords renversés. Estrella s'animait. Son cœur battait vite et rien ne semblait agir pour endiguer son affolement. Son corps se réchauffait par endroits, se glaçait à d'autres. Les forces obscures de l'attraction et de la crainte combattaient en mouillant son dos, le creux de sa poitrine, son sexe. Estrella était prête aux éblouissements comme au désastre.

Rapidement, Alexandre fut nu, et ensemble ils s'allongèrent sur le lit. Alexandre baisa aussitôt ses seins. Il les mordillait et lui faisait mal. Estrella le lui signala et il s'excusa en se montrant moins fougueux, en caressant longuement la jeune femme avant de goûter à sa chaleur intérieure. Estrella l'avait encouragé à le faire en posant les mains sur son dos, sur ses fesses. Des gestes de velours pour attiser en lui l'envie d'entrer dans le corps de l'autre. Peu à peu, brûlants, ils se dessinèrent mutuellement. Estrella tremblait, des larmes coulaient discrètement de ses yeux. Des larmes pour laisser naître un rythme, une pulsation, un compas de flamenco. Une danse que la jeune femme suivit, battit en mesure au bon tempo. De longs phrasés à la recherche de la note sensible, de la résolution de l'accord à la coda. Estrella n'était plus qu'un feu incandescent qui chantait. Elle l'exprima sans mot et soupira. Elle paraissait avoir blanchi de peau dans l'obscurité. Alexandre l'embrassa dans le cou, captura sa tête, fourra la sienne dans ses cheveux et à son tour fut pris...

Ils restèrent un long moment allongés côte à côte sans parler. Alexandre se leva le premier, rejoignit la salle de bains, s'habilla et redescendit à l'atelier. Estrella se leva peu après. Il l'entendit ouvrir les volets, se mouvoir dans la chambre, passer aux toilettes et à la salle de bains. Il pensait à elle, à son corps. Il allait lui dire qu'il l'aimait.

Alexandre était de nouveau au façonnage des sillets de la guitare de la jeune femme quand celle-ci entra dans l'atelier.

Elle avait les joues rouges, elle n'était plus aussi bien coiffée. Elle parla de guitare comme si rien ne s'était passé.

— C'est un métier merveilleux que vous exercez.

— Passionnant parce que sans cesse en évolution.

— Ma guitare sera la même que celle que vous fabriquez pour Lucien ?

Alexandre garda le silence un instant. Il n'avait pas envie que l'esprit de Lucien s'invitât dans la conversation. Et puis ce « vous » qu'elle venait de prononcer à deux reprises lui faisait réaliser que ce qu'ils venaient de partager, si intime fût-il, n'avait encore rien abattu, rien approché.

— Non ! Toutes mes guitares sont différentes. Pour la vôtre, je m'inspire de sa Torres. Et pour la copier, ce n'est pas qu'un tour de main qu'il faut avoir, mais aussi un tour d'esprit.

Estrella marqua la surprise d'un cillement de paupières.

— Copier Torres relève de l'exploit. Ses tables sont très fines et dotées d'un barrage en éventail et d'un doublage des contre-éclisses. La fabrication d'une telle guitare est délicate. La moindre erreur, un coup de trusquin malencontreux, et c'est l'éclatement.

Estrella fit une moue admirative tout en se rapprochant d'Alexandre pour le toucher. Elle l'embrassa sur la joue en répondant :

— C'est donc une vraie guitare espagnole que vous me fabriquez.

— Une guitare d'amour, puisque je vous aime, osa Alexandre à l'ouverture des paroles de la jeune femme.

Estrella ne pouvait répondre. Elle ne savait pas si elle aimait Alexandre. Accepter de faire l'amour avec un garçon, était-ce l'aimer ?

— Vous m'aimez beaucoup ? interrogea la jeune femme.

— *Mucho, mucho*, répondit Alexandre en espagnol.

— Vous le dites souvent aux jeunes femmes que vous mettez dans votre lit ? insista Estrella, qui pensait que qui se ressemble s'assemble, en songeant à l'amitié qui unissait Lucien et Alexandre.

— Vous êtes la première.

Estrella fut déstabilisée et gênée.

— C'est vraiment la première fois que vous dites à une fille que vous l'aimez ?

— Non. Mais la toute première fois, j'étais adolescent et il y a prescription.

— Et cet amour que vous me portez date de quand ?

— Du premier jour où je vous ai vue. Ici, à l'atelier, pour faire réparer votre guitare.

Estrella opina de la tête. Alexandre était amoureux d'elle et elle était amoureuse de Lucien. Il n'y avait rien de changé, si ce n'était qu'elle était devenue femme.

— Et vous, vous ne me dites pas que vous m'aimez ? demanda Alexandre, plein de doutes.

— Je suis pudique, mentit Estrella.

Alexandre ne fit pas de commentaire. Estrella était espagnole et, même si son niveau de français était correct, il doutait qu'elle ait réellement pris la mesure de ce qu'elle venait de dire. Pudique en paroles, mais pas en gestes. Une contradiction qui n'était pas pour le rassurer et qui l'interrogeait tout autant sur les actions et les sentiments de la jeune femme. Une fille ou une femme, et depuis quand ? Honnête, modeste, sage, Alexandre n'était sûr de rien depuis qu'ils avaient fait l'amour ensemble. La jeune fille qu'elle avait été avait appris à minauder pour obtenir ce qu'elle voulait. Alexandre glissa du côté de la musique pour ne pas se désaccorder et garder espoir.

— Peut-être pourriez-vous me le dire en musique ?

— Je ne sais pas si je vais pouvoir jouer après cet interlude troublant... Que voulez-vous entendre ?

— Un morceau de Pujol, lui qui jouait sur une Torres de 1863.

— Emilio Pujol Vilarrubi, né à Granadella, dans la province de Lérida, la ville d'Elena ? précisa Estrella que la situation agaçait.

Elle n'avait pas envie de jouer, mais il lui semblait indélicat de le refuser à ce garçon qu'elle trouvait gentil et tendre. Il lui avait fait l'amour et elle n'était pas déçue.

— C'était un disciple de Tárrega et je sais que vous l'aimez.

— Un grand compositeur et un talentueux guitariste.

— Dans sa préface des volumes de son *École raisonnée de la guitare*, Manuel de Falla fait son éloge.

— Des compliments mérités. Saviez-vous qu'il est marié à la guitariste de flamenco Matilde Cuervas ?

— Je l'ignorais.

— En compagnie d'un vieil oncle maternel, j'ai assisté à l'un de ses spectacles à Barcelone. J'avais à peine dix ans, mais l'événement m'a marquée. Je me souviens de ce qu'elle a joué au rappel. Une pièce d'inspiration flamenca que j'ai apprise quelques années plus tard.

Alexandre marqua sa curiosité d'un haussement de sourcils.

— *Soleá*[1], de Julian Arcas[2].

— Je ne connais pas.

— Si vous me trouvez une bonne guitare, je vous la joue.

Alexandre pensa à la Torres de Lucien, mais il savait que ce dernier n'aimait pas la prêter. Il détourna et extirpa de son étui une jolie guitare, bien équilibrée, mais pas très facile à jouer. Celle d'une élève de Lucien. Une femme pas très douée, mais à l'aise financièrement. Une guitare du luthier Contreras qu'elle avait confiée à Alexandre afin qu'il rabaissât les cordes pour en faciliter le jeu. Une situation qu'il crut utile d'expliquer à Estrella. « Encore une femme », pensa celle-ci en s'emparant de l'instrument.

Estrella s'installa sur le tabouret mis à disposition des guitaristes, accorda finement l'instrument et fit quelques gammes pour s'échauffer tout en hochant la tête pour faire comprendre à Alexandre que celui-ci sonnait bien.

Dès les premières mesures, Alexandre reconnut le compas de la *soleá*. Un *palo*[3] magnifique, plein de couleurs, de charme, qu'Estrella interprétait avec talent. Une pièce assez longue qui s'achevait avec vivacité et à la suite de laquelle la jeune femme enchaîna la *Barcarolle*, d'Emilio Pujol, comme pour rebondir sur la demande d'Alexandre. Elle s'apprêtait à jouer un troisième morceau de musique lorsque le carillon de la salle à manger sonna la demie

1. *Style de musique flamenco.*
2. *Julian Arcas : 1832-1882. Guitariste classique et compositeur espagnol.*
3. *Terme utilisé en flamenco pour désigner chacune des variétés traditionnelles du chant (*cante*) flamenco.*

de 17 heures. Estrella consulta sa montre et eut une expression de panique. Elle réalisait qu'elle avait oublié l'heure, qu'elle avait vécu et que sa mère n'allait pas tarder à rentrer. Elle avait promis de rester à la maison, de ne pas sortir, afin de surveiller la femme de service que sa mère soupçonnait de voler. Elle avait désobéi, d'autant qu'elle ne croyait nullement à cette histoire de vol d'argent et d'objets. Un fantasme de sa mère qui, qui plus est, laissait traîner quelques pièces d'argent sur le chevet de sa chambre à coucher, sur la table de la salle à manger pour voir si elles disparaissaient. Bien entendu, la femme de service s'en apercevait en faisant le ménage. Elle l'avait dit à sa patronne, qui avait argué qu'elle était négligente. La situation avait continué et la femme de service, n'osant de nouveau l'évoquer avec Mme Havel, s'était confiée à Estrella : « Votre mère n'a pas confiance en moi. Elle laisse partout de l'argent pour voir si je la vole. Je ne suis pas une voleuse. Notre famille est modeste, mais honnête. Un jour, je lui dirai que, si elle continue à agir ainsi, son argent disparaîtra et que ce sera moi qui l'aurai pris. »

XXIII

Les deux nervis de Havel étaient en France depuis quatre jours et à Besançon depuis la veille. La France ayant fermé ses frontières, ils avaient été contraints de faire appel à un passeur et avaient donc anticipé leur départ afin d'emprunter une voiture et d'être sur place le jour prévu. Disposant de temps, ils avaient fait une halte à Valence, à Lyon et à Lons-le-Saunier plus longuement. Dans cette ville, ils avaient fait la fête, s'étaient enivrés, avaient ramené à leur hôtel des filles aux services tarifés. Ils avaient provoqué un tel bazar que, le lendemain, l'hôtelier avait refusé de les loger une nuit supplémentaire. Ils avaient été mis dehors, *manu militari*, en fin de matinée et, étant rentrés clandestinement en France, n'avaient pas demandé leur reste. C'était en cours de route pour Besançon qu'ils s'étaient aperçus qu'il leur manquait de l'argent, des papiers importants. Ils ignoraient si on les leur avait volés, où et quand, ou s'ils les avaient oubliés quelque part. L'argent ne leur faisait pas défaut, mais les documents que leur avait remis Havel pour accomplir avec succès leur mission avaient disparu. Notamment la photographie de la femme dont ils devaient s'occuper, l'adresse et le numéro de téléphone de Mme Havel à Besançon, ainsi que celui du lieu où se trouvait leur commanditaire en Espagne. Seul le morceau de papier sur lequel était inscrite l'adresse de la maison où ils devaient se rendre pour agir était resté dans le vide-poches de la voiture par un heureux hasard. Au stade où ils en étaient, il n'était plus question de renoncer, de tenter de contacter Havel pour le lui dire et pourquoi. Ils avaient fauté et Havel n'était pas le genre d'homme à pardonner. Ils avaient une adresse et gardaient en mémoire l'image de cette femme qui avait trahi la cause nationaliste. Une jeune et jolie femme, d'environ vingt-cinq ans, à la silhouette gracile, dotée de longs cheveux noirs.

En planque depuis le milieu de la matinée, ils attendaient leur proie. Tôt ou tard, elle se montrerait.

— Qu'est-ce que tu comptes faire quand la guerre sera finie ?

Le second homme haussa les épaules.

— Tu comptes retourner à l'usine ? enchaîna le premier homme.

— Havel m'a fait des promesses. J'espère qu'il les tiendra, mais de toute façon il est hors de question que je passe dix heures par jour à l'usine à perdre ma vie.

— C'est pour cela que tu as embrassé la cause nationaliste ?

— J'embrasse qui je veux, vu que ma femme m'a quitté...

— Elle baise avec un révolutionnaire ?

— Cela m'aurait consolé. Non, avec un garde civil.

— Il n'y a plus aucune logique en Espagne aujourd'hui.

— C'est l'anarchisme.

— Personne ne sait vraiment ce que c'est.

— Pour moi, c'est le syndicat, un rapport de con à con.

— Une question d'influences, plutôt, mais qui s'y retrouve ?

— Maintenant, nous savons que nous avons fait le bon choix puisque Franco va gagner.

— Et il y aura une place pour ceux qui l'auront aidé.

— Putain de politique. Une sacrée loterie !

— Un mauvais numéro et c'est le cimetière.

— Et dire que nous allons une nouvelle fois participer à cela...

— Havel paie bien...

— Et plus rapidement que s'il avait fallu attendre que changent les conditions des ouvriers et des paysans espagnols promises par les révolutionnaires.

— L'asservissement politique pour une libération économique.

— C'est pour ça que je me suis dit que je devais laisser faire puis aider les fascistes. Au moins, leur message est clair.

— Et pour nous sans véritable engagement. De la petite et sale besogne, mais utile à leurs yeux.

— Je t'avoue que le jour où je me suis mis à ne plus penser, tout est allé mieux.

— J'ignorais qu'il t'arrivait de penser, se moqua le premier homme.

— Encore un peu pour dire qu'il n'y a pas de justice. Ce qui est juste pour l'un est injuste pour l'autre et réciproquement.

— Bien trop compliqué pour nous autres, filles et fils de pauvres gens.

— Les partis sont injustes puisqu'ils seront toujours dans l'impossibilité de mettre en place une politique de la justice.

— Tu me compliques. Tout cela n'est que combines.

— Et nous emmerde.

— L'Espagne sera désormais ce que les fascistes en feront.

— Et le fric n'a pas de couleur.

— Qu'est-ce qu'elle fout, cette salope ?

— T'emballe pas.

— Il est bientôt 18 heures. Je commence à avoir faim...

— Il y a une épicerie dans la rue. Je vais aller chercher quelque chose à grignoter.

— Et si elle sort durant ton absence ? C'est toi qui as le joujou.

— On attend encore une heure et tu iras acheter de quoi se nourrir.

— J'ai le pressentiment que nous allons passer la nuit dans la bagnole.

— Et si nous ne sommes pas au rendez-vous dans deux jours, le passeur ne nous attendra pas. Il nous faudra nous débrouiller seuls et aucun de nous deux ne sait se diriger pour ne pas se faire prendre.

— Je ne sais pas pourquoi, mais j'ai le sentiment que c'est la mission de trop... Moi qui pensais que nous allions retourner à Lons-le-Saunier afin de revoir les cuisses des belles de la gare.

— Après le bordel que nous avons semé, ce n'est pas l'endroit où il nous faut retourner. Si Havel venait à le savoir, il nous ferait fusiller.

— Tu es sûr que tu te souviens de la tête de la fille ?

— Tu me vois confondre une Espagnole et une Française ?

— La nuit, tous les chats sont gris.

Le second homme se mit à rire et ajouta :

— Tu faiblis, José. Je ne sais pas si ce sont les effets persistants de l'alcool ou le goût des seins de la blonde qui agissent encore, mais je ne te reconnais plus... Pense à la récompense et à ce que tu vas t'offrir avec.

— Les fascistes ont parfois de drôles de manières de remercier.

— Les risques du métier, José... et c'est bien pour ça qu'on en a profité l'autre soir.

— Tu connais la femme Havel ?

— Rosalba Havel ! Je l'ai rencontrée une fois. Une belle femme, mais il paraît que sa fille est d'une beauté racée.

— Une taurine à toréer au lit.

— Pas pour nous, José. Pas pour nous.

Les deux hommes délirèrent sur les femmes et les taureaux, comme s'ils eussent été à la corrida. Ils évoquèrent leurs ébats avec les prostituées de la veille. Ils plaisantèrent sur la pique du picador qu'ils avaient entre les jambes et la façon dont les femmes leur avaient tiré la braise. Une expression qui illustrait une vachette excitée grattant la terre avec sa patte. Ils discutèrent de passes en riant, en disant que les leurs n'avaient rien eu d'héroïque ni de *véronique*. En tauromachie, la passe *véronique* consistait à serrer les jambes pour attendre le taureau avec la cape tendue devant soi. Ils riaient, lorsque la silhouette d'une femme apparut à la porte d'entrée de la maison qu'ils surveillaient depuis des heures. Une silhouette qui s'anima, qui emprunta le trottoir de droite en s'éloignant.

— C'est elle ! cria le second homme en armant son pistolet.

Le premier homme resta un instant bouche bée.

— Vas-y, José, démarre !

Ce dernier alluma le moteur de la voiture, la dégagea du stationnement et roula doucement jusqu'à l'intersection. Aussitôt dans la rue dont la perspective fuyait comme dans un entonnoir, il accéléra.

Le second homme baissa la vitre côté passager et se mit en situation de tir.

— Tu es sûr que c'est elle ? gueula le conducteur.

— Sûr !

Arrivés à la hauteur de la jeune femme, le premier homme décéléra et un coup de feu claqua. Estrella s'écroula sur le côté en laissant voir son visage.

— Je ne la reconnais pas, s'inquiéta le premier homme.

— C'est elle. Fonce ! On va se faire repérer.

Le véhicule enfila la rue Grenier à vive allure et disparut dans la rue Clemenceau.

Alexandre, qui avait mis en route une perceuse, avait entendu un bruit sourd mais en rien suspect. Ce fut Suzanne qui découvrit le corps d'Estrella et ameuta le quartier. Rapidement, les voisins furent dehors et la police arriva peu de temps après. Un médecin constata le décès et la dépouille de la jeune femme fut emportée à la morgue. Estrella sortait de chez Alexandre et ce dernier fut le premier à être interrogé par le commissaire chargé de l'enquête. Sous le choc, celui-là ne put parler. Il voyait trouble, des larmes encombraient ses yeux. Il n'arrivait pas à chasser de son esprit l'image du corps ensanglanté d'Estrella. Il ne pouvait oublier les grands yeux sans vie de la jeune femme, dont les couleurs s'étaient effacées sous la morsure de la mort. C'était une cliente, une guitariste, avait-il dit au commissaire. Il lui fabriquait une guitare. Ils avaient déjeuné ensemble. Elle avait joué de la musique avant de partir. Alexandre n'avait pas évoqué autre chose.

Les questions du commissaire avaient été comme ces phrases musicales récurrentes, ces *llamadas*[1], jouées tout du long d'un morceau chanté ou en solo au cours d'une *soleá*. Des paroles incisives, en accords sur la musique d'Arcas. Des notes de musique pour appeler cette *soledad*[2] éternelle qu'offrait la mort des êtres aimés à ceux qui restaient.

1. « *Appels* ».
2. « *Solitude* ».

Alexandre pensait aux heures passées avec Estrella. Les images voyageaient dans son esprit avec un voile de buée par-dessus. Aucune d'elles n'était désormais visible distinctement. Pourtant, elles s'ajoutaient aux riens de la vie qui mis bout à bout faisaient un bonheur. C'était maintenant qu'Estrella était morte qu'Alexandre réalisait la place qu'il lui avait faite dans sa vie. Avec Elena, Lucien et la petite Adela, tous étaient sa joie de vivre pour les autres. Alexandre était assis sur le canapé et ne bougeait plus. Il ne pouvait pas. Il revisitait les souvenirs comme il respirait. Il revoyait le visage plein et frais d'Estrella, son sourire espagnol, bien à elle. Elle inclinait la tête et dégageait ainsi son cou à son regard. Un regard qu'il contemplait à l'instant dans le miroir de la porte de l'armoire qui lui faisait face. Un regard mélancolique. Un regard qui ne s'harmonisait avec rien. Alexandre vivait une tristesse soumise, naturelle, à ne plus croire au bonheur.

Alexandre resta prostré sur le canapé de la salle à manger jusque dans la soirée, jusqu'au moment où Elena, Adela et Lucien rentrèrent. À son visage, Lucien comprit immédiatement que quelque chose de grave s'était passé. Il écouta Alexandre raconter cette histoire de mort qui troublait. Elena s'était assise, avec Adela qui jasait dans ses bras, et pleurait. L'ennemi, les fascistes étaient venus jusqu'à Besançon pour les chercher, les tuer. C'était Elena qu'ils visaient et ils s'étaient trompés de cible. Ils reviendraient. Ils n'épargnaient pas ceux qui trahissaient. Lucien réalisait que le danger était grand et que le mal, dont il parlait tant depuis des années, avait commencé à ronger la paix en Europe. C'était une rechute, une piqûre de rappel pour ceux qui espéraient voir la crainte du fascisme s'éloigner, et Alexandre était de ceux-là. La mort d'une femme n'était qu'un détail dans le livre de la guerre qui s'annonçait, mais les détails illustraient davantage l'avenir que le présent. Lucien le savait mieux que quiconque et la présence d'Elena lui faisait écho. Était-il prêt à une nouvelle bataille, à des chagrins, à des ruptures et des renoncements ? Son cœur semblait avoir changé. Ce cœur de vingt ans qui avait vécu et dominé la guerre d'Espagne sans faillir le trahissait. Il avait peur, non pour lui, mais pour Elena. Une femme qu'il aimait pour sa fragilité, son courage. Il ne voulait pas qu'elle meure. Plus maintenant qu'ils s'étaient échangé leur vie un jour de grand malheur. Avec Elena, Lucien voulait désormais offrir, charmer, rire et souffrir. Il désirait vivre la vie comme un thème musical sans cesse joué, entraînant dans son tempo tantôt un instrument et tantôt un autre, avec, dans les silences, leurs pensées, leurs cœurs et leurs corps. Rester à Besançon, c'était abandonner à jamais la tranquillité, vivre constamment dans la crainte. Lucien savait qu'Elena ne le supporterait pas. Tous les cœurs étaient fragiles, pouvaient céder, mais celui d'Elena particulièrement. Il refusait âprement cette perspective.

— Nous allons partir, lança Lucien d'une voix d'outre-tombe en regardant Elena.

Cette dernière ne pleurait plus, mais sur ses joues brillaient les traces de ses larmes. Elena n'avait pas envie de s'éloigner encore. C'était en Espagne qu'elle voulait revenir, avec Lucien et Adela, la guerre finie.

— Pour aller où ? intervint Alexandre, qui angoissait à l'idée de perdre ses amis et d'être obligé de quitter la petite maison jaune.

— Je ne sais pas encore. Avec Elena, nous allons en parler...

— N'est-ce pas toi qui dis que bientôt les nuages noirs du fascisme seront dans tous les cieux ?

— Alors il nous faut choisir dès à présent un endroit où il sera possible d'apercevoir un coin de ciel bleu.

Alexandre sentit comme un long frisson lui parcourir le corps. Un coup de froid qui accentua sa mélancolie. Jamais il ne s'était senti aussi seul. Comme s'il eût deviné l'inquiétude de son camarade, Lucien ajouta :

— Tu restes là, tu garderas la maison. Je viendrai te voir et tu nous rendras visite, mais il ne faut plus qu'Elena ait des habitudes ici.

Alexandre n'était pas surpris que Lucien décidât tout pour lui. Il en avait l'habitude et cela lui convenait. Sans lui, il aurait abandonné le métier de luthier, il serait à l'usine ou dans la rue.

Lucien s'était assis au côté d'Elena sur le canapé d'angle situé près de la fenêtre. Il lui avait pris la main et la jeune femme avait posé la tête sur son épaule. Ils ne faisaient plus qu'un avec la petite Adela, et pourtant, comme les branches des arbres plantés au hasard par la nature, ils ne s'étaient pas choisis. Adela avait été l'élément déclencheur de leur histoire. L'enfant d'un autre après avoir épargné une femme et l'enfant d'une autre pour sauver un homme. Il y avait du tragique à les regarder ne plus savoir quoi faire et où aller. Il émanait d'eux une douce nostalgie qui voyageait dans la pièce comme un être perdu. Et c'était bien perdus qu'ils étaient tous les trois, avec la guitare silencieuse de Lucien dans son étui.

Elena se détacha d'un coup, se libéra, remettant la petite Adela à Lucien, qui parut embarrassé de la prendre. Elle quitta la salle à manger pour sa chambre. La porte refermée, Alexandre l'entendit pleurer.

Lucien embrassa Adela sur les cheveux, joua avec ses boucles, les petites menottes qui se tendaient vers lui. Sur cette enfant, il retrouvait l'odeur de la peur, de la vie qui passait.

— Tu devrais aller la retrouver... Confie-moi la petite, proposa Alexandre.

— Tu risques d'être obligé de t'en occuper pour la coucher. Elle devrait d'ailleurs déjà être au lit.

— Ce n'est pas la première fois.

Lucien confia Adela à Alexandre et partit. Elena était allongée sur le lit, la tête posée sur l'oreiller côté droit et les bras noués autour d'elle comme des serpents. Lucien la trouvait belle, calme, pleine de promesses. Il prit place à côté d'elle et lui saisit la main.

— Je ne veux pas partir, Lucien. Je suis bien ici avec toi.

— Je viens avec toi et Adela. Rester ici, c'est laisser les fascistes détruire ce qu'ensemble nous avons réussi à sauver...

Elena regarda Lucien, les yeux pleins de peine, et lui serra fort la main. Une pensée absurde voyageait dans son esprit et elle n'arrivait pas à la chasser. Était-ce la souffrance qui l'avait changée à ce point ? Lucien avait renoncé à tant de choses pour elle. Tant qu'il en était tombé malade. Une maladie de l'âme, de l'esprit, des certitudes. Une faiblesse que les Havel avaient exploitée pour mêler le mal à l'amour, à l'amitié. Elena était persuadée que Rosalba Havel était une méchante femme. Le mal s'était retourné contre elle avec la mort de sa fille, mais cela ne suffirait pas à empêcher les fascistes de s'acharner sur leurs ennemis, et particulièrement sur ceux de leur camp qui trahissaient. Lucien ne doutait pas de leur envie de revenir pour tuer. Ce n'était qu'une question de temps, d'autant que leurs amis nazis les aideraient tôt ou tard dans leur mission mortifère. Ils devaient partir, et pourtant tout en Elena le refusait. Elle souffrait et elle se demandait pourquoi, ni à la lumière de la raison ni au soleil de la sagesse, la torture ne diminuait pas. À Balaguer et Lérida, elle avait rompu la digue de sa vie et aujourd'hui rien ne semblait pouvoir la colmater. De cette souffrance, il était sorti beaucoup de bienfaits et c'était en Lucien qu'elle les déversait parce qu'elle l'aimait. Et quand le cœur, telle une source, avait été tranché par l'amour, plus rien, même les plus graves dangers, ne pouvait l'empêcher de déverser son jet limpide de joie.

— Où aimerais-tu aller ? demanda Elena.

— Dans une grande ville. Strasbourg, Nancy.

— Encore plus à l'est, où il fait encore plus froid...

— Là où personne ne pensera que tu as envie d'habiter.

Elena esquissa un sourire. Elena absorbait la bonté de Lucien comme il buvait sa souffrance, et ainsi ils s'unissaient en un seul être pour affronter leur destin.

— J'irai où tu veux bien m'emmener.

Lucien se pencha sur Elena et déposa un baiser sur son front, puis deux autres sur chacun de ses yeux. Le temps n'était pas à faire l'amour, mais à se dire des confidences dans cette étrange solitude qui les plongeait dans l'inconnu. La solitude de la peur, du froid, du frisson. Une solitude étrangère, qui venait d'ailleurs, mais pénétrante. Elena et Lucien étaient abandon, silence. Ils étaient à la fois ensemble et seuls. Lucien se coucha près d'Elena et lui prit de nouveau la main pour attendre. Il ne savait quoi, mais l'attente permettait de connaître. Et connaître, c'était aimer.

Lucien dut s'endormir, car le mal le réveilla à la nuit tombée. Ce mal que Rosalba Havel avait distillé peu à peu en lui et qui agissait avec plus d'efficacité qu'une balle de fasciste à la trajectoire incertaine. Lucien avait promis à Elena, sans être vraiment certain de le faire, de ne plus donner de cours de guitare au domicile d'Estrella, de ne plus boire de café chez elle. Une main inconnue, secrète mais violente, avait décidé pour lui en tuant Estrella par erreur. Le mal était fait pour moitié.

Celui de Lucien le tourmentait toujours. Comme à chaque fois, il avait vu des ombres apparaître avant d'en distinguer une plus particulièrement. Elle était entrée sans bruit en apportant une odeur de bois de guitare et des sons. Elle avait murmuré quelques mots que Lucien n'avait pas compris, puis s'était approchée pour lui toucher la tête. Une main froide qui avait glissé de son front à sa joue. Une main que Lucien se souvenait avoir saisie, mais qui s'était aussitôt échappée pour ramener une couverture sur lui. L'ombre avait fui par la porte pour revenir peu de temps après avec un visage. Un beau visage aux paupières baissées. La paume d'une main s'était à nouveau posée sur son front, sur sa face et, de la pointe des doigts, l'avait caressé pour y retirer la fièvre. Une vie était passée en Lucien et sa respiration avait ralenti. Il se souvenait qu'il avait voulu se lever et que l'ombre s'y était opposée avec puissance, avec une voix qui avait fait bouger les meubles. Lucien s'était débattu, mais l'ombre l'avait encerclé avec force pour l'empêcher de partir. Lucien avait crié, lui avait demandé qui elle était, comment elle s'appelait, mais celle-ci était restée silencieuse, efficace avec sa main en caresse sur son visage. Il s'était agité sur le lit avant de se mettre à vomir, secoué par des spasmes violents. Il n'avait pu empêcher son squelette de se briser, son corps de se déchirer, sa tête d'éclater. L'ombre avait crié et un tambour de pas s'était orchestré du rez-de-chaussée à l'étage en reprises infernales. Une deuxième ombre avait alors croisé la première avant de l'extraire rapidement du lit pour le porter dans la salle de bains. Lucien avait été déshabillé au tempo *allegro* avant qu'il ne sentît de l'eau tiède couler sur lui. Quand il avait été reconduit dans la chambre, la fenêtre avait été ouverte, les draps changés. C'était à cet instant que Lucien avait reconnu Elena. Elle était venue poser ses lèvres sur son visage brûlant arraché au délire. Aidé par Alexandre, Lucien s'était recouché. Il avait alors entendu la petite Adela gazouiller dans la pièce d'à côté.

— Amène-moi Adela, avait demandé Lucien à Elena.

Cette dernière la lui avait apportée et Lucien avait caressé l'enfant, l'avait respirée, embrassée. Elle était une enfant singulière, celle que la guerre avait bien voulu épargner. Elle était la note que Lucien n'avait jamais jouée sur sa guitare, la note sensible de la partition de sa vie. Lucien s'était endormi et Adela aussi, contre lui. Elena, assise dans le grand fauteuil, les avait veillés, surveillés jusqu'au lever du jour...

Lucien s'éveilla avec une odeur fraîche de feuilles fatiguées, de vent doux. L'automne approchait. La fenêtre était ouverte et dans la rue résonnaient les bruits d'un artisan au travail. Des bruits caractéristiques que Lucien connaissait. Alexandre avait ouvert la porte de son atelier et œuvrait. Finissait-il la guitare d'Estrella pour l'entendre sonner, pour que tout ce qui était en elle ne meure pas complètement ? Travaillait-il sur la sienne ? Tout cela n'avait plus d'importance pour Lucien, puisqu'il avait décidé de repartir. Non pas en Espagne pour soutenir les dernières forces de la révolution et la voir mourir en souffrant, mais pour un voyage sur une autre rive. Une pensée insoutenable, mais avec laquelle il cohabitait pour sauver Elena. Retirer sa main de celle d'Elena et abandonner de l'autre la petite menotte d'Adela aurait été comme offrir à la mort des êtres qui se refusaient à mourir. Lucien ne voulait plus rien perdre. Il avait beaucoup donné à l'Espagne révoltée et elle lui avait rendu un peu d'elle-même. Deux êtres de chair qui étaient désormais ce qu'il avait de plus précieux sur terre. Des êtres qui s'ajoutaient à ceux de Besançon : Alexandre, Suzanne et Paul, et même feue Estrella. Six personnes qui, tel un petit orchestre, enchantaient la vie. Six êtres de chair comme les six cordes d'une guitare, en résonance à *Devinette de la guitare*, le poème de Federico García Lorca. Ce fut à Bar-sur-Aube que les rêves de Lucien l'emportèrent après qu'il eut jeté hors de lui le mal, le poison dont parlait Elena sans preuve aucune. Bar-sur-Aube : la ville de ses parents ; la place Saint-Pierre, l'église du même nom ; le petit hôtel-restaurant. Il y aurait bien là-bas des gens pour se souvenir et les aider à se loger. Le temps de faire une pause, de choisir avec Elena où vraiment s'installer ou peut-être même de revenir à Besançon. Lucien était tout à son voyage quand Elena apparut. Lucien la voyait différemment. Elle avait été, la nuit passée, sa lampe de fidélité et cette pensée était douce. Ils se regardaient avec chacun l'impression que jamais ils ne s'étaient vus d'aussi près, ni si bien. La lumière du jour s'était effacée entre eux.

— Comment te sens-tu, mon amour ?

C'était la première fois qu'Elena l'appelait ainsi et Lucien en fut ému. Il ne sut quoi répondre et il garda ce silence où toutes les pensées se rassemblaient dans l'attente. Lucien était encore faible et Elena le savait. Elle s'approcha et le regarda intensément de ses grands yeux tendres. Lucien baissa les siens. Il sentait son cœur battre. Il savait qu'il en était fini d'attendre, de ne pas savoir qui aimer. Elena le prit dans ses bras et lentement leurs corps s'épousèrent. Entre eux, il n'y avait plus qu'un fil d'âme, le dernier que le fascisme ne trancherait pas, le plus pur.

XXIV

La semaine qui suivit fut celle des départs. On sut dans le quartier que Rosalba Havel avait quitté Besançon, la France pour l'Espagne. La dépouille d'Estrella avait été rapatriée de la veille. Franco pavanait, récompensant les fidèles, remplissait les prisons et fusillait lorsqu'elles étaient pleines.

Lucien avait réservé deux nuits à l'*Hôtel Saint-Pierre*, à Bar-sur-Aube. Le taxi arriva le mardi à 9 heures et stationna près de la petite épicerie du quartier. Lucien était fébrile, Elena triste. Quant à la petite Adela, elle gigotait de bien-être. Alexandre, Suzanne et son fils, Paul, les accompagnèrent jusqu'au véhicule. Alexandre, constatant que Lucien ne partait que muni d'une seule valise, demanda pourquoi il n'emportait pas sa guitare. Ce dernier répondit qu'il reviendrait sans tarder, dès qu'il aurait trouvé de quoi se loger sur place. Il avait ajouté en souriant que qui aimait voyageait sans bagages. Ce fut l'émotion des adieux. Lucien avait toujours agi pour l'éviter, mais il ne put s'y soustraire. Elena et Suzanne pleuraient. Le jeune Paul avait serré fort Lucien contre lui. Alexandre était resté muet. Il n'y avait pas de mots pour dire ce qu'il ressentait. Comme il devinait la musique dans les bois de résonance, il pressentait qu'il ne reverrait plus Lucien. C'était une intuition terrible qui lui déchirait le cœur, qui le noyait silencieusement de larmes et dont le flux dévalait le temps comme une rivière en crue.

Lorsque les trois passagers furent installés dans le taxi et que celui-ci démarra, Suzanne prit la main d'Alexandre et la lui serra fort en pleurant.

— J'ai peur, Alex.

— Moi aussi, Suzanne, répondit Alexandre d'une voix presque éteinte.

Paul les regardait. Il avait grandi. La voiture venait de disparaître au bas de l'avenue Villarceau.

XXV

1986

ALEXANDRE ÉTAIT COMME FIGÉ face à la maison de Lucien. Il s'était arrêté à l'intersection de l'avenue Villarceau et de la rue Grenier. Il était passé d'un espace à l'autre avec une sensation d'égarement, avec mélancolie. Il avait quitté une fenêtre pour une autre ouverture. Et voir sa vie avec Suzanne se mêler à celle d'hier en s'y reflétant, c'était retrouver la liberté des souvenirs et les contempler avec désir.

La petite maison jaune n'avait pas changé. La peinture s'était patinée comme une vieille dame coquette, le fer forgé de la grille épousait le lierre et la rouille, les arbres avaient grandi. Seul le jardin avait été miraculeusement épargné par le temps. Un jardin magnifique avec des fleurs multicolores et disposées telles des notes de musique sur des portées au gré de l'inspiration du compositeur. Qui avait habité cette maison après son départ à Mirecourt ? Qui l'avait entretenue ? Lucien était-il revenu y vivre durant un temps avec Elena et Adela ? Alexandre s'interrogeait, mais il se souvenait que son ami avait toujours dit que jamais il ne se séparerait de cette maison. Une demeure familiale ô combien chargée de souvenirs, d'émotions.

Recevoir aujourd'hui cette maison en héritage ne le surprenait donc pas, même si cela lui était tout d'abord apparu inconcevable. Lucien la lui avait offerte avec tout ce qu'elle contenait, en sachant qu'une partie de lui-même ne la refuserait pas. Et il était vrai que, lorsque le notaire lui avait fait signer l'acte, remis les clés, quelque chose s'était ranimé en lui. Il était resté un instant silencieux, étrangement troublé. Tant que le notaire lui avait demandé si tout allait bien, s'il acceptait l'héritage et les charges qui s'y référaient. Alexandre avait hoché la tête, cherché ses mots. Comment aurait-il pu dire à cet homme que c'était dans cette maison qu'il avait vécu les meilleures années de sa vie, qu'il avait aimé ? Penser à la petite maison jaune, c'était la revoir habitée des regards qui l'avaient animée. Celui de Lucien, mais aussi celui doux et franc d'Estrella. Celui d'Anita, dans lequel beaucoup de garçons se noyaient. Ceux d'Elena, d'Adela, remplis de soleil, avec au fond de leur lumière la tristesse de la perte.

Alexandre avait interrogé le notaire pour tenter d'en savoir plus, mais ce dernier était resté professionnel, réservé. Il s'était contenté de lui remettre une lettre cachetée à son intention. Alexandre s'était retenu de l'ouvrir devant le notaire, qui d'ailleurs ne le demandait pas, celle-ci étant personnelle et sans lien avec l'héritage. Une fois à l'extérieur, il s'était une nouvelle fois ravisé, estimant qu'il devait attendre d'être dans la petite maison jaune pour le faire en toute quiétude et en présence de l'esprit de celui qui lui offrait cette maison...

Alexandre contempla les longs rayons de soleil orangés qui caressaient les tuiles rouges du toit en les faisant scintiller avant de se perdre en éclats dans les buissons et les arbres du jardin. Il resta immobile de longues minutes, puis se dirigea d'un pas décidé vers la porte, qu'il était temps d'ouvrir. La clé déverrouilla la serrure en cliquetant et le jour percuta l'obscurité dans un grincement sourd. Alexandre ouvrit le grand volet qui donnait sur le jardin, afin que chacun retrouvât son univers, puis rejoignit aussitôt son ancien atelier et s'assit sur le tabouret sur lequel tant de guitaristes avaient joué devant lui. Rien n'avait changé. En dehors de quelques outils qu'il avait emportés à Mirecourt, tout était resté en l'état. Sur une étagère, couverte de poussière, la guitare d'Estrella attendait toujours de chanter. Alexandre s'empara des différents morceaux qui la composaient, les plaça sur l'établi et les dépoussiéra de la main en les caressant doucement, lentement. Il ressentait beaucoup d'émotion à les toucher, à les inventorier pour s'assurer que l'instrument était entier et prêt à être assemblé pour s'habiller de ses finitions. Ce fut si fort qu'il quitta l'atelier aussi vite qu'il y était entré.

Si la partie de l'habitation qu'Alexandre avait occupée était vide, le salon et les chambres à l'étage étaient tels que Lucien et Elena les avaient laissés en partant en 1939 : les meubles, les photographies accrochées aux murs, le canapé élimé sur lequel les musiciens et autres artistes s'asseyaient, le gramophone Pathé avec quelques disques de musique classique et de guitare. Près de la cheminée, dans leurs étuis de cuir couverts de poussière, patientaient les guitares de Lucien. Sa Fleta, qu'il avait pourtant promis de venir chercher, et celle qu'il avait commandée à Alexandre et que celui-ci avait achevée après son départ. Alexandre ouvrit l'étui de la première et contempla longuement l'instrument sans le toucher. La musique dormait. Elle était en reflets sur le brillant de la table d'harmonie. Elle était souvenir, émotion, joie et chagrin. La corde *la* s'était rompue, effilochée sur celles de chair, comme il l'avait dit à Estrella. Et pourtant, il ne l'avait pas entendue claquer dans son cœur à la mort de Lucien. Alexandre prit la guitare, remplaça la corde brisée, accorda l'instrument et joua de ses doigts engourdis par l'âge quelques notes, quelques bribes de phrases musicales. La guitare était comme neuve. Elle n'avait rien perdu de son tempérament, de ses nuances flamenca, si ce n'était que les cordes vieillies par le temps la trahissaient en faisant mourir sans panache leurs harmoniques au creux de la caisse. La musique que jouait Alexandre avait de la couleur et donnait silhouette à Estrella, Elena et Lucien. Ils étaient là, silencieux. C'était Estrella qu'Alexandre sentait le plus et il savait pourquoi. Elle était exactement à l'endroit où Lucien avait accroché sa photographie avant qu'il ne la détruisît pour la remplacer par celle d'Elena. Rien n'était plus vrai qu'une photographie. Tout le caractère de celle qui était représentée s'y lisait, mieux que de la voir dans un miroir ou face à soi. Elle était encore là au-delà de la mort de ce dernier qui, sans aucun doute, l'avait autant aimée que haïe. Plus que vivante, puisque Alexandre l'entendait parler en septième diminuée sur la gamme d'*ut* mineur qu'il répétait sans cesse pour ne pas qu'elle partît. Il eut même l'impression de l'entendre rire lorsqu'il cessa de jouer parce qu'il se trompait. Un rire cristallin porté par l'air usé du soir. Un rire enfantin, joyeux, qui lui apporta son sourire lorsqu'il ferma les yeux. Un sourire qu'il prit dans ses bras et embrassa en pleurant.

— Où es-tu, Estrella ? Où êtes-vous tous ? murmura-t-il en essuyant les larmes qui venaient de tomber sur l'éclisse de l'instrument.

Le temps d'ouvrir la lettre était arrivé. Une lettre d'Adela, de la petite Adela, la fille de Lucien. Il l'avait adoptée, elle portait son nom. Adela Lanoir, ça sonnait bien. Alexandre essaya d'imaginer son visage, celui d'une femme aujourd'hui âgée de quarante-huit ans qu'il avait vue pour la dernière fois alors qu'elle était une enfant d'un an et demi. Une petite fille dont il s'était occupé, qu'il avait nourrie, baignée, bercée. Les souvenirs revenaient en lui comme des bourrasques de vent violent et le creusaient de l'intérieur. Ils étaient comme une laisse qui étranglait. Les mots d'Adela les réveillaient, les bousculaient, et Alexandre souffrait. Ils résonnaient en écho à ceux de Lucien, qui souvent lui avait dit que le véritable voyage se faisait au retour. Cette sensation d'égarement d'un temps à un autre, d'un espace à un autre, sur laquelle les images se superposaient en redessinant les ombres des êtres perdus de vue, morts. « La vérité du voyage est là, se mesure les jours d'après », aimait rappeler Lucien, lui qui avait souvent fait les allers et retours entre la France et l'Espagne pour nourrir la révolution. Et en ce jour particulier où Alexandre héritait de la petite maison jaune de Lucien, cette vérité prenait sens. Le chemin de l'émotion, de la mélancolie, de la souffrance, puisque Adela lui annonçait la mort de ses parents adoptifs. C'était en leur nom qu'elle lui écrivait et parce qu'elle l'avait promis à sa mère mourante. Une mère qui lui avait raconté son histoire après leur retour en Espagne. Celle vécue après la mort de Lucien, alors qu'elle n'était qu'une enfant, et celle tue pendant longtemps par peur de la déstabiliser dans une période difficile. Lucien, Elena et Adela étaient restés un mois à Bar-sur-Aube avant de quitter la région pour Paris. Lucien s'était ennuyé, agacé de ne pas nouer les contacts qu'il espérait. Ils s'étaient installés dans le 12e arrondissement, non loin de la gare de Lyon. Un appartement modeste où la petite famille avait vécu des jours heureux jusqu'à la déclaration de guerre de la France à l'Allemagne. La période de la drôle de guerre avait été infernale pour Elena. Lucien avait été comme fou, ne tenant plus en place, échafaudant des plans pour guerroyer, pour empêcher la peste brune qui avait aidé Franco à prendre le pouvoir de se répandre en France. Il avait renoué avec d'anciens brigadistes, des miliciens espagnols exilés. Il s'était remis à boire des alcools forts, à rentrer tard, à découcher. Elena avait beaucoup pleuré de le voir succomber sous les morsures de la guerre. L'homme qu'elle avait eu tant de mal à aimer avait été tué le 12 mai 1940 à la bataille d'Enghien, en Belgique. La 32e division d'infanterie française de la 1re armée, au sein de laquelle il s'était engagé sans attendre sa mobilisation, avait été défaite par la Wehrmacht. Un traumatisme si violent qu'Elena, enceinte de trois mois, avait perdu l'enfant qu'elle portait.

Et pourtant, et pour la première fois, Lucien était parti en disant où il allait et en promettant de revenir. Il n'avait pu s'empêcher de dire à Elena que c'était pour elle qu'il parlait ainsi, mais que cela portait malheur. Une quinzaine de jours avant son départ, il avait épousé civilement Elena, avait adopté Adela et rédigé un testament au profit de sa nouvelle famille. Une famille élargie à laquelle il léguait ses héritages et la maison jaune avec le jardin et les dépendances de l'avenue Villarceau à Besançon. Un testament avec des conditions particulières puisque Elena avait l'obligation de continuer à payer les études de Paul, de loger gratuitement Alexandre et, si besoin était, de l'aider financièrement afin qu'il pût continuer son activité sereinement. Les souhaits de Lucien ne s'arrêtaient pas là. Elena devait s'engager à céder la petite maison jaune à Alexandre à son décès. De fortes contraintes qui auraient pu mettre Elena dans l'embarras, mais heureusement elle aussi avait reçu une coquette somme d'argent d'un oncle maternel. Un aïeul qui avait pu récupérer la maison des parents d'Elena pour la mettre en location et lui reverser le loyer.

« Alex est un frère pour moi. Sans lui, jamais je ne serais revenu d'Espagne, jamais je ne me serais apaisé », avait écrit Adela en écho aux paroles de sa mère qui elle-même répétait celles de Lucien. Alexandre avait relu deux fois le passage, les larmes aux yeux. Des larmes qui étaient un cadeau au temps que les deux garçons avaient passé ensemble, à leur complicité, à leurs disputes, à leur indulgence. Alexandre avait eu l'impression que Lucien était là, avec lui, à s'émerveiller. Il avait même entendu le son de sa voix. Et pourtant, cela faisait quarante-sept années qu'il ne l'avait vu.

Non mobilisable en raison d'un souffle au cœur, Alexandre avait vécu l'année de la drôle de guerre, les années d'occupation et les cinq ans qui avaient suivi dans la petite maison jaune. Il l'avait quittée pour vivre une nouvelle vie, pour oublier tout ce qui s'y était passé. Les souvenirs devenaient trop lourds. Le temps des questions, des doutes, de l'incompréhension était arrivé un jour de pluie. Lucien et Elena ne lui avaient donné aucune nouvelle, communiqué aucune adresse où les joindre, et jamais ils n'étaient revenus. Un temps noir où il avait compris qu'il ne pourrait bientôt plus prononcer leur prénom, citer la rue où il habitait, regarder le jardin à travers la fenêtre de son atelier. Le temps de faire un détour était arrivé, et ce fut avec Suzanne et Paul qu'il s'engagea. La belle et triste Suzanne et le tendre Paul, à qui son papa et Lucien manquaient. Alexandre les avait remplacés, prenant plaisir à venir les voir, à manger les gâteaux que Suzanne préparait toujours avec autant d'amour. Ils avaient décidé de partager, de s'aimer et de partir. Un jour de soleil, insouciant. Un jour pour échanger un regard qui les attacherait l'un à l'autre, comme une suite logique après une vie de solitude et de souffrance. Alexandre avait trouvé un travail à Mirecourt, chez un maître luthier, et tous les trois avaient vécu heureux dans la petite cité vosgienne qui par son climat se prêtait au rapprochement.

Et c'était cette solitude qu'Alexandre ressentait en lisant la lettre d'Adela. Elle était arrivée sur lui comme une lame de fond. Lucien était mort, Elena aussi, et Suzanne il y avait moins de trois ans, après une longue maladie. Alexandre avait revu Paul aux obsèques. Paul travaillait à l'étranger et était en instance de divorce. Il avait promis de revenir. Quand Alexandre pensait à Suzanne, c'était toujours la première fois qu'il lui avait fait l'amour qui lui revenait à l'esprit. Ils s'étaient aimés dans une sorte de ralenti, d'engourdissement, et Suzanne avait pleuré. Elle l'avait serré fort contre elle en lui disant qu'il y avait des chagrins dont on ne se remettait jamais. Alexandre l'avait rassurée avec une infinie douceur, celle qui contenait à elle seule le temps vécu ensemble et celui à venir. C'était ce jour qu'une conversation avec Lucien lui était revenue à l'esprit. Alexandre lui avait demandé pourquoi il feignait de ne pas voir l'amour que Suzanne lui portait et qu'une telle femme s'épousait. Lucien avait souri avant de lui répondre qu'il aimait beaucoup Suzanne, mais qu'il ne se voyait pas avec elle, qu'il était plus doué pour faire chanter une guitare que le cœur d'une femme. Suzanne avait besoin d'un homme calme, stable, attentif, ce qu'il n'était pas. On ne retrouvait pas un mari mort, le bras arraché par une presse, vidé de son sang, sans se briser le cœur à jamais.

Alexandre relut une deuxième fois la lettre, comme pour s'assurer que les mots ne l'avaient pas trahi. Sur la dernière page, Adela parlait d'elle. Elle était violoniste, jouait dans un orchestre, enseignait. Elle avait vécu avec un homme une dizaine d'années avant d'être trompée et de le quitter. Elle n'avait pas d'enfant. Avec sa mère, elles étaient retournées vivre en Espagne après la mort de Franco. À Madrid, où Adela avait continué son métier et accompagné sa mère. Une mère qui était restée seule, triste. Elena avait écrit tous les jours à Lucien dans son cœur pour ne pas tomber dans la folie. Elena avait vécu avec des mots invisibles, muets. Les deux dernières années de sa vie, elle s'était retirée à Balaguer pour mourir. Elle avait pu récupérer la maison familiale et faire transférer les cendres de ses parents au cimetière. Elle avait fait la boucle, comme disait Adela.

Adela invitait Alexandre à venir la voir à Madrid, si son âge et son état de santé le lui permettaient. Elle pouvait le recevoir, l'héberger autant de temps qu'il le souhaiterait. Ils iraient ensemble à Balaguer pour qu'il puisse voir le village d'Elena, sa maison et l'endroit où elle avait rencontré Lucien.

Alexandre n'avait pas envie de voyager, il était trop tard. C'était désormais dans la petite maison jaune qu'il allait finir sa vie, là où l'espoir avait commencé pour lui. La lettre se terminait par une demande surprenante à laquelle était attachée une visite d'Adela en France, à Besançon. Un souhait de sa mère que celle-ci n'avait pu réaliser, sans expliquer pourquoi. Alexandre devait se renseigner pour savoir où Lucien avait été inhumé et faire transférer ses cendres au cimetière de Saint-Ferjeux, à Besançon, sur la tombe de feu sa mère et sa tante. Adela viendrait ensuite pour se recueillir ensemble et jouer du violon à défaut de guitare. Avec Alexandre, devant la tombe de Lucien, elle allait pouvoir se souvenir qu'elle avait une famille. En lisant ce passage, Alexandre avait eu comme un hoquet, un sanglot. Suzanne, avec Paul, lui avait fait don d'un fils ; Lucien et Elena lui avaient offert une fille au crépuscule de sa vie. Franco n'avait pas tout vaincu. Lucien avait rapporté d'Espagne une femme et une fille, un don inespéré, un espoir pour le partager au-delà de sa vie avec son seul et véritable ami.

Adela l'embrassait. Elle avait joint une photographie du mariage de Lucien et Elena, début 1940, avec elle, vêtue d'une longue capeline blanche, dans les bras de sa mère. La seconde photographie représentait Adela au côté de sa mère, bras dessus, bras dessous, peu de temps après leur retour en Espagne. Alexandre les trouvait belles, pleines de promesses. C'était cela que Lucien avait vu en elles en Espagne. Il n'y avait rien à regretter, mais le temps était arrivé d'achever la guitare d'Estrella et de lui offrir, en écho à ce que la jeune femme avait évoqué, ce qu'il avait vu, ressenti, entendu résonner dans la forêt du Jura de son enfance.

La guitare
fait pleurer les songes.
Le sanglot des âmes
perdues
s'échappe par sa bouche
ronde.

Et comme la tarentule,
elle tisse une grande étoile
pour chasser les soupirs
qui flottent dans sa noire
citerne en bois.
Federico García Lorca, « Les Six Cordes »,
poème du *Cante jondo*.

Roger Faindt
Le Chant du loup
TERRE DE POCHE
deBorée

Roger Faindt
Le Dernier Soldat
TERRE DE POCHE
deBorée

Roger Faindt
Bleuvent
TERRE DE POCHE
deBorée

Roger Faindt
Le Silence des roses
Terre de poche
De Borée

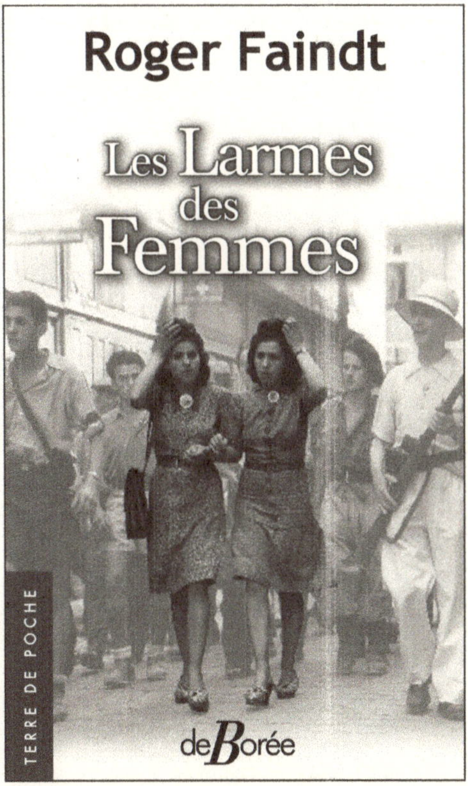
Roger Faindt
Les Larmes des Femmes
TERRE DE POCHE
deBorée

Roger Faindt
La lettre de Charlotte
Terre de poche
De Borée

Roger Faindt
Les Âmes Simples
Terre de poche
De Borée

Achevé d'imprimer en mars 2021
sur les presses de l'imprimerie *La Source d'Or*
63200 RIOM
Imprimeur n° 102663

Imprimé en France
Dépôt légal : juin 2021
ISBN : 978-2-8129-2871-0
ISSN : 1769-1788
www.deboree.com
livres@centrefrance.com